U0449230

走出 尘埃

叶萍 著

百花洲文艺出版社
BAIHUAZHOU LITERATURE AND ART PRESS

图书在版编目（CIP）数据

走出尘埃 / 叶萍著. -- 南昌：百花洲文艺出版社,2022.8
ISBN 978-7-5500-4587-3

Ⅰ. ①走… Ⅱ. ①叶… Ⅲ. ①纪实文学 - 中国 - 当代 Ⅳ. ①I25

中国版本图书馆CIP数据核字（2021）第279726号

走出尘埃

叶萍 著

出 版 人	章华荣
策划编辑	胡青松
责任编辑	余丽丽 罗 云
书籍设计	张诗思
制　　作	何 丹
出版发行	百花洲文艺出版社
社　　址	南昌市红谷滩区世贸路898号博能中心一期A座20楼
邮　　编	330038
经　　销	全国新华书店
印　　刷	江西千叶彩印有限公司
开　　本	720mm×1000mm　1/16　　　印张　20
版　　次	2022年8月第1版
印　　次	2022年8月第1次印刷
字　　数	170千字
书　　号	ISBN 978-7-5500-4587-3
定　　价	48.00元

赣版权登字　05-2022-97
版权所有，盗版必究
邮购联系　0791-86895108
网　　址　http：//www.bhzwy.com
图书若有印装错误，影响阅读，可向承印厂联系调换。

目　录

第一篇　飞翔的心

五彩的梦 / 004

两个女孩 / 024

在声音的世界里飞翔 / 041

第二篇　不是故事的故事

彬彬和爸爸和妈妈 / 060

抱抱梦梦 / 075

孤独的海 / 091

第三篇　陪读路上

走出尘埃 / 110

日子一天一天过 / 128

贴身教奶 / 143

小雨，妈妈相信你 / 159

第四篇　孤岛守望者

一位盲人音乐教师的前半生 / 176

尘埃里的一束光 / 191

第五篇　追光者

心在歌唱 / 208

走过十年 / 225

冲破壁垒 / 241

第六篇　另一种快乐

牛人刘义水 / 262

撑起一片天的女人 / 278

朱半仙 / 295

后记：百感交集的旅程 / 310

扫一扫
听听他们的故事

版画作品《我的好朋友》

汤浩宇

第一篇
飞翔的心

他们没有明亮的双眼，没有美丽的翅膀，却有一颗飞翔的心。少年的他们，一样青春，一样充满活力，一样喜欢追逐梦想。只是，他们更需要肯定和鼓励，更需要理解和尊重，更需要有一扇向他们敞开的大门。而少年的他们，更想用自己的实际行动向世界宣告，我们能做得更好。

五彩的梦

WUCAI DE MENG

唐柳萌

性别：女
出生年月：1989年3月
籍贯：浙江省杭州市富阳区
最大的愿望：学生中能出几个版画家

桃子（化名）

性别：女
出生年月：1995年8月
籍贯：浙江省台州市
梦想：当作家

何家琳

性别：女
出生年月：2003年8月
籍贯：浙江省嘉兴市
梦想：当医生

一

　　托马斯说，黄色吃起来就像芥末酱，辣辣的，可有时它又像小鸡的羽毛，软软的。

　　红色酸酸的，像还没熟的草莓，它又甜甜的，像西瓜。

　　托马斯说，他在自己摔破的膝盖上找到了红色，有点疼。

　　棕色就像干枯的落叶，踩在脚下沙沙响。

　　……

　　每次捧起《一本关于颜色的黑书》时，我都仿佛听到了颜色的声音，闻到了颜色的气味，摸到了颜色的心跳。书中的托马斯是一位盲童。我常常想，除了文字，盲人还能用别的方式表达色彩吗？要是盲人能画画，他们能画出什么样的画呢？一次偶然中，我在浙江省盲人学校见证了这种奇迹。

　　它的名字叫盲人版画。负责这一项目的是位姓唐的年轻女老师。

　　唐老师说，她来盲校时间不长，之前学校只有美工课，没有美术课。她很想把普通学校的美术课程跟盲校的美工课结合起来，开发盲人绘画课，但一直没找到方法。直到2016年，她见到了杭州师范大学的胡教授。胡教授一直倡导艺术无障碍，他向她提出了盲人版画这一构想，并告诉她，那些对画画、对艺术有感觉的孩子，我们要想办法给他们创造一个新的表现自己才华的空间，让他们描绘自己五彩的梦。

　　胡教授的这番话再次激起了唐老师心中的那个梦。回去后，唐老师就跟学校领导商量，建立了国内第一个盲人版画教室。

　　从最开始的什么都不是，到如今的自成体系，一路走来，唐老师说，何其幸运，又何其艰难。

　　"唐老师，关于盲人版画，未来，您有什么规划？"

"说规划可能壮观了点,就是一点个人想法吧。这么说吧,我现在就只带了学校兴趣班的七八个孩子,如果要把盲人版画在全中国,乃至全世界推广的话,就需要扩大教学面。现在是互联网时代,我会将制作好的一些微课放到网上,免费供全国各地的盲孩子学习。另外,我希望孩子们在学校里学到的这种技能能给他们将来的就业带来好处。我希望将来我的学生中能出几个盲人版画家,这是我作为美术老师的终极追求。"

谈到课堂教学,唐老师说,2017年去山西太原交流那堂课印象太深刻了,简直可以用手忙脚乱四个字来形容。课堂上有七八个孩子,每个孩子都嚷着要她给他们拿模具,可她只有一双手,哪里忙得过来呢?总是顾着一头,忘了那头。那次现场教学给她带来了很多思考。回到学校后,她就努力培养盲孩子独立绘画的能力,从一点一滴的小事做起。比如,独立拿绘画工具,独立找绘画模具。最终让他们依靠自己,独立创作。当然在绘画工具上,学校也需要供应商的帮助,比如在画笔或者绘画的颜料上标上盲文,这样孩子通过触摸就可以找到相应的绘画工具。

唐老师一边说一边指着教室桌子上的模具一一给我介绍:刮刀、吹塑纸、滚筒……我的视线从桌子跳到了正对面的橱窗里。那里放着大大小小的很多奖杯,以及不少五颜六色的版画。

"这些都是获奖的优秀作品。您看,这两幅画在第二届残疾人书画摄影作品大赛中获得了特别奖。"

唐老师指着橱窗里的两幅画,两幅画的标签上分别写着《秋千》和《阳光下的雨伞》。

画面构图简单,但线条分明,色彩绚烂,有一种天然淳朴的美。

"桃子和小何她们俩什么都看不见。对这样的孩子来说,要在头脑中建立色彩和画面是十分不容易的,但她们做到了。很不容易,真的,很不容易。"

我不停地点头，并提出这几天是否可以去采访桃子和小何。唐老师答应帮我联系。

二

八年级一班的教室在二楼，朝南，教室前有个很大的半圆形露台。露台上摆着不少绿植，还有几把椅子，看起来，更像一户人家的大阳台。见到何家琳时，她正在教室里跟同学谈笑。高高的马尾辫，白皙的脸庞，很青春的一个女孩。

我喊了她的名字。她朝我站着的方向回过头来说，是叶老师吗？我们老师跟我说过了，您是来找我聊聊的吧？

我走上前去搀住了她的胳膊。一旁的几个女同学嘻嘻哈哈地说，大画家接受采访啦！家琳要出名啦！

从教学楼到接待室需要穿过一个长长的走廊，只有微弱光感的家琳却像走在自家的客厅里那般自如。她说，最开始还要摸着墙走，现在不用了。来盲校十年了，这里的每一条走廊，每一档台阶，每一个转弯，甚至每一处花花草草，她都像自己的手和脚那样熟络了。

熟络，对，我看她走路的样子，就好像一个女孩在穿她经常穿的一件衣服。

我们在接待室的椅子上坐下来，我给家琳泡了一杯水，她撩了撩额前的刘海，说了声，谢谢。谈话进行得很顺利。

我是唐老师的第一批学生，学版画已经快四年了。

头一天去画画，感觉蛮有趣的。好像是来到了一个新天地，哪儿都是新鲜的。调色盘是新鲜的，颜料盒是新鲜的，吹塑纸也是新鲜的，就连坐着的那张凳子好像也是新鲜的。

"有人说，盲人画画这不是天方夜谭吗？今天，我站在这里告诉你们，这不是天方夜谭，这是事实。我要骄傲地宣布，在座的各位是中国第一个盲人版画班学员，我是你们的第一任盲人版画老师。所以，我们对自己要有信心。"

听到唐老师这样说，我们都鼓起掌来。记得第一堂课，唐老师给我们简单介绍了盲人版画的制作过程。她说，盲人版画就是利用刻画工具在吹塑纸板上，采取画线、压痕、刮擦等办法进行造型，绘制底板，再把水粉颜料或油墨用滚筒滚在底板上，最后转印在纸上。这样一幅画就完成了。她还让我们认识了吹塑纸、底板、水粉颜料、油墨滚筒等版画工具。完了之后，她让我们每个人试着画了一个鸡蛋。唐老师说，著名画家达·芬奇刚开始练习画画时，画的就是鸡蛋。

第一节课，我画了一个粉红色的鸡蛋。书上说粉红色是少女的颜色，是梦幻的颜色，是浪漫和快乐。我希望学版画是快乐的。

刚开始那几天还真是很开心，我们一共八个人跟着唐老师，每次都是唐老师在忙前忙后，我们需要什么，都管唐老师要。当我把自己脑子里感受到的东西画在纸上时，那种喜悦是无法形容的。就好像，一个不会走路的人，突然有一天能站起来了，还能跨出步子了。

我是那样盼望着每个礼拜一节的版画兴趣课。那时候，我的心里装满了各种各样的颜色。颜色是有声音的啊。粉色轻轻柔柔的，黑色沉沉甸甸的，白色是像羽毛那样会飞翔的。如果哪天唐老师有事请假不能来上课，整整一个礼拜我都觉得失去了颜色。

秋天过去了，冬天来了。有一天，唐老师对我们说："以后，这些颜料盘、调色盘、毛笔还有画笔，用完了你们都要自己洗，桌子也要自己擦。现在天气冷了，该是考验大家的时候了。"说完，唐老师还打了个哈欠,好像很困似的。

　　这些话唐老师是在上课前说的,起先我没当回事儿,想着,这有什么,不就是洗点东西吗?谁不会啊。下课了,我拿着自己的那份工具跑到水池边,打开了水龙头。食堂里洗碗的水到了冬天全是热的,教室这边就不一样了,只有冷水没有热水。开始时还没什么感觉,可洗到后面手都冻得没知觉了。手里拿着的这些工具像是一块块冰,要封锁住我的全身。在家里,妈妈从来不会让我干这样的活。

　　我很不情愿地洗着盘子,没多一会儿,唐老师的声音从我背后传来了:"家琳,这儿还有一个盘子和一块抹布,你也把它们洗了吧。"我想大声说,不。可面对唐老师温柔的话音又觉得不好意思。只好,默默地接过来。

　　我像憋了一肚子的闷气,继续转回水池边,打开龙头冲了起来。这次更不对,不知是哪个王八羔子故意搞的鬼,盒子上面黏糊糊的,颜料一团一团到处都是,那块抹布也好不到哪里去,也黏糊糊的,像沾满了恶心的鼻涕。气没地方出,只能拿水龙头撒,也许是水龙头开得太大了,洗到后面,我的衣服、鞋子还有裤子全溅湿了,站在那里,我感觉自己就像一根刚从冰箱里捞出来的冰棍。

　　我哆哆嗦嗦地回到了教室,心里暗暗发誓:什么鬼东西,尽欺负我。下个礼拜,我就再也不来画画了。

　　说到这里家琳喝了一口水。她说,叶老师,您可别笑话我。我就是被我妈惯的。反正,我学什么,她都随我,只要我开心,她从来不会说我什么。

　　"你跟妈妈说了不想画画的事?"

　　"没有。"

　　"是不是还有点犹豫?"

"我们家离学校近,我妈每个礼拜都会带我回家改善一下生活。本来,我有什么话都对我妈说的,那次我就是在心里对自己发脾气,没告诉她。"

"后来怎么想通了,又继续学了?"

这个过程吧,有点曲折。我主要是怕烦,怕洗颜料盘子啊抹布啊这些东西,其实光画画我还是很喜欢的。不过呢,我这人吧,学什么都只有三分热度。以前我学过琵琶,学过二胡,还学过手工和陶泥,反正都学不长。对版画,我也是抱着试一试的心态。想着,不学这个还可以学那个,反正学校兴趣课多的去了。

我想好了下次跟好朋友去合唱班。那段时间吧,合唱团正在招募人马。合唱吧,唱得不好也没关系,那么多人,老师也听不太出来谁好谁不好。张张嘴,凑个数,还是挺容易的。再说了,合唱班用不着洗东西。

所以,一个礼拜后,我告诉唐老师,不想学画画了。唐老师问,为什么?我说,画不好。

唐老师拍着我的肩膀说:"家琳啊,你们几个都是我挑出来的精英。你要知道,现在,全中国只有我们学校在教盲孩子画画,而且还是免费的,你要不要再考虑考虑?我相信,还有很多同学想加入这个班。"

我一听,又犹豫起来。心里对自己说,不就是洗东西手冷一些吗?难道因为这么点困难,就放弃了?出了这个学校,还能去哪儿找免费的盲人画画班呢?

"家琳,你以前不是说,一直想学画画吗?"唐老师见我愣着不吭声又说。

是的,我曾经跟唐老师说起过小时候的一件事。大概五六岁的时候，有一天，我们家隔壁一个小朋友找我玩，她拿出一本涂色本，让我画。我对她说，我看不见，画不好。她就说，你真可怜，连画画都不会。隔壁小朋友无心的一句话，像一个疤印在了我脑子里。当时，我觉得这辈子恐怕都不能画画了。但也因为如此，我内心又特别渴望画画，心里想着如果有一天我能画画哪怕一年不吃零食都可以。

也许是内心还不想放弃吧，我又一次走进了版画教室。那天，课一开始唐老师就对我们训话了。

"不要因为一点点苦就害怕了，要想做成功一件事，首先要学会吃苦。我们是中国唯一的一个版画班，如果你退出了，有一天你又想画画了，我告诉你们，我，绝不会再收留你们。因为我不喜欢三心二意、没有意志力的学生。现在，如果有人还想退出，请举手。马上就可以离开。"

教室里一片肃静，我们八个人，没有一个举手。

最开始的新鲜劲头过去后，我才知道学版画并不像想象中那么简单。基础训练是很枯燥的，一天到晚就是画直线。一开始是摸勺子、杯子，画直线。那时候，唐老师反复对我们说："把线画直了，一定要把线画直了。"

可一句"把线画直了"，我们就训练了好几个月。等我们把线画直了，唐老师就让我们把摸到的东西、感觉到的形状，用自己喜欢的方式画下来。唐老师特别强调，用自己的表达方式。比如画杯子，有些人画的杯子是立着的，有些人是躺着的，有些人的杯子里面还放着勺子梳子什么的，还有些人的杯子里有自己喜欢喝的饮料和花朵。

我很喜欢唐老师教的这种画画的方式，它能让我们拥有更多自己的想象空间。

后来，唐老师又让我们学画曲线。跟画直线不一样，曲线可以按自己的想象画。有些同学画出来的曲线像乐谱，有些同学画出来的曲线像心电图，还有些同学画出来的曲线像海上的波浪。唐老师说，每一条曲线就是一次心跳。每个人的心跳是不一样的，所以画出来的曲线也是不一样的。

大概一年后，唐老师就让我们摸更复杂的东西了。比如一个打开的精致包包，一个剥开的橘子和一块搁在桌子上晒太阳的橘子皮。这样的触摸，不仅让我们对物体有了更丰富的感知，也让我学会了从不同的角度去画一样物体。

最高兴的是，有一天，唐老师说要带我们去室外写生。尽管我们只是在校园的林荫小道上走了一圈，但我一辈子都无法忘记那天。唐老师让我们每个同学选择触摸林荫道上的一棵树。我摸到的是一棵大棕榈树。那是我第一次如此仔细地触摸一棵树。棕榈树的树干是毛毛糙糙的，像草鞋。棕榈树的叶子很宽很大，让我想到了大蒲扇。棕榈树的气味很清爽，让人想到下过雨的地面，上面还爬着带触角的小蜗牛。

后来，我们还摸过建筑物，比如埃菲尔铁塔，北京的天坛，还有各种动物的模型，如老虎、狮子、大熊猫，等等。除了摸，唐老师还让我们用不同的感官感受一样东西。比如，她会让我们品尝一颗糖，会让我们听一段音乐。她让我们把吃到一颗糖、听到一段音乐时内心的感受画下来。我记得吃糖的时候，我想到了小时候和妈妈一起荡秋千、听音乐，我想到了海边的沙滩，还有一只在沙滩上晒太阳的乌龟。

当然，在这个过程中也会遇到一些困难。比如说，画风景画，因为脑子里没有那种画面，无论老师怎么描绘，我都无法想象出来。这时候，我会觉得自己特别没用，根本不是唐老师所说的精英。甚至有时候，我也会怀疑唐老师的话，觉得她就是在骗我们。

家琳喝了一口水，舔了舔嘴唇，似乎在等待我的反应。

"后来你是怎么克服头脑里那些灰色想法的？"

"办画展。"

版画班开班后，很快就跟杭州师范大学胡教授带领的团队结对了。杭师大的几个年轻老师组成了志愿者团队，几乎每个礼拜都到学校来给他们上课，讲一些有趣的事。最让同学们高兴的是，这些老师还带他们去办画展，让很多人知道世界上还有盲人版画这回事。通过办画展，家琳和她同学的作品被更多人欣赏，也得到了更多人的肯定，这让他们很有成就感。同学们都很喜欢这些来自杭师大的哥哥姐姐们，觉得跟他们学习很开心。

"你觉得和其他社团比较，版画对你最大的吸引是什么？"

家琳歪着脑袋想了想，说："版画吧，它不像学乐器，需要模仿作曲家把曲子原样地弹奏出来，也不像学别的东西一样，永远都是一个固定的思维。在我眼里，版画是一种能最大限度发挥盲人想象力的艺术。当我靠自己的想象把一样东西创造出来的时候，会特别开心。这么说吧，人总有那么点虚荣吧，万一将来哪天一不小心，我就成了中国第一个女版画大师呢。"

家琳再次调皮地吐了吐舌头。她说，她的不少画都被杭师大收藏了。家里，妈妈还把她的一些画裱起来，挂在墙上。

"也送我一幅吧，签名的。"

家琳抬头将脸对着我说，行，没问题。

我忽然有些羡慕她，一个盲孩子，能找到自己喜欢做的事，并且愿意坚持下去，是多么幸福。不管将来如何，至少现在的她是快乐的。

三

粉红。明黄。雨伞。阳光。

《阳光下的雨伞》，多像一朵跳舞的金黄色蒲公英啊。那么作者，应该也是一位和家琳一样的阳光少女吧。

我在脑子里猜想着这幅画的作者，一个叫桃子的五年级女孩。可桃子的语文老师羊却告诉我，桃子三岁时脑腺瘤发作，压迫眼神经，动了手术，从此双目就失明了。因为身体原因，二十岁才上小学一年级，现在她已经二十五岁了。

"桃子很内向，不愿意跟人多说话，尤其是陌生人，你要做好思想准备。"羊老师似乎在警告我。

怎么可能呢？看她的画，不应该是这样的女孩啊？抱着一丝好奇，我约见了桃子。可能是第一次见面吧，桃子显得很拘谨，一坐下来就不停拉扯衣服角。她的脸是那种近乎透明的白，仿佛从未被阳光晒洗过。从体态上看，她更像五六年级的女孩，而不是二十五岁的姑娘。

十月初的天还有些热，我把水端给桃子时，触碰到的是冰一样冷的手。她的脸没有任何表情，端坐在椅子上，外人很难分清她此刻的内心究竟有没有波澜。

"外婆去世后，你就跟爸爸妈妈住到一起了，是吗？"

"是。"

"想念外婆吗？"

"想。"

"外婆去世你一定很伤心吧。"

"差不多。"

"能跟我说说你的外婆吗？"

桃子的版画作品《阳光下的伞》

小何的版画作品《秋千》

"不能。"

场面有些尴尬，桃子捧着水杯的手是僵硬的，骨关节看着特别粗大。我想，也许应该跟她谈点别的，比如同学。

"平时下课，你跟同学们都玩些什么？"

"不玩什么。"

又是长时间的沉默。我说，你口渴了吧，喝点水吧。她说，不渴。

"你是二十岁上小学一年级的，那在你外婆去世到你上一年级之前，你是怎么过的？"

"看电视。"

"当时怎么没想到来盲校上学？我听说你爸爸妈妈都是很有文化的人。"

"身体差。"

"听说你画画不错。"

"不行。"

我没料到她会这样说，她把身子微微侧过去，开始背对着我。从她的肢体语言中我能感觉出来，她不是在谦虚，而是在回避。

"你觉得这个世界上有人理解你吗？"

听到我这样说，桃子把头低下去，双手互相掰着，仿佛在思索什么。过一会儿，她轻轻地说了一声，没有。

"在盲校，你开心吗？"

"差不多。"

桃子坐在椅子上，背更驼了，像是要把自己包裹起来。我忽然想起，之前老师说过，桃子很喜欢看书，写作文很棒。

"你们老师说你喜欢写东西，我也喜欢写，你愿意跟我交朋友吗？"

"你想跟我交朋友？"

桃子抬头，脸上掠过一丝惊讶的表情。但很快，又恢复了那张没有表情的脸。

"对，我是搞写作的。"

"你写过哪些书？"

这是近一个小时里，她第一次向我主动发问。我跟她简单说了自己出版的几本儿童小说，还跟她谈到了自己喜欢看的书。

"小说容易写，还是童话容易写？"

"要写好都难。你喜欢童话吗？"

"差不多。"

她又说了这个词，但我能感觉到她内心的某个角落松了一下，就像雨后的泥土里有一条蚯蚓钻出了地面。也许，我应该说点好听的。

"桃子，我觉得你身上有当作家的潜质。"

"为什么这样说？你……你觉得我有什么潜能？"

这回，她没有低头，她将脸对着我。我从她脸上捕捉到了一份好奇。这种好奇里面更多的是讨教而不是警觉，我能感受到。

"这么说吧，作家需要有一颗安静的心，你给我的第一感觉很安静。其次，作家需要有一颗敏感的心，你看上去很敏感。最后，作家需要一些特殊的经历，这个你也有。"

她不说话，嘴角微微抿了一下，看起来像是在微笑。

"要不，我给你出个题，看看你是不是适合写童话，当然，你有权拒绝。"

她想了一下，终于点了点头。我给她出了三个词：黑森林，蓝蘑菇，小红帽。我想看看她如何描绘心中的小红帽。

一个礼拜后，我收到了桃子发来的童话：

爱旅行的小红帽

在一片茂密的森林里，长着许多高大挺拔的参天大树，住着一群快乐的小动物。

森林里的天空总是黑漆漆的，有时透过密密层层的枝叶可以看到小小的一片蓝天。在一棵枝繁叶茂的青松下，长着一朵碧蓝色的蘑菇，蘑菇上布满了花纹，它的模样非常惹人喜爱。

一天，一阵风刮来，一顶做工精巧、颜色艳丽的帽子随风飘来，落到了树枝上，那是一顶小小的大红色的帽子，它有个可爱的名字：小红帽。

"嗨，你好呀。"小红帽对蓝蘑菇说。

"好呀，小红帽，你怎么会在这里呢？"蓝蘑菇问。

"以前我是一个漂亮小姑娘的帽子，她天天把我戴头上，无论穿什么衣服都戴着我。"小红帽对蓝蘑菇说，"后来她长大了，无法再戴我了，就把我放在一边，不再管我了，又过了几年，我身上落满了灰尘，被嫌弃太脏了，就把我给扔了。"

"那你一定很伤心吧？"蓝蘑菇说，它向小红帽投去同情的目光。

小红帽平静地说："刚被丢弃的时候，我确实挺伤心的，过了一段时间，我来到了这片森林，我的目光一下子被森林里的景色吸引住了，渐渐地我就忘了那件事。我去过很多地方，看过很多奇妙的风景，见过很多人……后来，我就爱上了旅行。等什么时候刮风，我还要去旅行呢。"

"有机会我想和你一起去旅行。"蓝蘑菇迫不及待地说。

夜里，森林里突然刮起大风，大风折断了许多树枝，吹落了不计其数的树叶，吓得小动物们四处逃窜。那阵大风也把小红帽和蓝蘑菇卷到了空中，它们便乘着风向远方飞去。

在风中，蓝蘑菇紧紧地抓着小红帽，不让自己跟小红帽走散。风刮了好一阵子才停歇，小红帽和蓝蘑菇降落在一条小河边。那儿，有一群过河的蚂蚁。看样子，它们正在为没办法过河而发愁。

"我们得去帮帮它们。"小红帽对蓝蘑菇说。

"你，你能行吗？"蓝蘑菇看着小小的小红帽。

小红帽没有回答蓝蘑菇的话，它对小蚂蚁们说："你们是要过河吗？我可以充当你们的船，载你们过去。"

小蚂蚁们使劲地点头，它们看到小红帽就像看到了美丽的太阳。于是，在蓝蘑菇的带领下，小蚂蚁们一个个排着队坐上了小船。到了河中心，水流忽然变得湍急，小红帽心中无比害怕，身子在不停地晃动。船上的蓝蘑菇和小蚂蚁们更加惊慌失措了，它们大喊着："救命啊，救命啊，谁来救救我们！"

眼看小船就要翻了，这时候，一群小鱼游了过来，及时稳住了小船。在小鱼们的帮助下，小船继续行驶，终于到河对岸了。小蚂蚁们下了船，一个劲地对小红帽和小鱼儿们道谢，害得小红帽的脸红了又红，都成了小紫帽。

分别的时候来临了。在河边的老柳树下，小红帽跟蓝蘑菇，跟小鱼儿还有小蚂蚁们一一告了别，继续向前走，继续它的旅行。

羊老师告诉我，这是她第一次写童话，平时她写的都是抒情小散文。我把这则童话发给桃子的爸爸，一位资深的中学英语教研员。他看后很激动，说没想到桃子竟然能写出这样的文字。第二天，桃子爸爸还请了他的好朋友，一位语文名师对桃子的这个童话作了点评：

在这则童话中出场的任何一个角色都是善良的、热情的。没有一个不好之人，可见作者是一个多么可爱的女孩。黑漆漆的天空，刮起的大风，吹折的树枝，以及运载蚂蚁们的"小红帽"之舟到了河心之后遇到的"旋涡"，可能是作者心中的某个"隐喻"，是一种暗示，一种高明的写作手法，巧妙而含蓄地表达了一种生命的困境。渴望旅行，向往飞行，恰恰说明小作者有一颗向上的、阳光的、明亮的心。而小鱼们及时出手相助，暗示着相助的美好，暗示着生活的美好。整篇童话，流淌着一种生命的坚强和对生活的热爱，读来让人感动。

为了鼓励桃子，我让一位五年级的女孩朗诵了这则童话，并把它们发在了我的公众号上。羊老师说，她给全班同学播放了这段朗诵音频，同学们都很惊讶，他们都给桃子鼓掌，桃子的脸都红了。

这之后，我又去教室看过桃子几次，她不太喜欢说话，每次见到她，她都是一个人坐在位置上听手机里的小说。她并没有因为我们的第一次谈话，因为那则发在公众号上的小童话而对我敞开心扉。我和她见面，我们之间的谈话都简短到只有几个单词。

好。可以。差不多。行。不能。

跟人说话对她来说，似乎变成了一种迫不得已。我不希望看到这样的桃子。再后来，我决定用文字和桃子交流。事实证明，与跟人说话比，桃子更喜欢用文字交流。

以下摘录，桃子在QQ上跟我交流的一则文字片段：

外婆走了

十三岁的时候最疼爱我的外婆生病去世了，好长一段时间我都不愿面对现实。当夜深人静的时候，外婆温馨的话语总会回荡在我的耳边，这时我总想要伸出双手紧紧地抱住她，但每次都像卖火柴的女孩那样，火柴灭了，外婆不见了。

外婆去世那天，我没怎么哭，以后也没怎么哭，可只有我自己知道，我心里的一个角落少了一块很重要的东西。那东西让我在一段时间内无比疼痛，虽然表面上我会装作什么事也没有。

我曾经问过桃子的爸爸，外婆去世了，她伤心吗？桃子爸爸说，没看出来她有多伤心。她很少跟他们提起外婆。在感情上，她一直比较淡漠。现在看来，这些年里，桃子已经习惯把自己封锁在一个狭小的空间里。她拒绝别人进入，也拒绝自己出去。她更不想让人看见她世界里的悲伤。

我把这段文字发给桃子爸爸看，他感慨道，这么多年了，他根本不了解自己的女儿。

知道桃子喜欢写东西，我又从羊老师这里，收集到了她的几篇随笔。桃子写的都是盲文，我无法看懂。羊老师在百忙中，帮我翻译了几篇。这些关于版画的文字记录，更显示出了桃子丰富的内心世界（限于篇幅，我做了适当删改）。

我心中的启明灯

五彩缤纷的画卷，对我来说只是一张废纸。可以勾勒出美好画卷的画笔，在我看来只是一堆垃圾。什么是绘画？它们的线条有多美，颜色有多艳丽？无论画家们下多大的功夫，对我们这些双目失明的人来说，欣赏一幅画，简直难如登天。

而我是幸运的。因为我接触到了盲人版画。它满足了我心中那份对绘画的渴望和蠢蠢欲动。

通过两年的学习，我不仅可以画芬芳迷人的花朵，可以画层峦叠翠的山峰，可以画潺潺流水的溪流，还可以画郁郁葱葱的树木。我能把我想象到的东西刻在版画上，印在纸上，画在我的心田里。慢慢地，我觉得我的眼睛仿佛重现了光明，那刻在板上的一笔一画是我的瞳孔，那印在纸上的水彩颜料是我的目光。我看到了在天空自由飞翔的鸟，看到了大地上快速奔跑的猛兽，看到了远处烟波浩渺的大海，看到了晴空万里的蓝天。这些景物都变成了一幅幅流光溢彩的画卷，在我脑子里流淌。

没错，版画让我的世界变得丰富多彩，版画让我听到了世间一切美好的声音。如果我说，颜色是有声音的，你一定不要奇怪。因为在我心中，那盏闪亮的启明灯也是有声音的，它就像是风铃的声音，悦耳动听。

在大操场上，有一只离弦的箭，像一道闪电划过长空，快速劈在前方的草地上。

你一定很好奇，我们学校的操场怎么冒出箭来了呢？是谁在射箭呢？那么，我将自豪地告诉你，那是版画组的同学们。我又听到有人问："版画组还教同学们射箭吗？"不错，版画组的老师确实会教同学们射箭，射过之后，还要把弓箭和射箭的感觉画出来。

看，同学们站在跑道上，手持弓箭，玩得不亦乐乎。轮到我了，我伸手接过弓箭，在老师的耐心指导下，左手握弓，右手使劲地将弦往后拉。嗖一声，箭就向远处飞去了。

天地沧桑

周六，老师给我们带来了一堂别出心裁的版画课：一首忧伤悲凉的乐曲，一个悲戚的故事，一片深幽的森林，一个彷徨无助迷失了方向的路人，这些东西都成为我们版画创作的素材。

在课上，老师给同学们放了一首曲子，节奏缓慢，曲调哀怨，听得我脑海中产生了一幅幅凄凉的画面，像电影一样不断地循环播放着。

我拿起了笔。我把版画边缘的一块都画上了树，中间画了一个人。我想让人知道，那是一片森林，有一个人身在森林之中，森林里的树只剩下光秃秃的树枝，没有一片树叶，看上去不是幽静，是萧条，是一眼望去的枯黄。

我把它取名为"天地沧桑"。是的，你说一个人被困在一眼望不到边的森林里三天三夜，又不禁回忆起伤心的往事，谁能体会到他的沧桑？谁又能懂得他的感受？那些沧桑只能在天地间飘荡，像一个孤魂野鬼。

我惊讶于桃子如此丰富的感受，细腻的笔触。她用冷漠的外表伪装了自己，包裹了自己。生性内向，长期封闭式的生活，让她很不擅长跟人打交道。我几次在暗中观察，她极少与周围的人交流，更多时候，都是一个人，静静地坐着，抱着一个手机听书。仿佛周围的世界，跟她毫无关系。

如果没有这些文字，我永远都读不懂桃子的内心。在文字里，她卸下了面具和包袱，做回了自己。文字和绘画也让她找到了和世界沟通的那扇门，学会了如何表达自我。就像，她在随笔中提到的，那盏闪亮的像风铃那样发出悦耳声音的启明灯。它们让她看到了希望。

试问，世间还有什么比希望更能激发人对生命的热爱呢？

初冬的阳光从窗户里洒进来，我忽然觉得版画教室里的那些画也在发光，发出五彩夺目的光。

两个女孩

LIANG GE
NÜHAI

小丹（化名）

性别：女
出生年月：2002年3月
籍贯：浙江省宁波市
梦想：当医生

阿云（化名）

性别：女
出生年月：2005年4月
籍贯：浙江省丽水市
梦想：做美食家

一

在中学部教学楼前碰见了小丹，我跟她打了招呼。和两年前相比，她长高了一些，皮肤更白嫩了。

认识小丹是在2014年，那时候她还在读六年级。第一次见到她时，她正在指挥班里的同学打扫卫生。和别的盲孩子不一样，她的眼神是灵动的。我问她，能看见我吗？她说，你穿的是蓝裙子。我走过去看她位置上的课本，比普通书本的尺寸大一号，上面的字也很大。她应该是个弱视生。

我们就这样认识了。

小丹很能干，班长，运动健将，文艺积极分子。每次去找她聊，她不是在管理班级，就是在策划活动，或是被老师叫去参加活动或者体育集训。

2017年整个秋天和冬天，几乎每个周六晚上，我都会去盲校跟小丹她们几个女孩聊天。寝室有四个女孩，每次去，小丹总是不在场或者最后那个姗姗来迟的。

"叶老师，不好意思，我实在没时间跟你聊天了。"一次，小丹对我说。

"要去排练节目吗？"

"主持稿，还有花样跳绳，反正很多很多活动。没办法，我就是那种不会拒绝的人。"

平时的小丹很活泼，讲起话来像机关枪一样哒哒哒的，但有时候，她又特别安静，言谈中有同龄孩子少有的成熟。我甚至觉得她对人过于提防。也许，这跟从小她母亲离开她有关系吧。

记得，她在一篇写父亲的作文中这样提到她的母亲：

那个人，四岁就离开我们了。那个人从来没有给我打过电话。家里也没有她的照片。在我模糊的印象中,她是个长头发的女人,说话嗓门尖尖的,像塑料泡沫在玻璃上摩擦发出的声音。

"你要让她后悔,后悔离开我们,后悔不要我这个女儿。"我不知道这是不是爸爸用来刺激我的话。我和他之间,我们提到妈妈总是在这样的时候。我感觉怪怪的,心里不舒服,呼吸也变慢了,喉咙像是被什么东西哽住了。

说实话,我真的不敢想象,家里多了妈妈这个角色该怎么过。记忆里,从小到大,这个家就只有爸爸、奶奶、我三个人。因为习惯了家里没有妈妈,就不会觉得妈妈是个很重要的人,就像现在别人说我眼睛不好,我早就习惯了,也不会很难受一样。

可有时候吃饭,爸爸和奶奶总是有意无意地说我的很多动作,包括我的嘴巴和鼻子都像那个女人,除了这双眼睛。我只能笑笑,继续默默扒碗里的饭。

那时候,小丹还在上初中。她说,老师,我力气这么小,肯定不适合按摩。彼时的小丹已经是学校花样跳绳队的主力队员了,同龄的女孩子中没有一个在速度上可以超过她。她还擅长短跑,曾经梦想过进体校,当一名运动员。

2017年10月,我们有过一次长长的谈话。我在采访记录本上翻到了当时她跟我描述的事:

暑假,残联的田径教练到我们县选拔体育苗子,我们那地方的残疾人都去了。那天,残联的老师好像看中了我,还让我留了电话号码。

这可不得了,爸爸告诉了奶奶,奶奶告诉了街坊邻居,一传十传百，最后我被说成了全国跳绳冠军。可我自己并不是很想去，只有体验过训练之苦的人才知道，体育这条路有多难走。每天都是高强度的训练，全身酸痛，走路都不利索，要是伤处理不好，就会留下病根子。

家里人天天在饭桌上劝我，说盲人只能去推拿，除了这个还能干什么？像我这么瘦弱的人，又是女孩子，被人欺负了怎么办？现在有这么条好出路，就得赶紧抓住了。爸爸说，要是比赛拿了冠军，就能过上好日子了。

我不说话，只是默默地听着。可是每天，爸爸和奶奶总在我耳边唠叨，真让人受不了。爸爸是家里的老大，他有时候脾气不好，会发大火，我不敢跟他说，只好偷偷告诉奶奶。

我告诉奶奶，训练跳绳的时候，肌肉拉伤了，现在走路都还疼还困难。学校里，中午同学们叫我一起去吃饭，我就只能跟他们说，你们去吧，我自己慢慢走就好了。说着说着，我的眼泪就不由自主地掉下来了。

奶奶摸着我的头说，我会跟你爸爸好好说的。

那天上午，我在午睡，蒙眬中听见奶奶和爸爸在商量这件事。奶奶心疼我，让我别去了。可爸爸依然很坚定，他觉得这么好的机会不把握，太可惜了，现在受点苦，到时候拿了冠军就可以扬眉吐气了。

"妈，小丹不去做运动员，还能干吗？算命吗？"

"那总还有别的活可以干。"

"别的活？说得轻巧，你没听见她不想做推拿吗？"

他们以为我睡着了呢，其实，我都听到了。我的心又开始动摇了。如果我去训练，去比赛，爸爸就会开心的。他一天到晚在工地上干活太累了。别人都说，他四十多岁的人，看上去像六十多岁。

中午吃饭时,我对爸爸说,如果残联来找我,我去。

这下,爸爸可开心了,更加起劲地宣传这事。很快,连在远方的姑姑也知道了。把我当亲女儿一样疼的姑姑亲自跑到我家里来,劝我一定要去,说我有成绩了,就有钱了,将来就不用愁生活了。

姑姑大老远跑来对我说这番话,我还能怎么样呢?去吧,就算为了大家。

可人算终究抵不过天算,因为联系不好学校,最终我错过了去天津训练的机会。现在,我又开始为自己的人生发愁了。像我这样的人,将来能做什么呢?爸爸已经快五十,奶奶已经八十多了,他们不可能陪我一辈子啊。

我该怎么办呢?

那时候小丹正在念初中,她对未来很迷茫,问她将来有什么打算,她说,走一步算一步。彼时,早熟的她,仿佛早已经看透生活,对未来并不像一般女孩子那样充满了幻想和憧憬。她对生活更多的是接受,哪怕有过挣扎与反抗,但这样的挣扎与反抗就好比大海上偶尔泛起的小浪花,掀不起大风大浪。

我记得她对我说过,人不能有太多幻想,否则会很痛苦,尤其是像我们这样的人。

教学楼那次的碰面很匆忙,小丹正在闹感冒,嗓子有些哑,说一会儿要参加一个活动。我没来得及细问她的近况,她身边还有几个伙伴等着,便只好拍着她的肩膀说,记得休息,要爱护自己,过几天我们再聊。

她点点头,擦了擦眼睛,轻声跟我说,老师,再见。

二

通过学校老师，我了解到了小丹的一些近况。她现在是花样跳绳队的老牌运动员，她还加入了学生会，成了学生会的主席团成员。另外，她还在学校广播电台担任女主播。

我很欣慰，小丹一直在成长。再次长谈是两个礼拜后，在中学部一楼的按摩室。

"你学习一直不错，为什么选择读职高呢？"

"这个跟学习没关系，大部分盲人以后还是要去干推拿的。职高能学到更多的技能，如果想考大学读职高也可以的。"

"可我听说普高更重视文化课，难道你不想考更好的大学，找更好的工作吗？"

"想是想，可这条路太难走了。"

听到小丹这样说，我竟找不出像样的话语来回答，之前准备给小丹灌输的那些心灵鸡汤语，忽然间变得苍白了。不知道为什么，从第一次见到她，看到她有条不紊地指挥班里的那些比她高大很多的男生打扫卫生，我就觉得这个娇小的女孩子不简单。

"叶老师，你不用太担心，我以后想考医师证，证考出来了，我就可以去中医馆当推拿医生，当医师比干普通推拿轻松，赚的钱多，活也干净。"

我问她，这个证容易考吗？小丹笑笑说，百分之二十的希望吧。慢慢考，一年不行，两年，两年不行，三年，反正还有时间。

总觉得小丹的笑里带着无奈和苦涩。我想起了两年前，那些不点灯的夜晚。盲孩子的寝室，夜晚大多是不开灯的，灯对于他们来说，更多的时候只是一种装饰。几次来往之后，我也习惯了在黑暗中跟这些女孩聊天。我记得，她们寝室的窗外有一棵很高很大的树，再过去有一盏橘黄色的路灯。我们就这样坐在隐隐约约的光里闲聊。而这一切，仿佛就在昨天。

"上次我看到你在花样跳绳队的表演，你和一个女孩子搭档，跳得特别好。"

"你是说阿云吧。嗯，很多人都说她跟我很像。不过，我倒不这样认为。她现在是老师重点培养的新人。"

"你真不打算走这条路了？"

"怎么说呢，是有人靠表演吃饭，也有国家队的教练来我们学校物色人选的，可我觉得这跟马戏团的动物表演没什么两样。我不想成为那样的人。"

"那你想成为哪样的人？"

"怎么说呢，我不想自己想太多，往前走，别太委屈自己，让自己快乐一点。打个比方，今天我就想该吃点什么，要上什么课，还有什么时候来见叶老师。"

看着小丹故作轻松的样子，我笑笑，问她高二学习忙吗。她说，也不算太忙。主要她有很多事要做。她是班长，班里有什么事，老师第一个找的人就是她，学校里还有一堆事，老师也总找她。她说那天在教学楼碰到我，要不是感冒了，肯定得去广播站当主持人。周一到周五太忙了，周末学校里也有很多活动。她感觉一天24小时根本不够用，每天觉都睡不饱。

"喂，问个问题，有没有男生给你写情书？"

"没有啦。我们老师说了，中学生不能谈恋爱的。"小丹扭了一下身子又说，"我就是想让自己稍微闲一点。下学期，我会退出跳绳队，做点自己喜欢的事。"

"嗯，能跟我说说你喜欢什么吗？"

小丹盯着远处说，她喜欢吃零食，喜欢聊八卦，喜欢听广播，喜欢不被当成盲人，喜欢不被人打扰。她说得有些漫不经心，但我能感觉到她的内心似乎正在卸下一些东西，这跟两年前的她有些不一样。那天，我提出周末是否可以去寝室跟她聊聊。她笑着说，我可以拒绝吗？

我被她的话逗乐了。

晚上，我翻出了两年前小丹传给我的一则周记。

自信与自卑

我们盲人这个群体总体来说分为两类：一类是对自己特别自信的；一类是心里缺乏安全感，比较自卑的。

我吧，就是看上去阳光灿烂，无比自信，内心却缺少安全感，甚至有点自卑的。

比如，我跟朋友约好一起坐公交车去玩，可当要出发前的那几分钟，我又会害怕，我怕我一不小心没看清某个不明显的台阶被绊倒，我怕我踩到地上某个垃圾，我怕在拥挤的人群里跟自己的朋友走失，我怕……我怕好多好多。

走在外面的马路上，我没有自信跟陌生人交流，我担心自己说错了话，我又害怕没看清楚商店招牌上面的字或者店里柜台上的牌子而闹出笑话，甚至，我都不敢去跟卖奶茶的老板说："老板，我要一杯珍珠奶茶！"

到了一个陌生的环境，我经常会闭上眼睛，因为我的眼睛跟正常人不一样，有些变形。很多盲人出门是戴墨镜的。我们，尤其是我们这样的女孩子都害怕别人用异样的眼光来看待我们的生理缺陷，害怕被人笑话。

我们班上的大部分同学也跟我一样缺少自信。给我们上课的老师对我们这个班的评价是这样的：走进去，一个个坐得腰背挺立，特别端正，但一提问题，下面就没有声音了，太安静了，比老年人还安静。

身为班长，我只能起带头作用，打肿脸充胖子。其实，我好想对自己说，你可以不用那么累，你也可以害怕，可以说不。但是……也许，这就是自信又自卑的我。

那天后，我没有再去找小丹。偶尔，我们会在微信上互相问个好，要是她不主动跟我聊天，我也不会特意跟她说话。我记得她说过，喜欢不被人打扰。

三

跟小丹很像的女孩叫阿云。她是小丹在花样跳绳队中的黄金搭档。

阿云比小丹长得高，走路一纵一纵的，很轻盈。她很爱笑，每次跟她谈话，她总是笑个不停。我说她笑点低。她说，就是想笑，忍不住想笑。小丹也爱笑，可小丹的笑里总掺杂着除了笑以外的不少东西。当然，阿云跟小丹也确实有很多相似的地方。她们一样是弱视生，一样是班长，一样是学校的运动健将，一样有着较好的人缘。重要的是，作为女孩子，她们都很苗条（一般的盲孩子因为缺少运动，体型大多偏胖）。

"为什么大家要选你做班长呢？"

"我个子高呗，还有我眼睛比他们好呗。"

"你身材看上去很不错啊。"

"那当然，我会转呼啦圈，我还参加了学校的花样跳绳队，还有，我也去训练跑步。我可不想像他们那样整天坐在位置上，变成一个大胖子。"

我总是有意无意地拿阿云跟几年前的小丹相比。显然，阿云比小丹更活泼，说话更随意，对人也没有过多的提防。

"你很爱运动？"

"嗯，我还喜欢合唱。老师，告诉你吧，我现在很纠结。"

阿云告诉我，在合唱小组和花样跳绳里，她必须选择一样。可她觉得这两样她都喜欢。不过，相比较而言，花样跳绳她更厉害些。问题是一到跳绳比赛，她就紧张得要命，老想着上厕所。她就怕自己太紧张了，发挥不好，影响到集体成绩。

"看样子，你还是更喜欢花样跳绳。没事，放松些就行，再不行，两样都参加啦。"

"那我问问老师去。"

她歪着头，窗外的阳光打在她的身上，闪着毛茸茸的光。

"你有烦心事吗？"

"挺好的，挺开心的。这里的老师和同学都很好。"

"家里人会经常来看你吗？"

"我爸爸妈妈很忙，他们没时间来看我。"

"你怪他们吗？"

"没有啊，他们在家里忙，没办法啊。叶老师，我妈妈可好了，暑假里，她给我买了一只银镯子。你看。"

阿云把左手伸过来，我看到她手腕上有一只粗粗的银镯子。

"我给妈妈做了个手工的花瓶，她把花瓶放到了柜子里存起来。我现在在做一个更大的花瓶。"

阿云问我，是拿上来给我看，还是跟她去手工教室看。我说，去手工教室吧。

二楼手工教室里摆放着很多盲文牛皮纸做的工艺品。有高大的花瓶，有精巧的小动物，还有一辆彩色的自行车。放在柜子最上层的几个花瓶里插了

手工教室里的阿云

绿萝和吊兰。阿云指着一个跟她差不多高的花瓶说,这个是她和另一个女孩子一起做的,已经做了一个多月了。一个高脚的花瓶,差不多要花几万个插片。

"叶老师,你哪天走的时候,告诉我一声,我送你一个。"

阿云转身搂住那个高脚的花瓶,孩子气地说,这个是要拿去展览的,不能给你。

阿云说话就像她的脚步那般轻快。她最常用的一个词是,开心啊。她这样说话的时候,脸上的笑也是甜的。那天,我们聊了很长时间,快下课的时候,阿云问了我一个问题。

"叶老师,我觉得帮助别人是很快乐的一件事。可我觉得有时候,我帮了他们,他们就觉得我是应该的,因为我是班长嘛,我又比他们视力好,他们就什么事都让我干。可是,他们有时候连一声谢谢都不会说。"

"你把自己的心放平了,告诉自己,帮助别人不一定要求回报,这样就会好过一些。"

阿云点了点头,说我讲话的语气跟她妈妈很像。她妈妈也经常这样对她说话。

"我妈妈对我很好,真的很好,我觉得很幸福,特别特别幸福。"

阿云一再强调妈妈对她好,好像生怕我认为她妈妈不是个好女人。讲真话,我很想见见她妈妈。可我又觉得这孩子哪里不对劲,也许是过于阳光,过于好说话了吧,在她眼里似乎什么都是美好的,什么都是快乐的,就连爸爸妈妈不给她打电话,不来看望她,她也觉得是应该的。

我去过阿云所在的班级,他们班一共十个学生,只有她和她的同桌是女生。按道理,阿云在这样一个男生众多的集体中,应该是被宠溺的对象,怎么会什么事都要她一个女孩子去干呢?我找了阿云的同桌,一位穿红衣服的女孩,让她说说阿云这个人。她说,在她眼里阿云是个完美的女孩子,好像找不出缺点。我很惊讶她如此回答，丝毫没有同龄人的嫉妒。

"那你觉得阿云快乐吗？"

"她一天到晚都很忙，要做手工，要跳绳，还要去合唱团，反正我们班就她最忙。她是我见过的脾气最好的人，对谁都脾气好，别人有什么事，都喜欢找她帮忙，她也很乐意帮助他们。哦，对了，老师，我们班同学都叫她张大妈。"

"张大妈？"

"嗯，她姓张。哦，老师，我想起来了。有一次，她哭过，就是写了一篇她妈妈的作文，老师跟她聊了几句，她就当着老师的面把作文本给撕了。"

如此好脾气的阿云，也会当着老师和同学的面撕本子？事后，我特意去找了阿云的班主任。这位年轻的男老师告诉我，那天阿云有些失控。不过，阿云这孩子做什么事首先想到的是别人的感受，别人好，她就觉得好，别人不好，她就觉得不好。

"你的意思是她很在意别人的看法？"

男老师点点头，他告诉我，在盲校，有不少孩子，视力有问题，心理也有问题，他们总觉得这个世界亏欠他们，所以，周围的人对他们做什么，他们都觉得是应该的。阿云跟他们不一样，她是生怕别人认为她做得不好。

"阿云家里有弟弟，还有妹妹，她是老大。她这人吧，就算心里有委屈，也很少愿意说。那篇作文是这么回事，最开始，她在作文里写了些抱怨妈妈的话，我跟她谈了一下。她就把作文给撕了。我找找，一会儿翻译一下，发你看看。"

快放学时，我收到了老师发给我的一篇作文，想来应该是重写过的那篇。

我的妈妈

小时候，我需要什么，妈妈总是尽量满足我。我有什么事，她也会帮我做。可不知道从什么时候开始，妈妈渐渐疏远了我。还让我干这干那，我干不好，她就指责我。

最开始的时候，我老是想，是不是有了弟弟和妹妹，她就不爱我了？弟弟和妹妹是健康的明眼人，可我的眼睛充其量只能看到些模糊的影子，好像整天生活在一堆浓雾中。直到有一天，我明白了。

那天中午，妈妈又指派我洗碗。我在洗的时候，手一滑，不小心打碎了一只碗。奶奶走进厨房捡地上的碎碗片，一边捡一边数落我："这都做不好，以后能做些什么？"

我的眼泪在眼眶中打转，心就像那只白瓷碗一样被打碎了。我心里想，国庆长假，好不容易回家一趟，你们还让我干这干那，弟弟和妹妹眼睛都能看到，为什么不让他们俩洗碗？早知道，我就不回来啦。

可是，奶奶一点都没看出我的异样，她还在唠叨："阿云，你都十一岁了，还这样不争气，以后谁家敢要你这样的女孩。哎，你妈是怎么教你的？"我把头低下去，不停地扯着衣服的下摆，似乎不抓住自己的衣服，奶奶的唠叨声就会把我从这间屋子里赶出去。

这时候，妈妈听到了，从楼上下来，对奶奶说："阿云已经做得很不错了，您就别说她了，她不是有意的。"奶奶还想开口，又被妈妈抢先说了。妈妈说，眼睛好的人都要打碎碗，何况阿云的眼睛不好。奶奶听了无话可说，自顾自走出屋子去了。

妈妈走过来替我擦去脸上的泪水，安慰道："没关系的，都过去了。你奶奶不是不疼你，她是为你好，想着你将来能成为一个能干的女孩子。"

那天，妈妈对我说了很多话。她说，对我严格要求是因为担心我的将来，我眼睛不好，怕我吃亏，怕我做不好事，怕将来等她和爸爸老了，没有人能照顾我。她想让我从小就学会做力所能及的事，早点学会照顾自己。

渐渐地，我胸膛里的怒火熄灭了，被一种无法言说的温暖包围着。我知道，是我错怪了妈妈。原来，妈妈一直是爱我的。

我向老师要了阿云妈妈的电话。当天晚上，我们就通了电话。

"您女儿很优秀，平时您是怎么教育她的？"

"老师，我是农村人，没什么文化，不懂什么大道理。我们家孩子属于懂事比较早，特别省心的那种。我平时也没怎么教育她，就是经常对她讲，你眼睛不好，可其他方面一点也不比别的孩子差，你要有信心。还有，我对她讲，因为你眼睛不好，所以要比其他小朋友付出更多，才能做成一件事。有时候，女儿跟我讲和同学闹矛盾了，我就对她讲，你要多站在别人的角度考虑问题，这样自己就不会生气了。"

"平时在家她会帮您干家务活吗？"

"放假回来，她都会帮我干活。我也没有因为她的眼睛不好，特殊对待她，她该干和能干的事，都让她干，我就把她当一个普通人看待。我对她说，爸爸妈妈总有一天会老，将来还是要靠你自己。我希望她能早点独立，有时候也会对她严格一些。三姐妹中，我对她最严格，因为她眼睛不好，我最不放心她。老师，我这样说不知道你懂不懂。"

电话那头，我听到阿云妈妈的哽咽了。我想起了老师说阿云在作文里抱怨她妈妈的话，看来，阿云也有不理解妈妈的时候，毕竟她还是个孩子啊。

"别人都是爸爸妈妈打电话给孩子，我女儿吧，一打过去，她就说，妈妈，电话里聊天要钱的，我在学校里很好，这里的老师和同学都很好，没有什么事，你就别打给我了。我会打给你的。所以，经常是她打电话给我，让我注意身体，别太累了，她也会跟弟弟妹妹爸爸聊天，嘱咐他们这个那个的。前几天，我身体不舒服，她就叮嘱我别太累了，要好好休息。她还让我们别惦记她，她现在长大了，能照顾自己了。我们来回一趟不方便，家里还有弟弟妹妹要照顾，就别折腾了。她说，现在要好好学习，等将来我们老了，养我们。"

"真羡慕您有这样的女儿。知道吗？您家女儿说，她有您这样的妈妈很幸福。"

"不不不，叶老师，我做得不好，阿云去盲校上学后，在她身上我也没花多少心思，真的，我做得不好。"

听得出来，阿云妈妈不是谦虚。阿云的老师也说，阿云的家人平时不会来看她，一般都是电话联系。

几天后，阿云愉快地告诉我，让她烦心的事已经解决了。我问她怎么解决的。她说，既报了合唱团又参加了花样跳绳训练。反正，有的是时间，时间不是用来浪费的，时间是用来干有意义的事的。少壮不努力，老大徒伤悲，现在多学一点，将来就能派上用场啦。

"不会觉得累吗？"我想起了小丹说每天都忙得睡不饱的话。

我发现，阿云说话的时候特别喜欢用名言警句。我注意过盲校教室里墙上贴着的那些标语，大部分都是名言警句，字很大，阿云是弱视，应该能看清楚。我常常想，一个人时，阿云是否经常对着教室以及走廊上的那些标语默念呢？

"叶老师，你在听我说话吗？我怎么会觉得累呢，我才十三岁啊。瞧，我的胳膊和大腿。"

阿云笑着把她的胳膊和大腿伸向我。的确，她浑身上下散发着青春少女的气息，连走路都好像在表演花样跳绳。在她身上，我几乎看不到盲孩子的自卑心理，她就像传说中的小太阳，尽自己的力量想给周围人带来光和亮，想得到他们的认可和喜爱。这样的孩子他们会压抑自己正常的需求，会懂事得让人心疼。

"能告诉我，你喜欢什么吗？"这个问题我问过小丹。

阿云歪着脑袋想了一下说，她喜欢学习，喜欢帮助人，喜欢跳绳，喜欢合唱，喜欢身边的每一个人。

"你期待自己成为什么样的人，你就会变成什么样的人。"我想起了另一间教室墙上的标语。阿云，正在努力做一个让别人喜欢的女孩。这份喜欢有家里人的，还有学校老师和同学的。也许，她从来没想过自己喜欢什么，她甚至不知道女孩子是可以跟爸爸妈妈撒娇的。跟阿云相比，眼下的小丹也许活得更真实，更纯粹，更自我吧。

我见过盲校很多可爱的女孩，阿云和小丹只是其中两位。如果你走近她们，你会发现她们跟普通的女孩子并没有两样。她们也爱美，也喜欢吃零食，还喜欢得到别人的认可和赞赏。她们正在经历的烦恼、青春期的困惑和挣扎，也是很多女孩正在经历的。但毫无疑问，她们的挣扎会更深，更广，更让人不安。这种不安，更多来自她们的眼睛。那无处躲藏，又无处不在的眼睛。

想起小丹说的，喜欢不被当成盲人。这大概是所有盲人女孩内心真正渴望的平等吧。

在声音的世界里飞翔

ZAI
SHENGYIN DE
SHIJIE LI
FEIXIANG

金光亮

性别：男
出生年月：2001年4月
籍贯：浙江省宁波市
梦想：当医生

陈开灿

性别：男
出生年月：2003年5月
籍贯：浙江省绍兴市
梦想：当播音员

冯杰

性别：男
出生年月：2003年5月
籍贯：江西省上饶市
梦想：当程序员

王帅

性别：男
出生地：辽宁省丹东市
身份：浙江卫视主持人

一

"星星眨眼的时候,是在微笑;门被关上的时候,会有窗开;山穷水尽的时候,会有柳暗花明;充满希望的人,永远有未来。"

这是校园广播剧《透亮的世界》里面的旁白。

很难想象,在没有专业录音棚,没有专业制作人员,没有专业播音员的情况下,一群盲孩子靠自己的力量完成了如此高质量的广播剧。

担任海燕广播台台长的是职高班二年级学生金光亮。听学校负责人讲,金光亮的组织能力强,做事认真,是老师和同学公认的学生会领袖。我跟他约好了,去接待室见面聊。

"你们花了多少时间制作《透亮的世界》?"

"差不多两个礼拜吧。哦,老师您别误会,我们都是在课余时间做的。"

站在我面前的金光亮,中等个,偏瘦,说话的时候眼神闪动,很明显,他是个弱视生。我夸他的名字取得响亮。他说,他是个早产儿,放保温箱里时,因为医生处理不当,眼睛出了问题。他的名字是奶奶去寺庙菩萨那里求来的。

"听说你有很多身份,班长、学生会主席,还是海燕广播台的台长。"

"什么身份?那都是干活的差事。再说了,外面比我们厉害的人多了。"

看得出来,金光亮不是在谦虚。他说,经常跟着王帅老师参加各种公益活动,见识了很多人,知道山外有山,人外有人。坐在我对面的他,神态自若,谈吐不凡。

我不属于一开始就很懂事的孩子,小时候挺贪玩的。到六年级了，还整天想着玩电脑游戏。主要是没目标，不知道自己将来能干什么，觉得盲人吧，长大了也就是当按摩师。既然道路已经定好了，也没什么好努力的。不过呢，我这个人吧喜欢跟比自己年纪大的人在一起。七年级的时候，跟高中的学长学姐在一起玩，从他们那里接收到了一些人生信息，比如，盲人除了干按摩，还可以干点别的，什么学医啊，当钢琴调律师，还有律师啊，等等，这些都是有成功先例的。可能因为当班长习惯了，觉得什么事都应该走在前面，所以，七年级开始我就有意识地帮忙策划和主持一些学校活动。但那时候吧，也没有一个明确的人生方向。

应该说，八年级是我人生的转折点，那一年，浙江卫视的王帅老师出现了。王帅老师来到了我们学校，帮我们打开了一扇窗，他让我们知道，外面的世界很精彩，只要努力，盲孩子也可以有作为。他还让我明白了，一个人的生命有限，如果不抓住有限的生命，干点有意思的、自己喜欢的事，就等于白活了。我想奶奶给我取名金光亮，不就是希望我这一生能发光发亮吗？从那时候起，我就觉得自己不能这样浑浑噩噩下去了。后来，我参加了王帅老师的朗诵班，再后来就成了海燕广播台的骨干成员。

职高我读的是推拿专业，在我们学校职高也只有这么一个专业。我的打算是拿医师执照，将来当个医生。现在不少医院有盲人医师，特别是中医理疗这一块，还是挺吃香的。

为了试验自己到底适不适合干推拿这一行，或者说推拿这一行的水到底有多深，我从高一开始就实习了。

高一寒假，在一位学长的介绍下，我去了我们当地的一家推拿店。那家推拿店还是比较正规的，规模也比较大。白天九点上班，一直要干到晚上十一二点。有客人了就干活，没客人就坐在那儿发呆，玩手机。推拿店除了周末，平时都是晚上比白天的生意好，有时候客人一多，就得干到凌晨一两点。晚上工作消耗大，要吃夜宵。夜宵基本上都是夜摊上的烧烤，吃多了，人就容易发胖。反正，一个寒假下来，我就胖了七八斤。

高一暑假，我又换了一家推拿店。这家店比之前的小，位置也偏一些，但工资待遇不错，顾客五花八门的什么都有。说实话，来推拿店的不少顾客并不是真的身体有病，主要还是来放松一下的。这类顾客又以中老年男人居多。

记得有天晚上，来了个四十多岁的客人，这人吧，是个秃顶，长得挺肥的，脖子上还挂着一根特别粗的金项链。他喝了酒，话就特别多。一上来，就跟我炫耀他在外面的情人，说他自己多有本事，更可气的是说着说着还对我动手动脚起来。一个大男人，多恶心的事。我很想撂下挑子不干，但又觉得刚进来就把客人惹恼了，也不是个事。记得进店头一天，老板就说了，顾客就是上帝。他们对我们说什么，发泄什么，我们都得听着，受着。不光听着，受着，还得笑脸相迎。

这样干了一阵子，我对推拿这行业彻底没了兴趣。觉得这样下去，日子久了，不光精神空虚，整个人都会垮掉。所以，我想着将来能干点别的有意思的事。不过，话又说回来，多数到店里来的客人还是规矩的。再说了，盲人干推拿，就目前中国而言，待遇还是不错的，有社会保障，工作也比较稳定。怎么说呢？适合别人的，不一定就适合自己。我觉得干什么关键还是看自己，怎么调整心态去适应。

"你跟王帅老师两年多了，又是海燕广播台的台长，有想过将来从事电台播音这个行业吗？"

"想是想过，就觉得对我来说不大可能。首先，我在朗读这一块的专业技能不是特别好，我们团队中比我好的人有的是，比如陈开灿，他拿过好几个大奖。其次呢，就目前我们国家而言，盲人要在政府部门所属的电台工作还是相当有难度的。怎么说呢？电台播音会成为我的终生爱好，但一般来说，我不会拿它去当吃饭的家伙。在我看来，它们是飞在空中的一部分。"

"嗯，飞在空中的一部分，这个说法我很欣赏。生活需要有脚踏实地的部分，但也需要有离开地面飞起来的东西。比如，诗和远方。"

"对对对，老师，您总结得很好，我想说的就是这意思。"

接待室的气氛，随着谈话的深入越来越融洽。金光亮是个思维敏捷的男孩，跟他谈话不仅不累，还挺有意思的。我跟他约好了过几天去海燕广播台看看，会会他的海燕团队。

二

小雪已过。这天中午，阳光出奇地好，室外平均气温有16摄氏度，让人丝毫感觉不到冬天的脚步。

匆匆扒了几口饭，金光亮就召集了两位搭档：号称电脑高手的九年级一班冯杰，还有高二班的大刘同学。广播台设在中学部一楼。白色的门，白色的地板，深蓝色的墙面，进入其中，仿佛来到了一片广阔的海洋。

那么，这些孩子就是大海上那一只只翱翔的海燕吧。

"在苍茫的大海上，狂风卷集着乌云。在乌云和大海之间，海燕像黑色的闪电，在高傲地飞翔……"

我的脑海里不由得浮现出了高尔基的那篇《海燕》。

据金光亮介绍，海燕广播台成立于2018年12月，是浙江卫视的王帅老师精心打造的公益项目之一。目前，广播台已有30多位骨干成员，这些成员主要由三年级以上热爱播音、写作、音频制作的同学组成。王帅老师几乎每个礼拜都来学校给他们授课。在他的指导下，同学们学会了自编自导各类广播节目。

当然，除了播音主持人，一个广播台还需要有设备维护人员。憨厚老实的冯杰就是海燕广播台的设备维护总监。节目的播出和后期制作以及文字编辑都少不了他。

"能看到这些线路设备吗？"我问冯杰。

"这些东西很熟了，不用看也知道。"

"嘿，老师，他可是我们学校的一级电脑高手。"

叫大刘的播音员在一边夸赞道。这会儿，冯杰在调试话筒以及播放时说话人和背景音乐的音量。直播间有两个话筒，其中一个话筒声音不是特别好，他在做微调。

冯杰告诉我，小学一年级时，他就对电脑感兴趣了，觉得老师在讲台上操作电脑特别神奇。于是，他就在私下里偷偷把玩，居然学会了放歌。老师也很欣赏他，让他当了电脑小助手，专门给班里的同学播放歌曲，他自己觉得很有成就感。不过，真正接触电脑是在四年级。他对电脑有点相见恨晚的感觉，一碰上就入迷了。他特别喜欢跟电脑老师讨论问题。再后来，学校的一些活动，他都会去后台给老师打下手，慢慢地就积累了一些经验，也学会了制作课件、编辑简单的程序、音频剪辑，等等。

"《透亮的世界》是你制作的吗？"

"是的，音响和音频剪辑都是我做的。呵呵，我还在里面客串了一位医生。"冯杰笑着说。

"是那位方言味很重的医生吗？"

"对对对。"

冯杰的声音很厚实，普通话也很标准，跟广播剧里面那位乡音浓重听着像磨砂玻璃的老医生根本不像。我问他是怎么模仿老医生的。他说，老家江西的。他跟我讲话时始终用一侧脸对着我。我注意到，他的两只眼球都已严重变形，尤其是背对我的那一侧几乎整个眼球都暴露在眼眶外了。想来，他应该是个全盲生。

"老师，您的电脑要是有什么问题，只管问冯杰，有些地方他比我们老师还懂。"大刘同学又插了一句。

作为海燕广播台的骨干人员之一，瘦高个的大刘打扮不俗，一袭淡咖色的长风衣，风衣外围了一块大红色的围巾。此刻，坐在主播台前的他，手里拿着稿子，稿子上是一些垃圾分类知识竞赛题。因为视力原因，他不得不把稿子拿到眼睛下方才能看清楚。

离直播还有十多分钟，广播室外面的走廊里已经排起了长长的队伍。金光亮正在维持队伍的纪律。这是一支参差不齐的队伍，队伍里面有小学一年级的小同学，也有高中部的大同学。据说，他们都是每个班派出参与直播节目的代表。

12点整，节目在欢快的音乐声中正式开播了。

"美丽的校园，美丽的家，永远的美丽靠大家。尊敬的各位老师，亲爱的同学们，每周一期的垃圾分类知识竞赛节目又跟大家见面了，我是主持人大刘……"

大刘的声音轻松、舒缓，听着让人十分舒服。和一般的直播主持人不一样，他面前并没有文字稿，但这并不妨碍他侃侃而谈，落落大方的他看上去丝毫不亚于任何一个地方上的电台主播。

第一位进入直播间的是名初二男孩。大刘把话筒递给他，男孩的手有些发抖。细心的大刘注意到了，适时跟他调侃了几句，气氛就缓和下来了。在简单的自我介绍后，知识竞赛问答环节开始了。

"请听题。过期药品属于什么垃圾？A.其他垃圾 B.有害垃圾 C.不可回收垃圾 D.厨余垃圾。"

"B.有害垃圾。"

"回答——正确。恭喜你。"

……

直播间的节目整整进行了40分钟，知识问答、歌曲放送、成绩公布……主持人大气幽默，节目环环相扣，张弛有度，教室里不时传出阵阵掌声。

作为广播台台长的金光亮一直在旁边忙碌。从召集人员到现场秩序维护，再到主持人工作安排，他就像一只不知疲倦的领头燕。遗憾的是，从节目开播到结束都没见到被誉为海燕广播台金字招牌的陈开灿同学。

金光亮说，广播台的主持人是轮流的，陈开灿要下期才轮到。

三

几天后，我在金光亮的引荐下见到了陈开灿。

在这之前，我在百度上搜到了陈开灿朗诵的《岳阳楼记》，听后着实让人惊艳。发声、吐气、咬字、情感气息控制都十分到位。听他的朗诵，我仿佛看到了一千多年前的诗人范仲淹站在岳阳楼前，感怀凝思，悲国忧民。

我几乎是带着几分崇敬的心意跟他一起坐在学校的主播台前。我们面对面。他坐主播的位置，我坐访客的位置。看起来，更像是我在接受采访。而陈开灿挺拔的身姿，一开口就十分标准圆润的普通话，在气势上完全压倒了我。

陈开灿出生于2003年愚人节。他说，老天爷把他安排在这一天出生，好像是为了跟他开一个玩笑。瞧，这家伙生下来，眼睛就有问题。一句调皮的话，就轻轻地把"视障"这个话题带过去了。言谈间，我发现陈开灿身上有股很浓的书卷味，跟一般人不一样，他的口头表达很书面化。

"这里，我已经储存了两千多首唐诗宋词和一个不知天高地厚的梦想。"一脸青春痘的陈开灿指着脑门说。

"什么叫一个不知天高地厚的梦想？"

"我想尝试播音主持艺考，比如中国传媒、浙江传媒之类的学校。但是目前中国还没有盲人考上过，甚至没有盲人尝试过。老师，您会不会也觉得我不自量力？"

"不，我很佩服你。我听过你的朗诵，相当有水平。这样吧，先跟我说说，你是怎么走上播音爱好这条路的，可以吗？"

略加思索后，陈开灿开始了他的讲述。

其实，从小我就对朗诵感兴趣。可能这跟我姐姐有关系吧。我姐是一位小学语文老师，她比我大9岁。很小的时候，我就经常听她讲故事、朗读诗歌，所以，上了学，我的语文成绩特别突出，老师还常常让我上台朗诵自己的作文。

但真正走上朗诵这条路，是在遇到王帅老师后。2017年，王帅老师在我们学校成立了工作室，免费给一批朗诵播音爱好者上课，并且还成立了一个9人组的海燕朗诵团。他经常带我们去外面公益演出，参加大型的朗诵比赛。

今年上半年，我跟随王帅老师参加"2019大运河社区钢琴艺术周"。在车上，他对我说："我要是有你现在这样的条件，肯定会去读传媒学院。"这句话，像一盏灯，啪一下点亮了我。我对自己说，我要参加艺考，我要去读传媒学校，我要做中国盲孩子中的传媒第一人。

不过，我从来不敢跟别人说这些，怕他们笑话我。

当然，冰冻三尺非一日之寒。每天，只要有空余时间，我都会练习发声、吐气。一般，一天中会有两次固定练习。

第一次固定练习是在早晨。为了不打扰别人,我总是五点半就起床,一个人跑到操场的某个角落,那儿离寝室远,一般同学听不到我的声音。晨练就像是运动时热身,不能一上来就高强度。刚开始的时候,我会练习"气泡音",这是针对嗓子的一种按摩发音手法,就好比跑步之前要做热身运动一个道理。接着是气息练习、字音练习以及作品练习,我背诵的古诗词大多就是在每天作品练习时记下的。

　　第二次固定练习放在晚上。一般安排在晚自习课。我会朗读一些小文章,大多以散文为主。教室里朗读不能太大声,不然会吵到别人,所以我总是尽量克制自己,放低音量,有时候简直就是喃喃自语。不过,好在这个时间段主要是练习吐字和对作品情感的把握,不能大声朗读问题也不大。

　　练声很像吃饭,吃多了会胖,吃少了会饿,分段练习是很有必要的。所以,在固定练习的基础上,我会给自己增加一些不固定的练习。这些练习往往出现在我与同学交谈时,我会分析他们的说话逻辑,再组织我的语言,类似于做多次的即兴评述。现在,大家都讲究养生,提倡少吃多餐。所以,对于心向艺考的我来说,保护好自己的嗓子,做到规范练习,很重要。

我给陈开灿倒了一杯水。他说得很动情,就好像,在他面前坐的不是我一个人,而是千千万万个热心听众。可能这也是他的"职业"习惯吧。不得不说,他是个心里有听众的好播音员。

　　我这人吧,只要做一件事,就会很投入。因为我在声音练习上花了大量的时间,导致了文化课的落后。可能是底气不足吧,考试时总觉得自己像一个溺水的人。这种感觉过去有,现在有,也许将来还会有。每当我感受到身边同学做作业时的自信从容，我就会放大自己面对一道题时的心虚。而当试卷发下来，老师讲评时，我总会低下头，不想承受来自老师的目光责问。好强的我，总想着不输给他们。有时候，我会怀疑自己的路究竟有没有选对。

关于这个问题，我也曾问过王帅老师，可是，至今他都没给过我一个明确的答案。这样的时候，我会特别迷茫。下课后，我就独自一人跑到操场上，在一个角落里默默朗诵我喜爱的诗词。

今年10月，我有幸参加了"牵着蜗牛看世界"公益活动，跟随FM89杭州之声主持人海涛老师一起，前往浙江传媒学院。我在那里上了一堂课，跟张教授学习了《我骄傲，我是中国人》这篇稿件的朗读。那天，张教授不停地夸赞我，说我声音条件好，功底扎实。早晨九点出发，中午十二点返回，这三个小时对我来说竟短得像一瞬间。我多么想留在那里，跟着亲爱的老师，在播音主持教学楼内，在声音的世界里漫步。

这次后，我对自己的这个梦想更坚定了。

我清楚地记得，2019年10月13日，我前往杭州文广集团，参加了首届杭州市朗诵大赛。当时，我朗诵的是《岳阳楼记》。我的朗诵最终获得了青少组金奖和最具感染力奖，评委老师们对我的朗诵给予了高度的赞扬和肯定。

事后，有同学问我："文言文这么晦涩，你为什么不选择一篇现代文朗诵？这样可能你会发挥得更好。"我告诉他："因为，喜欢。"没错，我从小就喜欢古典诗词，我认为唐诗宋词是中国文化的灵魂和骄傲。我也相信声音可以传递一个人的感情。在《岳阳楼记》中，当我朗诵到"满目萧然"时，全场压抑；当我朗读到"此乐何极"放声大笑时，全场欢腾；当我读到"先天下之忧而忧，后天下之乐而乐"时，全场鼓掌。谁说文言文晦涩？只要我传递出了自己的情感，观众就能听懂，就像我虽然看不见，却依然能感受到别人对我的善意一样。

谈到激动处，陈开灿总是抑制不住地双手发抖，脸上浮现出这个年龄段孩子少有的凝重。那次谈话，我感觉到了陈开灿心底的那份执着。一个人也只有对声音艺术无限热爱，才会为它欢喜，为它忧愁，为它哭泣，为它放声歌唱。

后来，我们又见过几次面，大部分是在教室外的走廊上。有一次，我经过一楼教室，他居然坐在一个民乐团中间拉二胡。据说，这也是盲校30周年校庆上的节目之一。临近期末，他要排练节目，又要准备期末考试，我们的谈话总是断断续续。好在，我们的沟通还算顺畅。

"看得出来，你做事非常有毅力。你觉得目前在人生道路上，谁对你的影响最大？"

"王帅老师。我很感谢他。是他把我从一个只能看到暗淡未来的人，变成了一个敢于尝试，敢于追梦的人。他在指导我时，我能感受到他是毫无保留的。"

陈开灿说，刚开始的时候，他在舞台上老放不开，手臂很僵硬，就像是两根木棍。王老师为了帮他放松，就让他练习朗诵时如何进行移动。可他胆小，不敢往前迈步，怕台高，绊着摔倒，出洋相。怎么办？王老师只好抓住他的脚，在彩排时，带着他一遍一遍走台，告诉他与舞台前方的距离是多少步，让他放松。

一个知名媒体人，一个每晚六点在浙江卫视出镜的著名主持人，为了一个普普通通的盲孩子，一次次弯下腰，一次次不厌其烦地帮他摆正位子，让他很是感动。受王老师的影响，陈开灿也开始利用自己的特长为身边的人服务。

一有机会，他就跟王老师去外面给学校，给消防人员，给武警官兵做公益演出。在盲校，每个礼拜，他还会利用空余时间，去海燕广播台里做分享课，分享他在朗诵和播音上的技巧和经验。

"他们说你是广播台的金字招牌，你自己觉得呢？"

"说金字招牌不敢当，在我们的团队里，我算是个打手吧——可能这个比喻也不大恰当，但这就是我真实的感受。如果我们的团队是一个巨人的话，那我就是这个巨人的拳头，我随时都能够出拳，把我最强大的一面，展现给观众。我想说，虽然我们海燕广播台是一个只有一年多资历的小团队，但我们每个人都在时刻准备着，让暴风雨来得更猛烈些吧！"

跟陈开灿聊天，他总是那么富有激情，就像站在大舞台聚光灯下那个热情洋溢的朗诵者。你会被他的激情所感染，更会被他的执着所感动。我听过他在喜马拉雅上做的一档自媒体节目。让我感到意外的是，除了朗诵唐诗宋词之外，他还开辟了一个《开灿说历史》的节目。

和在舞台上相比，历史节目中的开灿，更幽默，更奔放，也更具亲和力。他说，他不想被一个调定死，因为曾经有人说过，他的朗诵很像王帅老师。他说，说他像王帅老师，他觉得也没什么不好，毕竟这也是对他的一种肯定。但他更希望自己能做自己，能尝试不同的播音主持风格。

我很高兴，陈开灿能这么说。那次谈话，我让他给我念念高尔基的《海燕》，他爽快地答应了。

"在苍茫的大海上，狂风卷集着乌云。在乌云和大海之间，海燕像黑色的闪电，在高傲地飞翔……"

在铿锵有力、富有激情的朗诵声中，我看到了一只勇敢的海燕。

四

说实话，我跟王帅老师只见过一次面。那是在2019年12月，浙江省盲校建校30周年的文艺会演上。人群中的他，显得特别高大帅气。

记得那天，他一直在后台给孩子们打气。他摸过导盲犬的头，弯下腰给小朋友系过鞋带。一个小女孩头上的蝴蝶结掉了，他还亲自捡起来，给她戴上。这跟我印象中高高在上的著名电视台主持人形象很不一样。那天，我留了他的电话号码。

2020年元旦后，我拨通了王帅老师的电话。当时，他的车子在高速公路上，电话里可以听到汽车摩擦路面的吱吱声。他说，收到我微信上的留言了，现在要赶去一档节目的制作现场，有什么事，长话短说吧。

"您做公益事业已经很多年了，平时工作很忙，杂事也很多，为什么想到要来盲校开设一个播音主持的公益兴趣班？"

"是，从单位出发到盲校光来回就得两个多小时，中间还有两个小时的上课时间，这就等于每个礼拜我都要花大半天的时间做这件事。不瞒您说，我是一个把时间表精确到分的人，大半天对我来说很奢侈。但我还是愿意把这大半天留给这些孩子。怎么说呢？我觉得他们对声音是真正发自内心的喜欢，对他们来说，耳朵就是眼睛，他们中更多的人是活在声音的世界里的。你要是给他们上过课，你就会看到，他们那种全身心投入听你讲课的样子。那样的专注，好像生怕漏掉一个字，一个词，一句话。我给他们讲课，比给一般人讲课都要仔细认真。说实话，面对这样一群人，我没法不这样做。另外，我觉得跟明眼人孩子相比，这些孩子更懂得珍惜，更懂得感恩，更愿意付出努力，去做好广播节目。"

"据我所知，盲校的很多孩子，比如金光亮、陈开灿他们都把您当成精神导师。"

王帅老师指导同学们在一起录制节目

"精神导师,这称呼有点高大上。不过,说实话,给这些孩子上课,我自己其实也很享受。他们是真正对声音热爱的人。给他们上课,我恨不得把平生所学都教给他们。往往是这样,一个半小时的课,上着上着就变成了两个小时,两个半小时,三个小时,但孩子们从来不喊累,也似乎从来不需要课间休息。说真的,帮助他们,更是对自己内心的洗涤,也是对好声音传播的另一种表达。我从他们身上学会了更加敬业,他们这批人,可都是最精准的听众。"

电话那头,传来了王帅的笑声。

"你觉得像陈开灿这样的同学,能实现他的梦想吗?我是说,他想考传媒大学,做电台主持人。"

"这个不好说,我也不能下结论。但不管能不能实现,在拼搏的路上,只要付出努力,总会有所收获的。"

"你觉得目前咱们国家在视障人帮扶这一块,还可以做哪些改进?"

"现在国家对残疾人、对视障人群还是挺关照的。当然,任何制度的完善都需要一个过程吧。盲人是一个小群体,因为视力问题他们在工作方面有很大的局限性,这也是事实。他们要和明眼人竞争就要付出更多的努力。这么说吧,我相信随着科技的进步,盲人这个群体总有一天会消失,等将来有一天,人类的器官可以像置换汽车零件一样置换的时候,这个群体就不复存在了。但在这之前,我们能做的就是理解他们,支持他们,帮他们找到自己。"

考虑到王帅老师的车子行驶在高速公路上,我没有跟他做进一步的细谈,但我能感受到电话那头王帅老师的真诚和热心。据了解,这些年做公益、陪孩子已经成为王帅老师工作之余的生活日常。作为浙江卫视《新闻深一度》的主播,他曾参与过地震直播、G20直播等大型报道活动。他还是爱Ta公益中心的发起人和理事长,曾去过新疆、青海支教,给无数家境贫寒品学兼优的孩子送去过奖学金和慰问品。

作为盲校海燕广播台的导师,他组织盲孩子参加过无数次演出,把一台台饱含深情的配乐朗诵会送到军营、警营、校园和各行各业当中。他被圈内人誉为最帅气的新闻主播、最有才的奶爸和最爱做公益的媒体人。

遇见王帅老师,是金光亮,是陈开灿,也是盲校所有热爱声音的孩子们的福分。耳边再次传来,陈开灿朗诵的《海燕》:

"在苍茫的大海上,狂风卷集着乌云。在乌云和大海之间,海燕像黑色的闪电,在高傲地飞翔……"

祝愿,海燕们一路高飞。

版画作品《自行车》

黄金杨

第 二 篇

不是故事的故事

说偶遇，也不为过。因为最开始，他们的确不在我的采访范围内。在这本书里，我甚至很难将他们归类，他们或者他们的家人。但我觉得有必要把他们的故事写下来。虽然，这些并非故事。

彬彬和爸爸和妈妈

BINBIN
HE
BABA
HE
MAMA

彬彬（化名）

性别：男
出生年月：2002年7月
籍贯：浙江省宁波市
梦想：当推拿师

一

"彬彬，对，坐最后一排六年级那个男孩子，他的眼睛是被他表姐打瞎的。"

我的嘴巴在办公室那位女老师说出这句话时，很长时间没有合上。我听说过不少后天失明的意外事例。有石灰粉撒入眼睛的，有保姆失手摔伤孩子，导致脑部出血视神经损伤的，也有春节放鞭炮弹瞎眼睛的。但被自己的亲姑妈刻意毁坏的，倒是第一次听说。

那天，浙江音乐学院的学生要来盲校大礼堂公益表演。节目还没开始，趁这个空当，我把彬彬叫了出去。

我们在大礼堂的隔壁，一间九年级教室坐下来。彬彬长得很壮实，黝黑的皮肤，给人的感觉像一头大黑熊。不过，从外表看，他根本不像个盲人。尤其是那对眼珠子，黑白分明，转动时十分灵活。

这段时间我接触过不少盲人，他们在跟陌生人谈话的时候，都不太愿意被别人直视，有些甚至刻意把脸转过去。可彬彬却很大方地把脸对着我，还指着额头上一道很大的疤痕说，老师，您看到我额头上的这块疤了吗？我说，看到了。

"表姐打的。"

"能说说怎么回事吗？"

我没想到彬彬会如此直接。也许是之前已经有了心理准备，当彬彬说出这句话时，我没有表现得十分惊讶。但我注意到了，彬彬说这话时，内心并不平静，黝黑的脸上出现了一刹那的痉挛。

那年，我爸坐牢了。进监狱之前，他央求我妈，说他这把年纪了，希望妈妈别把我带走，给他留下一条血脉。妈妈答应了。

表姐家住在内蒙古大草原。那时候我才两三岁，也不知道大草原是个什么地方，只知道坐了很多天的火车才到。大概住了五六个月的样子，我就从内蒙古回来了。其实，我对那段日子一点印象都没了。我是听我妈说的。我妈说，她赶到内蒙古时，我躺在床上，人都快不行了。

妈妈抱着我去医院检查，医生说我脑颅出血严重，视力无法恢复了。

妈妈很生气，她想去告表姐。她先是抱着我去监狱里找爸爸。可爸爸说，算了，都是亲戚，还是别告了。爸爸不愿意告，妈妈也没办法，但她发了狠话。第一，我必须由她带在身边。第二，我必须跟她姓。因为爸爸不能照顾我，也没有把我照顾好。

就这样，我回到了妈妈身边。一年后，妈妈带着我嫁人了，嫁到了江西一个山坳里。

后爸比我亲爸年轻，但他没有我亲爸勤劳。他喜欢赌博，输了钱就找我妈要。江西那边没浙江这边条件好，那个村子里也没有什么工厂，妈妈那时候也没干什么活，哪来的钱呢？后爸要不到钱，就打妈妈，还说我妈在宁波时，一定攒下了不少钱。

每次，后爸打妈妈，我就只会躲在被子里哭。我一个瞎子，吃他们家的，用他们家的，我能帮上妈妈什么忙呢？那时候，我就觉得自己特别没用，不仅帮不上妈妈的忙，还成了包袱。

妈妈跟后爸结婚的第三年，才生下了妹妹。妹妹生下来了，后爸脾气才稍微好一些。那边的家里人，婆婆啊，公公啊，还有叔叔，才会看在妹妹的面子上说后爸几句。赌博总是不对的，这个大家都知道。可我吧，有时候难免淘气，在学校里惹同学老师生气，妈妈为了维护我，经常要看家里人和后爸的脸色，帮我说好话，我觉得妈妈太辛苦了，就跟她提出来，要去浙江，跟亲爸爸一起生活。那时候，爸爸已经从监狱里放出来了。妈妈想了想，给爸爸打了电话。就这样，我又回到了浙江。

"你今年十八岁，读六年级。来盲校之前，你上过学吗？"

"上过，妈妈还在浙江的时候，在宁波上过学前班。后来到了江西，读了学前班，还上了小学一年级和二年级。"

"那里的老师和同学对你好吗？"

"还行。"

彬彬说着摸了摸脑门，想了想又说，他身上有很多伤疤，给他留下过不愉快的记忆。我问，是不是有人打他。他说不是打，但比打更厉害。

我在宁波的时候，妈妈托人让我在一家私人幼儿园上了学。可我那时候不懂事，有一次，我不肯排队上厕所，惹一个女老师生气了，女老师就把我的裤子脱了下来，还让其他小朋友过来看。我记得，那天有一群小朋友围着我看。他们嘻嘻哈哈地说着：

"哎呀，快来看呢，瞎子长的小鸡鸡。"

"大黑熊长了小鸡鸡，哈哈，哈哈哈……"

"快看，他的屁股也是黑的。"

我听了生气极了，就跑过去摸同学们的脸，可他们看得见，早就躲开了。

因为这事，我跟同学的关系闹僵了。那时候，我就像一只刺猬，经常跟同学们吵架。幼儿园的老师们很头疼，觉得我一天到晚惹是生非，后来我就被学校劝退，回家了。这件事给我留下了很深的阴影。大概那时候起吧，一颗仇恨的种子在我小小的心里生根发芽了，我想着有朝一日一定要报仇。

到了江西后，妈妈让那后爸托了人让我去村里的一所幼儿园上学。

不过，我在江西上学前班，跟同学关系也不大好，总觉得明眼人看不起我，会欺负我。有一次，我在放学路上把班里一个女孩拦住了，脱了她的裤子。她哭天喊地的样子让我开心极了，那一刻，我觉得自己的仇终于给报了。虽然我知道，那个女孩跟我之前那所幼儿园的老师和同学一点关系都没有，但是，她是明眼人，这就够了。

后来，这个女孩哭着回家把事情告诉了她爸爸妈妈。她爸爸妈妈非常生气，又把这件事告诉了幼儿园的老师。幼儿园的老师又把我妈妈找来，谈了话。他们问我，为什么要脱女孩子的裤子。我说，好玩。老师说，如果不是因为我年纪小，男孩子脱女孩子裤子就是流氓行为，要坐牢的。我一听坐牢两个字就慌了。小时候，我淘气不听话，妈妈就说，再淘，叫警察抓你去坐牢。我对坐牢是很害怕的。比害怕老虎，害怕鬼怪还要害怕。爸爸坐过牢，妈妈常常对我说，一个人坐了牢，一辈子就被抹黑了，以后要到社会上生活就很困难了。

妈妈让我跟女孩子道歉，保证以后再也不犯这样的错了。我答应了。

现在想起来，幸亏当时那个女孩的爸爸妈妈还有老师给了我警告，告诉我这样做是不对的，而且搞不好还会坐牢。不过，说来也怪，那件事后，我心里积压的那团东西就没了，脾气变好了，晚上也不做噩梦了。

"你恨表姐吗？"

"爸爸对我讲，也许表姐不是有意要这样，她有她的难处。"

"你爸爸现在好吗？"

"他在给别人打工。哦，对了，叶老师，我爸爸没干坏事，他是被人冤枉的。你要是不相信，可以问我妈。"

我点点头，说愿意相信他说的话。问到盲校生活时，彬彬说，他们的班主任带了他们六年了，就像自己的亲人一样。班里的同学眼睛都有问题，在这里没有歧视，大家都互相帮助，他很快乐。以后，他会去读职高，干推拿，自己赚钱养活自己。

"你还有别的梦想吗？"

"自己养活自己很好啊，我妈说了，别要求太多，做自己能做的事就好。"

我想起之前彬彬的班主任老师跟我谈起过一件事。说有一次，电视台记者来学校采访，问到彬彬将来有什么理想。彬彬说，工作。老师告诉我，彬彬这孩子别看他年纪比班里其他孩子大，人也长得高高大大，可他胆子比一般孩子都要小，人也挺实诚的。

我让彬彬报了他爸爸和妈妈的电话，彬彬说他记性不好，想了好一会儿，才凑齐了那两个电话号码。从教室里出来，我拉住了彬彬的手。我说，真不好意思，耽误了你听演唱会。他说，没事，反正每年都有。然后，他又咧了咧嘴说，老师，你的手好凉。我愣了一下，彬彬的手热乎乎的。

回到大礼堂的时候，舞台上音乐学院一位漂亮的女大学生正在唱一首歌：

　　我来自偶然，像一颗尘土
　　有谁看出，我的脆弱
　　我来自何方，我情归何处
　　谁在下一刻，呼唤我

天地虽宽，这条路却难走
　　我看遍这人间，坎坷辛苦
　　……

那一刹那，我有种说不出的感动。

二

　　本想先给彬彬妈妈打电话的，可电话打过去，手机里说"您拨打的号码有误"，我一看，只有十位数，彬彬居然把他妈妈的号码记漏了，看来他说自己记性不好是真的。我便给他爸爸打了电话，这回电话通了。

　　手机里传来一个急促而沙哑的声音：

　　"你是谁？找我干吗？"

　　我说是盲校的老师，在做一个家庭调查，想了解彬彬的一些情况。他一听是盲校的老师，松了口气，说，有什么事尽管问，能回答的一定回答。我说，好。

　　"你儿子的眼睛是被他表姐打瞎的，有这回事吗？"

　　"……是。"

　　"能跟我说说当时的情况吗？我是说，您那时候为什么要把这么小的孩子交给别人照看？"

　　电话那头出现了一小片的沉默，有打火机打火和抽烟的声音。过了一会儿，我又听到对方喝水的声音。然后，那个沙哑的声音再次从手机那边传了过来。

　　不瞒老师说，当时我出事了，被抓起来了。我也是没办法，但老师，我不是坏人，这辈子也没做过坏事，我是被冤枉的。那时候，我跟彬彬妈妈在一个工业园区门口租了一个店面摆水果摊。

那日子下午，有三个男的骑了两辆日本进口的摩托车过来，说是有点急事，要把两辆摩托车放在这边，结果，他们走后不到20分钟，警察就来了，说那两辆摩托车来路不明，是我偷的。我说不是，是有三个人放在我这里的。警察不相信，让我说出这三个人的名字，可我哪里知道这三个人的名字呢？我跟他们都不熟，只知道他们说是厂里的人。

再后来，那伙人被抓了，他们一口咬定说我是他们的头，还说他们在别处干的事，都是我指示干的。我没有证据证明自己的清白，有谁会相信一个坐过很多年牢的男人的话？

讲到这里，电话那头彬彬爸爸发出一阵急促的咳嗽声。咳嗽完后，他说话的音量一下提高了，语速也快起来。听得出来，他很激动。如果他跟我是面对面站着，此刻应该是唾沫飞扬。他的普通话不太标准，夹着很多地方口音，激动起来，方言就更多了。我让他慢慢说，说清楚些。他说要喝口水，最近嗓子有点干。他停下来，喝了一大口水。

老师，这个世界上没有比我更冤的人了。我坐过两次牢。第一次坐牢，是被小人莫名其妙诬陷的，判了九年牢。那时候，你知道的，不像现在，我有口难辩啊。那时候，我才二十多岁，还是个小伙子。在牢里，我特别想家里人，后来，我就大着胆子跑出来了，可半路上又被抓回去了，这下就是罪加一等，又加了刑。再后来，因为各种各样的原因，刑期加了又加，到后来就成了23年零6个月。进去的时候我还是个二十来岁的小伙子，头发乌黑乌黑的，出来的时候，我已经五十多岁了，头发也花白了。

你问我恨不恨？恨，当然恨。在里面的时候，我曾经想过，有朝一日出来了，我就要去找那些人报仇。我想过一千零一种报仇的方法。真的，每一种方法都有具体的计划和步骤。反正，在牢里有的是时间想事情。可等我出来了，那些人有的已经死了，有的比我老得更不像样，他们的生活并不好。你知道我那时候是什么感受吗？我忽然觉得自己一下子失去了人生的方向。我想啊，我找这些人报仇干什么呢？难道我要把他们从坟头里扒出来？还是去找那几个老家伙捅上他们几刀，自己再去坐牢，坐到死？

出来时，监狱长曾对我说过，出去，好好做人，别干傻事。我躺在床上想了几天，觉得这事还是算了吧。

话又说回来了，那时幸亏遇到了彬彬妈妈。这个女人，她给我生了彬彬，我就觉得有了家，想着要好好过日子。可我还是被冤枉又坐了牢。我常常想，也许是上辈子做了什么恶事，老天爷要这么惩罚我吧。彬彬出事后，他妈妈找到我跟我商量，要一起告我外甥女。我就想到了自己的那些破事，我说，算了吧。第一，我们没有证据证明彬彬表姐是故意把彬彬的眼睛摔瞎的。第二，我外甥女要是坐了牢，彬彬的眼睛会好吗？不会好。而我，要是把外甥女告了，我就又失去了一个亲人。我想着，老邱家我一个人坐牢已经够了，难道还要拉上第二个人再坐牢？我这么大年纪了，时间也没多少了，活着还能盼什么呢？无非就想着身体好一些，多活几年，看着彬彬长大。

聊了一大堆，我发现彬彬爸爸还没回答我之前提出的问题。我再次提醒他，为什么要把彬彬交给他外甥女带，当时跟彬彬妈妈是不是发生了不愉快的事？电话里，他又咳嗽起来。咳了好一会儿，才停下。

我跟彬彬妈妈是别人介绍的。我们认识时，都没有隐瞒各自的情况。她知道我坐过二十多年牢，我也知道她没文化，跟过一个男人，他们还有个五岁的儿子。那时候，她来宁波打工，在一家饭店洗盘子。我呢，在一个小厂里干杂活。她一个外地人，身边也没几个朋友，那时候她可能想找个本地男人，有个依靠吧。我们俩在一起，算是凑合着过日子吧。

我虽然脾气急了点，但不会打她，也不会骂她，这点她是知道的。我们之间主要的问题是年龄相差太大，很多东西说不到一起。有时候，她说跟我在一起，就好像跟老一辈人在一起。我是怕自己进去了，她又去找别的男人。既然她能抛下前面男人的儿子，就有可能会抛下彬彬。当时不让她带彬彬，就是怕彬彬吃亏。

"你决定让你外甥女带彬彬，是不是已经想好了彬彬妈妈会离开你？"

"这也是为她好。怎么说呢？那时候她还年轻，我比她大二十多岁，又被判了刑，说是三年，也不知道什么时候能出来。她一个外地女人，带着个孩子，一没文化，二没技能，日子肯定不好过。退一万步说，凭我当时的条件，年纪一大把，没房子，没车子，又坐了牢，我凭什么要求人家给我带儿子，还等着我出来跟我结婚？不过，话又说回来，当初要是知道彬彬的眼睛会这样，还不如让他妈妈带在身边。这事，千错万错是我的错，我的错啊。"

"你知道彬彬为什么要回到你身边吗？"

"这事彬彬对我说起过。这孩子挺懂事的，知道他妈妈的难处。跟我吧，至少我是他亲爸爸，自己的亲爸爸怎么可能对自己的儿子不好？我这么大年纪了也不会再有女人，他跟我没顾虑。再说了，我老了，身边也想有个人陪着。"

"彬彬说你在一个厂里看传达室，是吗？"

"看传达室是两年前的事了，现在是给人打散工。我七十多岁了，好在没什么大毛病，干几年小工没问题。我是宁可自己吃粥，也要给儿子吃肉的。现在，国家给残疾人发补贴有照顾。我们现在住的房子叫廉租房，一室一厅还带一个卫生间和一个厨房，一年才1300多块钱的租金。彬彬放假回来了，我睡沙发，他睡大床。"

"是的，彬彬说你对他挺好的。"

"他是我亲儿子，我不对他好，对谁好？我对他妈妈也是这么说的，那边的男人如果对你不好，你愿意回来，我照样欢迎。我不是一个心胸狭窄的人。以前是以前，现在是现在。坐牢的事，我跟彬彬也讲过。我不是想在他心里种下恨，我是想让他知道，他爸爸不是个坏人。彬彬是个好孩子，我希望他在学校里把本事学好了，将来能做一个自食其力的人。不要像我，吃没文化的亏……"

那天，我跟彬彬爸爸通了两个多小时的电话。末了，我问他，有彬彬妈妈的电话号码吗？他说，都是她打给他的，他从来不主动联系她。年纪大了，也不想打扰人家。她有她的生活。不过，要是那边日子不好过，她愿意过来，他还是欢迎的。

无论彬彬爸爸前面讲的事是否属实，这个坐过两次牢，没有多少文化的老人心里能放下那么多，还是让我感到意外。他让我相信，人性深处中有我们想象不到的无耻，也有我们想象不到的纯良，某些东西能穿过岁月，抵达到更远的地方。

三

彬彬妈妈的电话是从老师那边要来的。

电话接通后,彬彬妈妈知道我是盲校打来的,便问我,最近彬彬还好吧?有没有给老师添麻烦?我说,没有。因为是长途电话,我用最简单的话介绍了此次通话的目的。她爽快地说,行,老师你问吧。

"听彬彬班主任说,他的眼睛是被打瞎的,当时到底是怎么回事,能跟我说说吗?"

跟彬彬爸爸的沉默完全相反,电话那头,彬彬妈妈的声音一下尖锐起来,像一个安静的哨子忽然间被吹响了。她叫道,叶老师,我这辈子最心痛的就是这件事了。我说,我听着,你慢慢说吧。

那天,我接到一个电话。电话里的人说,她是内蒙古打过来的,以前在宁波时认识我。她让我快去看看儿子,如果再晚些,我儿子可能连命都保不住了。

我一听,手都抖了,连夜坐火车去了彬彬表姐家。见到彬彬的时候,他躺在床上昏迷不醒。身边除了一条狼狗,别的什么都没有。给我打电话的人告诉我,前几天,彬彬被他表姐狠狠揍了一顿,打出血来了。那人还告诉我,他们白天自己去干活,十多岁的儿子也送去学校了,就留下彬彬一个人在家里。可怜彬彬还小,为了防止他到处乱跑,他们又用一条铁链子把他锁在屋子里。屋子里有一条狼狗看着,狼狗吃什么,彬彬就吃什么。没人跟彬彬讲话,彬彬就跟狼狗讲话。平时他们下班回家,彬彬要是不听话,他们就用卫生间里的水龙头冲他。有一次,彬彬滑了一跤,摔在地上半天都没起来。她说,作为隔壁邻居她实在看不下去了,这孩子太可怜了。不过,她让我别说是她给我打电话告诉我这些的。

当初,他们要我把彬彬交给他们时,说彬彬是邱家的骨肉,他们会好好待他的。可结果呢?我的彬彬,我离开他的时候,他脸蛋圆圆的，身子胖胖的。才过了半年，看到他的时候，他躺在床上，都瘦成一把骨头了。我抹着泪抱着彬彬去了医院。检查的医生说，彬彬脑子里出血很严重，送过来太晚了，视神经估计恢复不了了。

我去找彬彬表姐算账，可那女人说，那是意外，她哪里知道会摔得这么严重，他们也去找医生看了，但医生说没办法。彬彬表姐还说，我们俩，一个是彬彬的爸爸，一个是彬彬的妈妈，谁都不管彬彬，当初一分钱都不给就把彬彬交给了她，这大半年彬彬的抚养费她还没跟我算呢。

我那个气啊，可在人家的地盘上，我又能说什么呢？给我打电话的隔壁女人也不愿意出来作证，就是怕得罪这户人家。说实话，我到现在都想不明白，他们为什么要这么对彬彬。就算是一条狗，也得看狗的主人吧。那可是她的亲侄儿啊。

电话那端出现了一小会儿擤鼻涕的声音。

"这些事，彬彬知道吗？"

"有些知道，有些不知道。我们也不想让他知道得太多。他毕竟还是个孩子。"

"是的，我跟您儿子聊过，他还是挺开朗的。"

"对，每次打电话，彬彬都说，妈妈，你工作不要太辛苦了，要注意身体。"

"你们经常打电话吗？"

"每个月都会通电话，他在电话里会跟我说一堆话。那次摔伤后，他的身体一直不是很好，我让他注意锻炼。老师，你看到他也多跟他说说，天气冷了，一定要注意保暖，还有，每天都要记得跳绳，锻炼身体。"

我答应彬彬妈妈，下次见到彬彬时一定跟他说。我很好奇，她是怎么看

彬彬和同学们在残运会领奖台上

待彬彬爸爸的，比如他坐牢的事。沉默了一会儿，彬彬妈妈叹了一口气说：

"我相信他不是坏人。要不然，我也不放心把彬彬再交给他。"

"你现在还恨彬彬那位表姐吗？"

"恨，非常恨过，恨得撕人的心都有。可人吧，总得往前看，你恨人家，人家也不会少一根头发丝，你自己心里也不好过。我也对彬彬说，咱们不去想那些糟心的事，多想想那些对我们好的人，才会开心。这也是我从彬彬爸爸那里学到的。我常常想他这辈子。他心里的恨应该比我要多得多，他都能放下，我干吗老揪着不放呢？我对彬彬说，好好念书，好好学本领，好好跟爸爸过日子，妈妈就满足了。"

彬彬妈妈告诉我，有时候她也会把彬彬接到身边待几天。她总觉得这辈子对彬彬亏欠太多。彬彬眼睛的事，仔细想想她是有责任的。要是当初她坚定些，把彬彬带在身边，彬彬就不会这样。所以，她想尽量弥补彬彬，少留些遗憾。我问她，如果是这样为什么还会选择让彬彬回到他爸爸身边。她说，彬彬跟她提了好几次想回家，再说了，那会儿她的确很难。

我没有再问下去，想来家家都有本难念的经。

搁下电话那会儿，外面还下着雨。我站在一楼走廊上，放学的铃声打响了，几个高年级的盲孩子打着伞从我身边经过。日子就像书本里的一页页纸，安静地被人翻着。

我想起第一次见到彬彬。那天，大礼堂搞联欢活动，散场后，彬彬主动留下来和班长一起整理同学们坐的凳子。我就站在一边看着，他朝我微笑的时候，脸上很明亮。我很为他庆幸，这样的家庭，这样的遭遇，他还能拥有一颗透亮柔软的心。曾经在某本书上看到过这么一句话：仇恨未必要终结在仇恨之中，即使在最肮脏的淤泥里，也可以开出最纯洁的花来。彬彬和他爸爸妈妈的故事，或许是对这句话最好的阐释吧。

抱抱梦梦

BAOBAO
MENGMENG

梦梦（化名）

性别：女
出生年月：2002年7月
籍贯：浙江省丽水市
梦想：当配音员

一

"你，你找我干吗？找我干吗？是不是我又闯祸了？你是警察？警察吗？"

坐在钢琴凳子上的梦梦，身体僵直，两手握得紧紧的。见到我时，她先发了一连串的问。我没有回答她，打开钢琴盖子，敲着上面的黑白琴键。琴键发出叮叮咚咚的声音。

"你找我到底干什么？你不说，我可走了。"梦梦站起身，一副想走的样子。

"放松，首先我不是警察。其次，我在写一本书，想听听你的想法。"我又叩响了一个琴键。

"你是想写我吗？你想把我写成什么样的女孩？哦，不对，我不是女孩，我从来没把自己当成女孩。"梦梦咧了咧嘴，露出一口微黄的牙。

"你不是女孩？你是说你还没发育吗？"

我以为她嘴里的女孩标志指的是有来月经。在我接触过的不少女孩子眼里，判断自己是否是真正的女孩，就是有没有来月经，甚至有些女孩认为只要没来月经，自己就永远是个小孩。

她听到我提到"月经"两个字脸微微红了一下，双手插在夹紧的膝盖里，身体像是蜷缩起来的刺猬。

"不不不，老师，我的意思是我在生理上的确是个女孩，可我觉得自己是个男孩。"

她说着挠了挠头皮。她的头发剪得很短，从外表看的确像个男孩子。

"为什么你会觉得自己是男孩呢？"

"老师，首先我要呈清我没有性别错乱。我只是从小跟男孩子生活在一起，我们班一直到八年级就只有我这么一个女生，今年才加进来一个女生。"

我松了一口气，合上钢琴盖子。还好，梦梦只是因为觉得跟男孩待久了，像个男孩而已。不过，这也暴露了她内心的不安。我猜，过去相当长时间内，她的女孩身份让她在一个以男孩为主体的班级里，感到不安。所以，她会想办法把自己设定成一个男生，并且尽量把自己打扮成跟其他男孩一样。比如，剪很短的像男孩一样的头发。

"这么说吧，你觉得自己是个怎么样的孩子？"

"我，我是一个蛮横无理的小男孩，对，蛮横无理。"

这段时间接触了不少盲孩子，其中也有不少自卑的，但梦梦是第一个如此坚决否定自己的孩子。我感到有些吃惊，可是，她的表情是认真的。她是微笑着说的，没有忸怩、尴尬和调笑的表情。这让我更加不可思议了。初次见面，谁不想给别人留下个好印象？哪有人会在陌生人面前坦诚自己是个蛮横无理的孩子？

梦梦吸了一口气，舔了舔嘴唇继续说。

"我冲动，乱发脾气，我还乱说话，我顶撞老师，和同学闹别扭，还有女生说我是个怪物。"

"怪物？她这样说你，你不生气？"

"为什么要生气？我觉得我是有些怪，挺怪的。"

她说着将双手从膝盖里抽出来，搓了搓，脸上的表情有些不大自然。

"你也觉得自己是怪物吗？"

"嗯，怪物有点难听，还是说坏孩子吧。我是个坏孩子，嗯，就是这么回事。"

这简直就是破罐子破摔嘛，可她似乎对自己的评价很满意，她缩了缩脖子，侧着脸等待我的问话。也许，她在等待我对她的否定吧。这孩子的思维跟一般的孩子太不一样了。好吧，我决定换个话题。我问她平时不上课的时候干什么,她说,听广播,听动画片。

"最近听什么动画片?"

"《百变校巴》。很好听,我很喜欢校车歌德那个小男生的配音。"

我让她说几句台词给我听听,她问我配哪一个人。我说,随便,想说哪个就哪个。她搓着双手想了好长时间,嘴里还嘀嘀咕咕的,终于,她叽里咕噜说了几句台词。她说,刚才配的两个声音,一个是校车歌德,还有一个是抱抱龙。她学动画片里人物说话的样子就像一个顽皮的小女巫。尤其是她那小小的尖尖的鼻子,微微皱起来时,很可爱。

我忽然想逗逗她,我说,如果以这部动画片中的人物给自己取个假名,你会取谁?她不假思索地说,抱抱龙。

"抱抱龙是主角吗?"

"不是,是校车歌德。"

"你怎么想到给自己取一个配角的名字?"

"我跟里面的抱抱龙很像啊,他也爱发脾气,爱搞恶作剧。"

听上去梦梦并不为她的恶作剧感到不安,甚至还有些小得意。于是,我顺着她的意思,让她说说都搞了哪些恶作剧。她想了想说,有一次,寝室里轮到她值日,让她拖地,可是她不愿意拖。后来,她就把拖把横着放地上以示抗议,心里还希望有人走过来绊一脚,这样她的恶作剧就成功了。可惜,谁都没有被绊倒。大家脚上好像都长了眼睛。我问她,为什么要这么做?她说,好玩。看着别人一边走,一边说,谁把拖把扔在地上的,然后再从拖把边上绕过去走,挺好玩的。

到底还是个孩子啊。梦梦没意识到,她这样做无非是想引起别人的关注。只是有些人是通过优秀的表现吸引人,而她是通过恶作剧的方式。

"你觉得《百变校车》这部动画片最吸引你的是什么?"

"嗯,它能教给我怎样跟人交往,怎样帮助别人,还有怎么做一个善解人意的人。"

"你觉得自己不会跟人交往吗？"

"我没好朋友。"

梦梦说着低下了头。我把手伸过去想要握住了她的手，她却像碰到了一个不应该碰到的东西，马上把手抽了出来，并板着脸非常严肃地说，她不习惯跟别人握手。

"我听你们老师说，寒假你要去托老院。"

听到"托老院"三个字，她像触电似的一下把身子缩紧了。天呢！她在发抖，她的身子，她的双脚，就连她的嘴唇也跟着抖动起来。像是经历了一场大变故，刚才还是清脆的孩子声瞬间变成了一个沙哑的老人音了。

"你什么意思？什么意思？你放过他们吧，求求你放过他们吧！"

"他们是谁？"

"你知道的，老师一定告诉过你！我爷爷奶奶！还有我爸爸！"

盲人说话声音一般都比较低。这回，她提高了音量，几乎是在咆哮了。我感觉到她有些情绪失控，连忙向她道歉。我说，我想了解她，帮助她，保护她，我不想伤害任何人。我保证不会伤害她，也不会伤害她的家里人。她又问，你保证？你敢发誓？我说，是，我发誓，要是我伤害了他们，我就变成狗。她想了想，松了一口气，说，那好吧。

她的情绪像忽然卷起的一阵风，嗖一下从地平线上消失了。

"我就是不太理解你爷爷奶奶还有你爸爸的做法，他们明明可以照顾你，却要把你送进托老院，你还是个孩子啊。"看她安静下来，我决定追问到底，不管她再有什么样的反应。

果然，她的情绪又上来了，她涨红了脸，双手握紧成拳头。脸上的五官跟着也扭曲了，看起来一幅恼羞成怒的样子。

"你怎么可以不理解他们？你比我年纪大，你还是个老师，你怎么可以不理解他们呢？"

"那你跟我说说，我怎么去理解他们？抱抱龙，你是抱抱龙对吗？"

我用了动画片里的称呼，尽量让自己的声音显得平和。她没有应答，但也没有再大声嚷嚷。她把头低至胸口，似乎在思考。过了一会儿，她的声音恢复了平静。

"爷爷生病了，很严重的肺病，他七十七岁了，每天都要跑医院，现在连医院也快跑不动了。奶奶身体也不好。去年，爷爷就对我说，你这么大了，要学会照顾自己了，爷爷奶奶年纪大了，身体也不好了，我们不能陪你一辈子，你要学会跟人交往，跟人打交道，趁我们还在的时候，你要把这些都学会了。"

"那你爸爸呢？我怎么理解你爸爸，还有你妈妈，抱抱龙？"

我再次用了抱抱龙的称呼。我发现，她更喜欢我叫她抱抱龙，而不是直呼真名。

"抱抱龙生下来没多久，妈妈就跟爸爸离婚了。爸爸要工作，要赚钱，就把抱抱龙交给了爷爷奶奶。去年暑假，抱抱龙一直跟爸爸在一起。我们在一起住了一个月，很开心。爸爸对我很好，他对我说，他以前做生意赔本了，欠了很多钱，要还债，现在要努力赚钱……我眼睛不好，带着我，他怎么做生意呢？他没有办法，只能把我交给爷爷奶奶。"

"他不管你，你还护着他？"

"我说了，爸爸有自己的苦衷，我一出生，爸爸做生意就赔本了，爸爸生意不好，妈妈就跟他离婚了，我是个坏孩子！坏孩子！抱抱龙是个坏孩子！"

咆哮完了，她又呜咽起来，把头埋在膝盖上。我想再次握住她的手，她不肯。我说，你不是个坏孩子，你是个好孩子，你那么替大人们着想，你是个善良的孩子。你只是表面上看起来有些坏，真的，你骗不了我。

梦梦跟同学们一起庆祝元旦

"你这么了解我？"她抬头，将脸对着我。脸上的表情像是惊讶，又像是不屑。

"我看到你心里住着一个善良的孩子，她不允许你做一个坏孩子，抱抱龙。"

她别过脸去，小声嘀咕起来，我不是坏孩子，老师说我不是坏孩子，不是坏孩子。我是抱抱龙，抱抱龙不是坏孩子，抱抱龙会变好的。

"抱抱龙，只要你愿意改变自己，你一定是个好孩子。"

我趁机握住了她的手，她似乎有些不好意思，但也没把手再抽回去。站起来时，我给了她一个大大的拥抱。那一刻世界很安静，梦梦的脸上流淌着微微的笑，她小小的尖尖的鼻子，一耸一耸的，像个可爱的小女巫。

回家后，我去网上搜索了《百变校巴》。百度上这样介绍这部动画片以及抱抱龙这个角色：《百变校巴》，早教类儿童3D动画作品。该片讲述了人工智能百变校巴歌德，陪伴小朋友们成长、带领小朋友们认知世界的故事。抱抱龙，霸道，喜欢恶作剧，实际没有恶意。

梦梦十七岁了，但显然，她的心智远远没到这个年纪，她身体内的一部分还没来得及长大，那个角落里始终住着一个小小孩。我猜，她之所以愿意生活在动画片里，愿意把自己想象成抱抱龙的角色，是因为动画世界的人比现实世界里的人更容易相处。她在虚幻的世界里，找到了自己需要的东西。一如，安徒生童话《卖火柴的小女孩》里的那个小女孩。

二

隔了几天，我找到了梦梦小学时的班主任李老师。谈起梦梦，李老师说，这孩子，没法不给人留下印象，太不一样了。

小学时，梦梦很爱发脾气，动不动就使性子，要是老师批评她，她会很抗拒，甚至会跟老师对着干，就好像一头不知道该怎么控制自己的小野兽。她对周围人充满了敌意和警惕。那时候她经常抱怨爷爷奶奶对她不好。还说，她不听话，爷爷就打她。奶奶从来就不喜欢她，让她最好别回家。

"李老师，她跟你讲起过爸爸吗？"

"嗯，大概是三年级暑假，她爸爸来接她的，这是六年里我唯一一次见到她爸爸。那次她很开心。"

李老师说，家长联系册上的电话一直是她爷爷的。他只见过她爸爸这一次，以后就再也没有联系过。

"梦梦说，她现在能理解爸爸，还有爷爷奶奶了。"

"也许是长大了吧。小时候，梦梦脾气特别坏，那时候我们班就她一个女生，谁都让着她。我现在想，可能这样对她并不好，会助长她的任性。"

李老师的话让我想到了一个问题，对于像梦梦这样从小就缺失爱的孩子，我们在给予他们关爱的同时，如何去引导他们学会爱，这很关键。

隔了一天，我又找到了梦梦现在的班主任，九年级的孙老师。孙老师说，那天，梦梦跟我谈话回来，很开心，不知道我对她讲了什么。我说，也没讲什么，她很喜欢看动画片，我们聊了动画片。

"我比较担心梦梦的情绪，怕吓到你。"孙老师说。

> 梦梦是个情绪化的孩子，尤其是到快放假这段时间，情绪会特别不稳定，有时候大喊大叫，就像疯了似的。
>
> 去年放寒假前，有一次课间，她说要跳楼自杀。我们的教室在三楼，她就在窗户口抓着窗框子，让我们谁都不要走过来。可我看她频频回头的样子，不像真的要跳楼。之前，她也闹过很多次。每次脾气上来，就要死要活的。国庆节放假，她发作过一次，撒泼打滚，就是不愿意回家。班里的同学觉得她家里没人照顾，挺可怜的，都对她特

别好，什么事都顺着她，还有人特意留下来，陪她。这次，我猜她是故技重演，想找个人留下来陪她。可大过年的，谁不想回家？所以，我没有马上冲到窗户边去。我告诉自己冷静再冷静。

我一面对她说，梦梦，有话好好说，别冲动，一面慢慢地走过去，拉住了她的手。

"你想好了，跳还是不跳，你要是跳，我马上松手。"

一旁有同学马上说："梦梦别傻了，跳下去就没命了，你还这么小，太不合算了。"

很多同学都开始劝她。她跺跺脚，抓了几下头发，便趴在我怀里大哭起来。当时，她还在情绪中，我也没跟她多谈，因为过几天她就要回去了，不是回爷爷奶奶身边，而是回老家的托老院，跟一群老人生活在一起。我知道她这样做，也是因为心里不好受。

寒假过去了，开学时，我找她谈了一次。她承认那次跳楼是故意装样子给我们看的。我对她说，这样做是不对的，会让周围人担心，一个人做任何事，都不能只想到自己。

她点点头。

孙老师告诉我，梦梦这孩子有些小才艺，歌唱得不错，还得过奖，朗诵也不错，声音很特别。不过，平时跟人交往很有问题。她以自我为中心，不太能照顾到别人的感受，也比较任性。情绪上来了，就放纵自己，不管不顾。一点点小事她会越闹越大，好像要让全世界的人都知道她的伤痛，让全世界的人都来关心爱护她。

"可是，她现在挺能理解她爷爷奶奶还有爸爸的，还不让人说他们的坏话。"我说。

"我并不认为她真的理解了她爷爷奶奶还有爸爸。我倒认为，她小时候的想法更接近她本能的反应。她内心是恨他们的。"

孙老师告诉我,梦梦的家庭比较复杂,到现在她奶奶都不怎么认同她这个孙女。孙老师认为,梦梦现在不愿意让别人说爷爷奶奶还有爸爸的坏话,是因为她害怕。自从爷爷奶奶把她交给托老院后,她更加没安全感了。她喜怒无常,也是因为害怕身边的亲人有一天会抛下她,让她自生自灭。

我认为孙老师分析得有道理,也比较赞同她对梦梦的冷处理方式。就像之前李老师所说的,一味迎合梦梦,满足她,对她的成长并不好。

那天傍晚,我向孙老师要了梦梦爷爷的电话。

三

拨通梦梦爷爷的电话,是在晚上。

听说我是梦梦学校里的老师,受学校委托调查学生家庭情况,爷爷的语气很快就缓和下来了。他说,老师辛苦了,有什么事找我?我说,跟梦梦聊了一个上午,有些情况还是想跟您亲自核实一下。他说,可以。

> 我有三个孩子,梦梦爸爸是我们家老二。不怕您笑话,梦梦是她爸爸和外面一个野女人生的。那时候,梦梦爸爸刚结婚不到一年,哎,好端端一个家,因为外面一个野女人,说散就散了。我二儿子也是鬼迷心窍了。为了那野女人,婚离了,跟我们老两口也闹掰了。
>
> 作孽啊,梦梦生下来眼睛就看不见,我家老太婆当时还说,活该,自找的。过了段日子,我二儿子做生意赔本了,欠了一屁股债,那女人就跑了。那时候,梦梦也就三四岁的样子。
>
> 梦梦爸爸有钱的时候,对梦梦也不错。梦梦要什么,都会买给她。可后来,他自己都顾不上自己了。梦梦七岁了,她爸跑到外面干

活,把梦梦扔给了我和老太婆。那是十年前。十年前,我身体还好,还能赚点钱。

去年,我查出来肺坏了。哎,我的肺一直不好。医生说,这回是真不太好了,要再进一步,命都要报销了。医生叮嘱我好好休息,不要生气。我们家老太婆有三高,人很胖,平时走路腿脚也不太灵便。我们两个都快八十岁了,平常日子一天到晚跑医院。我们的退休工资都花在了医院里,剩下不多的钱,还得照顾梦梦。为了治病,也为了照顾梦梦,我们两个老的把自己住的房子卖了,换了一个四十几平米的小房子。

现在我们自己都需要人照顾,哪还有精力照顾梦梦?只好让人把梦梦送到托老院去。托老院是要花钱的,钱也是我们两个老出的。我们对梦梦也只能这个样子了。

"这个事吧,也不能怪你们,作为爷爷奶奶你们也尽力了。"

"走一步算一步吧,实在没办法只有去法院了。哎,老师,真是没办法了,没办法了……说来说去,都是我那二儿子不争气。我这病,多半也是被他气出来的。"

老人家说着咳嗽起来。我让他别急,慢慢说。他说,梦梦脾气好的时候会唱歌给他们听。但不听话的时候更多,有时候打她骂她,也是为她好,就想着她一个女孩子,眼睛又看不到,多学着点,将来也可以自己照顾自己。她这人吧,从小就懒,到现在连床被子都不会叠,洗衣服就更不用说了,有时连洗个澡都要人帮忙。她要是不学着点,到时候吃亏的还是她自己。

电话那头,梦梦爷爷不停地叹着气。

"我听梦梦说,去年暑假,她跟她爸爸在一起待了一个月。"

"什么一个月?才一个礼拜,她爸爸就把梦梦扔给了一个朋友。也不知道给了多少钱，梦梦回来人倒是吃得滚胖滚胖的，可脾气也更大了。我们老两口说什么，她都不听。真是没办法了，没办法了。"

跟梦梦爷爷通了一个多小时的电话，老人家常常挂在嘴上的话就是"没办法了，真是没办法了"。可以想象，这十多年里，作为一个老人他承受了多少艰难和酸楚。

非常遗憾的是，我最终都无法联系到梦梦爸爸。梦梦爷爷的话让我想到了一个故事。母猴子生了两只小猴子，实验员把其中一只小猴子从母猴子身边抱走，关在另一个笼子里，每天用奶瓶给它吃奶。一年过去了，待在母猴子身边的小猴子脾气温和，行为乖巧。而另一只靠奶瓶喂养大的猴子，经常发脾气，时不时怪叫，对实验员总是龇牙咧嘴，口吐白沫，表现得像只疯猴子。

据盲校老师说，很多盲孩子生下来就被父母抛弃了。他们要么去了孤儿院，要么流浪街头被人贩子利用。像梦梦这样家里有老人的，就把责任推给家里的老人。作为盲人，梦梦已经遭遇了身体上的不公平。这种不公平，又随着妈妈的离去，爸爸的不归，加大了裂痕。而爷爷奶奶年纪大了，随时都会离开她。在梦梦的记忆里，她从来没有一个完整的家。试想这样的孩子哪来的安全感？说到底，她的任性，她的怪脾气，她对自己的不认同，其实都源于爱的缺失。父母的爱是任何情感都替代不了的。一个得不到家庭温暖的孩子，又如何懂得去爱别人？在梦梦内心的某个角落，有一个始终不愿意长大的孩子，这也证实了她的自我逃避。

我的猜想在梦梦的文字里得到了印证。梦梦喜欢看动画片，喜欢听小说。空余时，她也爱写点东西。这是我在她电脑里找到的两篇小说，限于篇幅，部分文字已做删减：

林梦智斗黑蓝妖

梦族的人民，生活原本是平凡又甜蜜的。某年的秋天，黑蓝妖破坏了这平凡又甜蜜的生活。

人们被迫迁居，只有一个勇敢的小勇士林梦想要留在梦村。小勇士林梦是整个梦村最调皮捣蛋的女孩，她和妈妈达梦相依为命，爸爸林刚梦是个勇敢的警察，因突发急性脑梗在一年前走了。

黑蓝妖喜欢梦村的一切，因为它有无穷无尽的梦能量。它想通过破坏这个村庄来获得这些能量。林梦下决心："我如果不帮助这个美好的村庄，我就不配当一名小勇士！"

梦村一个居民来信，让林梦万事小心，林梦回信后，就做起了灭妖的准备。她练了九九八十一天的剑，练了九九八十一天的刀法……总之，她练出了一身灭妖的好本领。

一个凉风习习的星期六，黑蓝妖正坐在金梦山边上盘算着如何制订一个破坏计划，忽然嗖的一声响，林梦的大刀从天而降，砍在了它的后颈上，黑蓝妖暴跳如雷："敢偷袭我？！"

双方展开了厮杀。

林梦读过许多灭妖秘籍，她知道黑蓝妖致命的弱点。这个弱点，就是怕白色的东西，无论什么样的，只要是白色的，见到就会吓昏。吓昏之后，再把它杀死，黑蓝妖就彻彻底底地被消灭了。

林梦使出了白色幽鬼匕首。果然，黑蓝妖还没被刺中就吓得昏过去了。林梦趁机刺中它的喉头，黑蓝妖被消灭了。

居民们又重新开始了他们的生活，林梦露出了胜利的笑容。可好景不长，黑蓝妖流出的血变成了隔离之浪，把林梦和妈妈隔开了。

妈妈爬到金梦山顶上，望呵望呵，总也望不到女儿，渐渐地，渐渐地，她变成了，变成了牵挂的音符，那叮叮当当的风铃声，就是金梦山神在摇奏着思念的乐章。

再看林梦。她被隔到了哭梦洞口，她站在洞口，盼呵盼呵，总也盼不到妈妈。最终，林梦变成了一棵思母草，生长着，生长着，直到现在，它仍在不停地生长着。哭梦洞已变为海滩，那呼啸的海浪，就是林梦想念妈妈留下的眼泪。

蓝梦的梦

星期日，天气很坏，电闪雷鸣，狂风暴雨。一个戴着防雷头盔的人，撑着天堂伞，穿着金色雨衣和雨鞋，走在风雨中，面容灰白灰白的，眼睛红红的，不停地流泪哭泣。

她就是蓝梦。原来，她的妈妈意外猝死了，年仅三十岁！

蓝梦的妈妈梦娜是一个著名歌唱家，参加过好几场演唱会，次次都是成功的，然而，就在昨日的巡回演出中，她唱了一首那英的《征服》，唱到高潮转调的地方"就这样被你征服，切断了所有退路……"可只唱了"就"字，她就晕倒在舞台上。现场一片狼藉，救护人员立马展开救援，后面又来了一辆救护车，将梦娜送到二中医院继续抢救，经过两小时的抢救，她还是走了。唉！好好的一个人，才三十岁！就这么没了！没了！

蓝梦的爸爸梦达知道妻子意外去世的消息，精神崩溃，被送到医院救治，经过检查，他患上了精神分裂症。

蓝梦走在风雨中，口中喃喃自语，好像在呼唤妈妈，她的泪水流啊流啊，与暴风雨融为一体了。不知不觉，她走到了妈妈的坟前，她跪下来，眼泪还在流着，流着，在妈妈的坟前汇成了一条小溪流。

忽然，有个人在叫她，还不停地拍着她的肩膀："喂！蓝梦梦，快醒醒！"

"妈妈，妈妈，是你吗？……"

"傻孩子，你又在做梦啦。都几点了，还不快起床！"

咦，这是怎么回事呢？原来，蓝梦在睡懒觉，刚刚是她在梦里。拍她的那个人是奶奶，爸爸妈妈都好好的在上班呢。

两篇信手涂鸦的小小说里主人公无一例外都是女孩，有意思的是小说里的女孩和爸爸妈妈名字中都带有梦字，特别是第一篇简直就是梦境中的现实。第二篇中的主人公蓝梦貌似拥有一个完整幸福的家，可蓝梦的梦境里却是一个支离破碎的家。现实中弱小的梦梦，在小说中成了勇士；现实中支离破碎的家，在小说中倒成了梦境。梦梦极力想用文字掩盖事实，文字却暴露了她内心最真实的渴望。是梦总归有醒来的时候，她太清楚这一点了，所以连同梦里的人物，都带着梦字。

一个从小就没有安全感的盲女孩，她想要的不过是一个温暖的怀抱，一个有爸爸妈妈的家。让我们一起抱抱梦梦。

孤独的海

GUDU DE HAI

蒋海滨（化名）

性别：男
出生年月：2003年5月
籍贯：浙江省丽水市
梦想：当运动员

范梦海（化名）

性别：男
出生年月：1986年10月
籍贯：浙江省嘉兴市
身份：盲人推拿店法人代表

一

跟范梦海是在盲校食堂认识的。

那天是盲校建校30周年庆典。庆典结束后，大家一起在食堂吃午餐。我和几个盲校毕业的年轻人坐在一张大桌上，大家一边吃饭一边闲聊。有人说，这年头赚钱不容易，出门在外没个技术在身真不好混。坐在我对面的年轻人却不紧不慢地说，也没什么容易不容易的，关键要看自己用不用心，只要足够用心，上天就不会薄待你。

那人穿着一身黑色的羽绒棉衣，戴着一副宽大的墨镜，略微发福的他，看上去像传说中的企业大亨。饭菜还算可口，两荤两素，还有一个汤盒。汤盒包装很结实，上面贴着一层透明保鲜膜，里面装着玉米排骨胡萝卜块煮成的汤汁。他摸了好长一会儿没摸到撕口处，我给他帮了忙。

"谢谢。"他礼貌地说道，"请问，您也是盲校毕业的学生吗？"

"哦，不是，我是来看演出的。您呢，您在哪里高就？"

"老本行，开推拿店，也不多，就十几家。"

我有点惊愕，早就听人说过，不少盲人从学校毕业后开推拿店，挺不错的。但一个人开十几家推拿连锁店，我还真没听说过。一旁，早有人喊了，十几家还不多？范总，大老板啊，太牛了。

"事在人为嘛，只有想不到的，没有做不到的。"范说。

"范总，你开了那么多家连锁店，你今天怎么不上去说几句？"

"有些事不在于说，在于做。"

这年头，多的是夸夸其谈的年轻人，少的是沉下心来，踏踏实实干活的。闲谈间，我留了他的电话号码和微信。他叫范梦海，微信名是海。范梦海听说我打算写一本关于盲人的书，很高兴，说只要能帮上忙的，尽管问他。

那天，本来还想跟他多聊几句的。他说，要去见一位好弟兄。我问他，是不是有亲戚在盲校读书？他说，一个朋友。很长时间没见了，想去看看他。

我们就在盲校的操场上留了合影。照片上的范梦海，沉稳、踏实，有一种"85后"年轻人少有的内敛和成熟。如此年轻，就把事业做到这么大，这个人一定是有故事的。我忽然有种天上掉馅饼的感觉。

二

没过几天，我在微信上联系了他。我问他，什么时候有空，我们聊聊。他回，只要是为盲人做的事，随时有空。

我心里生出几分感动。大凡有钱人，一般都很忙，采访须提前预约。有时候，一次采访拖几个月也未必能见到本人。没想到，范梦海不光没有架子，还主动配合采访，像这样低调热情的年轻老板，确实不多见。我碰到好人了。

我说，想写写他的事，让社会上更多人认识视障人群，认识他，认识盲人只要凭自己的努力也可以生活得很好。他想了想说，我这个人不太喜欢张扬。我说没问题，采访对象有权保留自己的隐私和真实身份。

"范总，您这个岁数，最初创业，家里人有没有帮您？"

"没有。我吧，其实有点运气在里面。"

"不会是买彩票中奖了吧？"

"比彩票中奖还好。我啊，在飞机上遇到了一个贵人。"

电话那头的声音是低沉的。仿佛是为了确定我是否在倾听，他咳嗽了两声，连说了三个喂。我说，在，听着呢。

一毕业，我就去干推拿了。从本质上来说，我是个很务实的人。除了喜欢剪纸，维修家电，会按摩，我也没别的本事。我们那地方上的人都知道我有一手绝活——会剪纸。我还在中央电视台举办的剪纸大赛上获得过大奖。逢年过节的，我常常给乡里邻居剪个喜字窗花什么的。可剪纸吧不能养活人，维修家电吧，那些干了几十年的老师傅都快没戏了，更不要说我了。所以，我觉得还是做自己在学校学的推拿更好。

起初，我也是给别人打工。当然，大部分人都这样，不太可能一上来就当老板。老实说，刚开始我也没有什么雄心壮志。我呢，还得感谢最开始干活的那两家店的老板。那两家店的老板不是太抠，就是太自以为是。打个比方，我们这些员工一天到晚累死累活，却只能赚到一点吃饭钱。老板呢，自己不干活，光在前台晃来晃去，可他穿得比我们好，吃得比我们好，出门还开小轿车。这还不算，我干的第二家店老板，特别爱逞能。比如说，明明电脑上的程序是我帮他装的，他却向人炫耀是自己看书自学的，把自己说得神通广大，特牛逼。一句话，这些当老板的就是想处处压我们底下人一头。

做了两家后，我就想自己单干了。我们家条件也不怎么好，爸爸妈妈能给我的钱不多。我想，大的推拿店开不起，小的还是可以的。我打算从老家小镇上的推拿店开始干。说实话，那时候城里推拿这一行干的人已经不少了。但在我们老家小镇上，盲人推拿店还是个新鲜词。

于是，我就先在老家镇上开了个小小的工作室。那应该是2007年。我们那小镇上的老百姓还没多少保健意识，整个镇上连一家洗脚店都没，更谈不上推拿店。如何在这样一块白纸板样的土壤里，推广自己的盲人推拿事业呢？我的第一步是免费服务，在公开场合让人免费体验推拿。慢慢地，人们也就认识了盲人推拿，觉得推拿这东西可以让人放松还可以治疗肩颈腿脚病什么的。半年后，这家店的生意慢慢走上了正轨。

第二年，嘉兴市里一家盲人推拿店的资金链出现了问题，我得知情况后，主动找上门，跟那家店的老板说，我可以帮他解决资金链的问题，但他们店的经营理念管理模式必须听我的。店的名字和法人代表都不用改，我只要求入股，拿分红。这一谈，我们就合作上了。

我对这家店的员工来了一次"大扫除"，保留了技术骨干，把那些爱偷懒、技术不过关的员工全辞了。解决了资金链的问题后，经过整顿，这家店很快就走上了正轨。这是我成功合作的第一家分店。有了第一家分店的成功经验，我对自己的想法就更有信心了，但我知道，人不学习就会落后，很多先进的管理方法、经营理念需要不断地学习。我不想做那种什么都不懂，光会吆喝人打压人的老板。我告诉自己必须走出去，到大城市去学习，这样才能把自己的事业做大做强。

2009年，对我来说太重要了，因为我遇到了一个贵人。那一年，我在北京培训完乘飞机回杭州。我的邻座是一个六十多岁的老人，飞机起飞没多久他的心脏病发作了。当时，他身边没带急救药，情况十分危险。我二话不说，就给他做了心肺复苏。这玩意儿，我们在学校学过，虽然正式场合我一次都没施展过。当时旁边也有人悄悄劝我，让我别插手，说乘务员会派人过来的。可是，我想，我是离他最近的人，我学过心肺复苏，在这个性命攸关的时刻，最近的人不救他，难道还要等他断气了，再让人来救？要这样，我岂不成了见死不救的人？再说了，反正我一个普普通通的人，眼睛又看不见，既不是富翁，又不是领导人，他能赖上我什么？

这一救，老人家缓过气来了。他很感谢我，还让我留了联系电话，说以后要来谢谢我。对他的话，我没放心上，毕竟"救人一命，胜造七级浮屠"。

没想到一个月后，有两三个人开着小汽车，到我家来了。为首的是个中年男人，问我是不是叫某某某，几个月前是不是坐过一趟飞机。我说，是。他说，有个事，想找我谈谈。我问他们是谁。那男的说，他是杭州一家房地产公司老总的秘书，他们老总想让我加入他们的公司。

我们家里人觉得这肯定是一帮骗子，现在骗子到处都是，而且都说得冠冕堂皇的。我爸对他们说，我们家没钱，要钱，找别人去。那人说，不是要钱，是送钱。

这话说得我爸妈更不相信了。天上哪有掉馅饼的事？不掉进陷阱就不错了。我爸坚决不同意跟他们谈话。第一次，他们就这样走了。大概过了两个礼拜，飞机上的那位老人家亲自过来了，还把医院里所有的证明和资料都带来了。

老人家说，前段时间，他有事在忙，没能亲自登门拜访，实在不好意思。这次是特意过来感谢我的。他还说，凭他这么多年的社会经验，我肯定是个好人。为了让我们家里人和我都相信他的确是大公司的老板，他还让人开车把我和我爸妈带到他们公司参观了一圈。

眼见为实，他没骗我，的确是大公司的老板。

后来，我就加入了这家房地产公司。股份是大老板给我的，我一般不参与他们公司内部的事，但我也会在公司做一些力所能及的事，比如接一些电话，做一些网络维护等。一般人都不知道，我除了开推拿店，还是一家房地产公司的股东。我这人吧，不喜欢张扬。觉得做好分内的事就行了，没什么好炫耀的。

不过，怎么说呢，因为房地产公司，让我接触到了更多的人，大大开阔了我的视野，同时也为我今后收购其他的推拿店奠定了雄厚的资金实力。

"应该这么说，机会是给有准备的人的。你的好人品让你收获了好运气。"

"哪里哪里，我不过是举手之劳，换了别人，也会这么做的。"

范梦海告诉我，到目前为止，他的名下已有12家连锁店，但因为是医保定点，规定不能统一冠名，所以每一家店的名字都是不一样的。他始终相信，做生意要讲诚信。

那天，我们的谈话是被他手机上的电话打断的。他跟我说，有一个几百万的单子需要他签字，等有机会我们再聊。

晚上，我将范梦海的事跟朋友说了。朋友说，你去网上查查有没有这个人。我查了，确实有其人，并且就像他本人说的那样，有一家在老家的总店，店名跟他说的一模一样，注册的法人代表也是他。

三

尽管范梦海一再说，只要是对盲人有帮助的事，随时可以找他，但我觉得经常打扰人家做生意不好，就在微信上拟了几个想问的问题，让他有空时谈一下。

隔了两天，我收到了范梦海数十条语音留言。留言上介绍了这些年来他在推拿店开发方面的经营理念。

你问我怎么才能在众多盲人推拿店里脱颖而出成功做大做强？这

可能跟我的经营理念和管理模式有关系吧。我的想法是，做生意就跟打仗一样，要有步骤，有战略。毕竟我不是那种资金实力非常雄厚的老板，我的资金也是有限的。所以，我会想办法将利益最大化。

一般，我会先看中一个合适的区域，然后从该区域的小镇上入手，小镇上开成功了，再辐射到周边城市。花朵是从里往外开放的，我是从外往里攻克的。说得好听一点，我这叫收。我一直认为凡事要讲究策略。策略对了，成功的概率也就大了。

管理方面，我讲究优胜劣汰，让内部的员工有危机感。我会给他们提供各种培训的机会，能干肯干的员工，就有机会提升。作为管理者，这些年我自己也在不断地培训和学习。比如金字塔高层管理模式，就是我从外面学来的。金字塔高层管理模式的核心理念就是技术越好、越勤奋的员工待遇也越优厚。这样可以最大程度鼓动员工的积极性，让他们有一种为自己打工的感觉。以前，我干过的两家推拿店就不懂这个道理。他们只知道让员工埋头干活，却不知道怎么让员工乐意干活。

说实话，我的员工中不仅有盲人，还有明眼人。在我这里，明眼人负责营销管理这一块，他们要做的事就是推广服务和了解市场信息以及上门服务。要是哪一家推拿店出现了资金链问题，这些人就会第一时间通知我。通过考察，如果这家店值得投资，我就会入股。

也有盲人遇到资金链短缺问题主动找上门的，我一般不会一口答应，会在暗中做进一步调查，看看那家店为什么会出现资金链短缺的问题，是店的位置不好，还是内部的管理出了问题或者是老板本人有问题。如果是内部管理出现了问题，我可以帮忙解决。如果是老板本人有问题，店的位置又不好，我就不会考虑跟他们合作。小心驶得万年船，万一投资错了，钱就砸了。像我这样白手起家的，每一分钱都来之不易，我不能白白糟蹋了。当然，房地产老板那儿每年都会有一笔不小的分红，但那些钱我要等着将来派大用场的。

记得有一家推拿店的小老板找上门来，想让我投资他们店。他还带来了他的儿子，说为了表示诚意，让他儿子唱一首歌给我听。那小孩七八岁的样子，嗓音挺好的。他唱的是乌达木的《梦中的额吉》，那是我最喜欢的一首歌，有时候听着听着就会泪流满面。实事求是讲，那小老板的儿子唱得很不错，几乎跟网上那位叫乌达木的男孩唱得一模一样，可我听了后，只说了两个字：不行。

你问我为什么？人家拣你喜欢的歌唱难道还错了？那小老板也很纳闷，大概觉得我这人有些怪吧。后来，小老板托人来问过，是不是他们家儿子唱的歌不好听。我就对来人说，恰恰相反，孩子的歌唱得很好。可我觉得那个让孩子唱歌的人有问题。一个人连自己小孩都可以利用，那这人还有什么人不可以利用的？

来人听了灰溜溜走了，这之后那小老板就再也没出现在我面前。

其实，对这家店我还是有所了解的，地理位置不错，老板平时对待员工也还可以。如果他不利用这招博取我的欢心，我可能会考虑跟他合作。正是他这种自以为是的方式出卖了他做人的底线。所以，做生意，我最看中的还是合作伙伴的人品。

现在，我主要精力还是在推拿店管理这一块，房地产我懂得不多，充其量就是个网络维护员，适当时候出席一下股东会议。不过，说实话，推拿这一块具体我也没做什么。我的每一家店都实施了现代化的网络管理，安装了监控系统。

你问我，下一步的目标是什么？我的目标当然还是想做大做强。我相信只要努力，明天一定会更好。正因为如此，我经常对手下的员工说：张开双手，拥抱未来，明天会更好。这句话，我打算以后做我们总公司的标志语。

我把范梦海的语音逐条听了,又做了一番整理。那天,我在百度上找到了乌达木演唱的《梦中的额吉》:

> 漂浮的白云静静地伴着我
> 青青的草原默默拥抱着我
> 悄悄地思念遥远的妈妈
> 是否听见孩儿声声呼唤
> 梦中的妈妈轻轻为我吟唱
> 睁开眼只剩下一个人孤单
> ……

我在微信上给范梦海留言,问他,是不是经常觉得孤单。他回,是吧。觉得身边没有几个朋友能懂他。我说,人在高处总是这样的。他说跟我说话很舒服。我又问他,有没有女朋友。他说,不考虑这个问题。我问为什么,他说,从来没想过结婚。

"是不是钱多了,眼光高了?"

"跟钱没关系。这只是个人的选择,国外很多有钱人选择单身。"

我没有再说什么。他在微信里给我唱了这首《梦中的额吉》,他的音色不错,听上去有点像腾格尔。我问他为什么喜欢这首歌。他说,每次听就好像来到了蓝天白云下,特别安

范梦海出诊总是一个人

宁。现在这个社会太喧哗，人心太浮躁了，听点让人安宁的歌，挺好。

那次谈话快结束时，我提出想去他开的推拿店看看。之前，他跟我提起过，我所在的小城也有他合作的一家分店。可他说，实在抱歉，不能告诉我店名。很多人找他合作都是资金链出了问题，为了保护合作方的声誉，他不能对任何人说合作店的名字。合同上也有这一条，他必须遵守。

我心里纳闷，干这一行怎么有那么多规矩，跟地下党似的。但转念又想，合同上签订的事，别人不知道，他能遵守，说明这人靠谱。可能换了一般人，有这么大产业，早就在媒体上大肆报道了，要是这样，百度上关于他的新闻早就满天飞了，不可能像现在这样，连他的店都找不到。

四

过了一阵子，我又去了盲校采访。无意中认识了范梦海之前提到过的那位好兄弟，蒋海滨。

2003年出生的蒋海滨是在孤儿院长大的。海滨有一对名义上的爸爸妈妈，还有一个比他小一岁的名义上的弟弟。爸爸妈妈今年都六十多岁了，他们是在孤儿院工作的一对老年夫妻。海滨说，本来他们已经到了退休的年纪，可因为他和他弟弟就打算再待几年，一直到他们俩大学毕业找到工作，不再靠孤儿院的福利生活。

"有想过亲生爸爸妈妈吗？"

"很小的时候会想他们长什么样的，为什么会不要我，但后来就很少想了，因为想了也没用。"

"除了孤儿院的爸爸妈妈，还有学校的老师，你还有其他朋友吗？"

他起初摇头，后来又说，有一个哥哥，也是盲校毕业的，比他大十多岁。我问他，这人是谁？他说，范梦海。

我的心扑腾了一下，怎么那么巧？前几天，我还在采访范梦海呢。我问海滨，怎么认识范梦海的？海滨说，他是在小学四年级的时候认识范梦海的。那一年，范梦海到学校参加一个活动，还到他们班来看望他的老师。

"班里那么多同学，他怎么就看上你了呢？"

"可能觉得我是个孤儿，比较同情我吧。反正那天，他跟我说，想跟我做个朋友，如果不嫌弃的话，我可以叫他哥哥。"

"你那时候知道他是推拿店的老板吗？"

"知道，他那天还给我们班同学带来了很多好吃的，老师也有，老师还让我们跟哥哥学习，说将来长大了自己也开公司，做大老板。"

海滨说，那天他觉得很开心，结交了一个有钱的大老板哥哥。

后来，范就经常跟海滨电话联系，嘘寒问暖。那时候，海滨对哥哥很崇拜，觉得哥哥好有本事，长大了他也要做像哥哥那样的人。有时候，哥哥也给海滨寄好吃的。一次，海滨说枕头旧了，想换个新的。范梦海二话不说就给他寄来了一个新枕头。

"他对我很好，说以后，我大学毕业了，可以帮我找工作，还可以帮我找房子。"

"你有没有问过他为什么对你这么好？"

海滨说，没有。但是，他能感觉出来，哥哥是个好人。六年级的时候，哥哥来学校找过他，要他好好学习。还说，以后生活上有什么困难可以随时找他。

"同学们是不是很羡慕你有这样一位大老板哥哥？"

"应该有吧。不过，我们老师不让哥哥上台演讲。我们学校有很多学哥学姐，会把自己的一些成功经验带到学校跟我们分享，哥哥从来没有给我们讲过。哥哥说，没有必要四处宣传。"

"你很尊敬他是不是？"

运动赛场上的蒋海滨

"有点吧。"

海滨欲言又止。那天，老师找他还有事，我只能匆匆结束了跟他的谈话，想着下次再找海滨聊。说实话，范梦海在我心里不光是一个有为的企业老板，还是一个充满爱心的有志青年。我觉得这里面应该有很多闪光的东西值得我们学习。

坐校车回家，我忍不住跟车上的老师谈起了范梦海和蒋海滨的事，我才说了一半，旁边一个短头发的女老师就打断了我的话。

"叶老师，他们俩的话你也相信？"

"怎么了？有什么事不能相信？"

短头发的女老师说，她是海滨小学时的语文老师。海滨第一次写作文，介绍他的家人，说他有一个幸福的家。他们家有四口人：爸爸妈妈，他和弟弟。爸爸妈妈都很爱他，周末他们会带他和弟弟去游乐园。节假日，他们会去海边玩。虽然，他的眼睛不好，可他觉得自己很幸福。

当时，她不了解情况，以为海滨真有一个幸福的家，后来才知道海滨是在孤儿院长大的，从小就被爸爸妈妈抛弃了。

"那范梦海又怎么了？"我问。

这时，坐在我身后的海滨班主任开口说话了。她告诉我，范梦海偶尔会去学校找海滨，平常多数是在手机上联系的。但据她所知，范这个人不太靠谱。有一次，范说，他有个在房地产公司的好朋友，等海滨长大了，他会想办法送他一套房子。当时，她也在场，随口问了一句，什么房地产公司，她也想买房子，能否介绍一下。范就支支吾吾起来，说，朋友也是刚开的公司，估计要过段时间才能稳定。

我把范跟我说的一些情况对海滨的班主任说了。她说，这些事她没听说过，让我最好打听清楚了。当时已经一月初了，再过一阵子学校要放假，大家都要过年了，因为家里杂事多，范梦海的事就暂时搁下了。

当然，我迟迟不跟范梦海联系，也是因为不知道如何跟他开口说。要是直接问，怕人家会很尴尬。如果去当地调查，也要等到过年后。年前，大家都有一摊事，去了，打扰人家不说，可能还会坏事。

那就等到春天吧。我总觉得春天万物复苏，任何事情都会朝好的方向发展。可武汉爆发了新冠病毒，疫情来势汹汹，政府下令居民没特殊情况不得出门。我只好在微信上跟范的老师和他的校友打听范的事，他们对他的情况都不是很清楚，但有一点却是一致的，他们都认为范不太可能有这么多的连锁店。一、他没有那么多钱，据他以前教过的老师说，范家里条件很一般，他还有个弟弟。二、如果真像范所说的，他有那么多家连锁店，周围人肯定知道，媒体也肯定会报道。不管怎么说，现在政府部门、残联都很关心残障人的就业问题，他们肯定会宣传他。

为了确定范的情况，我找到了当地残联的电话。电话打过去，工作人员接了。我简单介绍了自己，并说想跟他们核实一下范梦海的具体情况。那边的人让我稍微等一下。不多时，电话打过来了，说，范梦海在当地小镇上是有一家推拿店，店面不大，只有他和他奶奶两个人。我问，没有爸爸妈妈吗？那边回，店里只有一个老人和他。最近疫情排查，残联这边让他报工作人员信息，范说他的机构很大，有几十号人，可好几天了，范那边工作人员的名单一直没报上来。

残联的人说，他们会尽快跟乡镇人员联系，具体情况等打听清楚了，会跟我说。第二天下午，我再次接到了当地残联打来的电话。电话里说，12家连锁店估计没这回事。房地产公司的事，他们也从来没有听说过。

放下电话，我脑子里出现了一小会儿的空白。

五

春节过后,各地学校受疫情影响纷纷延迟开学。在家闲着,就从海滨的班主任那里要到了海滨的电话。电话拨通后,我问海滨,最近上网课习惯吗?他说,还可以。

闲聊几句后,我问到了范梦海。

"这段时间跟哥哥有联系吗?"

"有。"

"你对他的情况清楚吗?"

"知道一些吧。不过,他从来不跟我说家里的事。"

"哥哥跟你说过他的房地产公司还有他开了很多推拿店的事吗?"

"有。"

"你相信吗?"

"有些信,有些不信。"

海滨说,哥哥有时候给他打电话,如果电话那边有人来找他,他就会在电话里大声说,这个单子几百万几千万这样的。可他每次见到哥哥,他都穿得很普通,也没有自己的小汽车。如果哥哥真是个大老板,起码应该有自己的小汽车,即便自己不会开,也可以让公司里的司机开。而且,他每次寄过来的东西,都是没牌子的。有时候,他跟哥哥开玩笑说,想吃有钱人吃的东西。哥哥就说,不过是贴了个牌子,东西都差不多的。再说了,节约是一种美德。反正,老板哥哥从来不会给他买贵的东西。如果他提出来要几百块的东西,一般都会遭到拒绝。

"你怀疑他骗你,为什么还跟他来往?"

"他对我很好,经常会打电话给我。过年过节,他还给我买吃的,送我玩具。"

"你不戳穿他吗？"

"我觉得，他可能就是想得到别人的肯定和赞赏吧。哥哥说，身边没有人能理解他，就连学校的老师也不理解他。我敢肯定，他不会害人。"

我想了想，问海滨，知道一首叫《梦中的额吉》的歌吗？海滨说，知道，还会唱。我问，是不是哥哥教你的？他说，是。

"哥哥说，我们都是孤独的人。"

说到这里，海滨的声音低下去。我似乎感觉电话那头，他在擦眼睛。我们的谈话不到半小时就结束了，海滨要去上网课。放下电话的那一刻，我长长叹了一口气。

我没有再跟范梦海联系。也许，他要的是一种在幻想世界里的满足，就像卖火柴的小女孩擦燃火柴看到的幻境，而我在恰当的时间做了他的那根火柴。或许，他身边很多人都充当过他的火柴吧。海滨应该也是。不，也许他们是互为火柴。在人群中，他们嗅到了彼此。

想起《梦中的额吉》里那句反复出现的歌词：睁开眼只剩下一个人孤单。忽然明白范梦海为什么会听着听着泪流满面了。

"哥哥说，我们都是孤独的人。"打下这行字，窗外的菩提树正在结它的籽。

版画作品《大山》

杨彬烨

第 三 篇

陪读路上

他们，是一群蹲在校园里的家长。他们的孩子，除了眼睛有问题，还患有其他不同程度的身体残疾，以及心理和智力上的问题。跟普通家长比，他们在孩子身上付出的心血往往是数倍、数十倍。然而，绝大多数时候，这样的付出并没有得到相应的回报。鲜花和掌声对他们，对他们的孩子来说都是稀罕物，但，他们从未想过放弃。

走出尘埃

ZOU CHU
CHEN'AI

韩枫（化名）

性别：女
出生年月：1982年11月
籍贯：浙江省杭州市
最大的愿望：做一个有能力的好妈妈

一

那是初冬，一年里最好的一截日子。不冷不热，雨水也不多。天空时常有一种玻璃般透明的蓝。云朵藏起了它们的羽毛，空气里有橘子的香味，大地犹如一个温暖的怀抱。韩枫带给我的第一印象，一如那时的天，干净明朗。

在盲校三楼的会客厅，扎着高高马尾辫，穿着一席黑色长风衣的她指着左边的眼睛告诉我，以前这只能看清楚，现在不行了。

"嗨，我吧，这辈子尽让妈妈担心，第一次是十六岁那年，右眼出现了视网膜玻璃体病变。第二次是儿子小韩生下来后。还有一次是儿子三岁那年，另一只眼睛也出了问题……妈妈比我苦，特别是小韩爸爸离开我们后……"

韩枫推了推架在鼻子上的透明眼镜，陷入了回忆：

我跟小韩爸爸认识，是朋友介绍的。那时候，他在一家小工厂做业务主管。

我对男人的样貌并不怎么在意，自己这个样子，还能要求别人什么？只要人品好，有一份安稳的工作，至于家里的条件，过得去就行。我们交往了一年多，就打算结婚了。结婚前，我们还特意跑去医院做过咨询。医生说，我这样的情况，生孩子遗传的概率应该不大。

二十七岁，我生下了儿子。孩子两个月的时候，去医院检查，医生却告诉我们，孩子得了跟我一模一样的病，也是视网膜玻璃体病变。不同的是，小韩的两只眼睛都有问题。

"看情况，应该属于遗传。"

"如果是遗传，这个病可能会一代比一代严重。"

"可以做手术,双眼手术,保眼球,但视力是没法恢复的。"

……

听着医生的这些话,我觉得天都要塌下来了。回到家,我抱着妈妈大哭了一场,想起了十六岁那年,第一次发现眼睛有问题,妈妈对我说,如果可以,她愿意用自己的眼睛换我的眼睛。我当时就想,如果可以,我愿意用自己好的那只眼睛去跟儿子换。

那段时间我整夜整夜失眠,实在没办法就借酒消愁,每天睡前喝很多酒,喝到醉醺醺,躺倒在床上为止。

别人的安慰对我来说,只会雪上加霜。为了清静,我把手机里除了家人以外的人全部都删了。我老是一个人缩在角落里哭,然后一遍又一遍想,这个世界上还有比我更倒霉的女人吗?

小韩爸爸和他的家人更不能接受这个事实,老想着把孩子藏起来,不让任何人见。他爸爸动不动就朝我发脾气,他说:"我娶了一个瞎子老婆,我的瞎子老婆又给我生了一个瞎子儿子,这个世界上还有比我更倒霉的男人吗?"

委屈。愤怒。绝望。结婚前,我并没有对小韩爸爸有过任何隐瞒,为什么等出了问题,他就来责怪我?我已经这个样子了,作为丈夫的他为什么还要如此讽刺挖苦我?

我跟他吵,跟他闹,跟他撕心裂肺。我们就像一对有深仇大恨的敌人。吵得凶了,我干脆搬回了娘家住。

家里人总是劝我,让我忍耐,熬过去就好了。特别是我姨妈。姨妈见小韩爸爸人还聪明,把他拉进了她的大公司,想让他从基层做起,将来可以挑大梁。可小韩爸爸觉得我们家比他们家有钱,让他在公司里干最基层的活,就是看不起他,想拿这个来压制他。为此,他又跟我吵,我怎么解释,他都不听,还说我胳膊肘往外拐。

别的人家添了孩子，夫妻会更同心。而我们呢，有了小韩后，我和他爸爸总是聚少离多。小韩八个月会叫爸爸了，那天我们家里人都特别开心。妈妈让我打电话给小韩爸爸。妈妈说，人心都是肉长的，儿子毕竟是他亲骨肉。我听从了妈妈的话，心想，不管如何，孩子有爸爸总比没爸爸强。可哪知道，电话刚接通，我的那声喂还没脱口，他就挂了。

我握着手机，愣了老半天都没回过神来。我妈连声问，怎么了？怎么了？我说，没什么。家里人总是劝我，让我不要犟，让我低头主动跟小韩爸爸说说好话。在他们眼里，我是残疾人，残疾人跟了一个健全人，低头的就应该是我。

我心里委屈，但为了小韩，我还是听从了家里人，主动搬回去了。那天，小韩爸爸看到我们回来，问："你们来干什么？"我说："这是我的家，我为什么不能回来？"他说："以后别来了。"丢下这句话，他将门一摔就出去了，一宿都没回家。第二天，我打电话给堂哥，让他来接我。小韩爸爸从外面回来了，见了面又跟我吵。当时，堂哥也在场。回去的路上，堂哥说："今天我算是见识了，阿枫，如果我是你，我也会离开。"

那次后，我铁了心不想再搬回去了，我和小韩爸爸彻底分居了。那段时间，整个人状态非常不好，除了跟家里人偶尔说几句话，几乎不愿意跟任何人交往。

小韩三岁，我三十岁，那年，我的右眼什么都看不见了，更糟的是左眼也出现了病变。家里人商量后决定让我去上海做手术。

他们给我联系到了上海最好的眼科医生。医生说，这个手术比较复杂，成功与否他也不敢保证。我犹豫了。如果不做手术，左眼还能维持短暂的光明，如果做了，万一失败，那我就真的什么都看不见。

其实，那会儿我想得最多的不是自己，是小韩。万一手术失败，如果我的眼睛什么都看不见了，小韩该怎么办呢？

手术前，我决定给小韩爸爸打个电话。为了防止他一接电话就挂断，我抢先说，明天我要动手术了，请听我把话说完。那边没挂电话，我继续说，万一手术失败，有个三长两短，你能不能帮忙照顾一下小韩？那边回，别跟我哭丧，你死了，也死我远一点。说完这句话，电话就挂了。我握着手机，手抖得厉害。但正是这句比冰还要冷、比钢还要硬的话，燃起了我的斗志。

我对自己说，你要活下去，你要和儿子好好活下去。

韩枫告诉我，那次手术做得相当成功。她的病情稳住了。之后，她加入了一个群，里面都是跟她同病相怜的大人和孩子。后来她才知道，像她这样的病，手术后还能维持这么多年视力的，全中国也只有她了。她非常感谢上海的医生。

"两年分居期满之后，他就跟我提出了离婚，其实那时候，他已经有女朋友了。"

"你同意了？"

"还能怎么样？总不能死乞白赖地跟他说，留下吧，别抛下我和孩子。"

韩枫用戏谑的口吻这样对我说。仿佛，她在讲一段跟她毫无瓜葛的往事。我注意到，她的脸一直是平静的。

小韩爸爸提出不要孩子，也不想承担孩子的养育费，理由是在他和韩枫结婚之前，韩枫家拆迁，他分了一套45平米的房子，他觉得这房子的钱可以抵消孩子的抚养费。但是，接待韩枫的孙律师告诉韩枫，孩子的抚养费跟房子没关系，作为一个男人必须承担起自己的责任。孙律师认为韩枫应该跟小韩爸爸要抚养费。

在律师的帮助下，官司打得还算顺利。法院判小韩爸爸每个月一百块的抚养费，尽管当时这个数字连饭钱都不够。

从法院回来，韩枫也领到了离婚证书。那天，韩枫将结婚证和离婚证摆在一起，一红一绿两个本子躺在书桌上似乎在一起嘲笑她。她越想越气，拿了一把大剪刀，坐在地板上开始剪那两本证。

约会。牵手。结婚。生娃。眼睛。男人的指责，咆哮，背弃。往事一幕幕，像被翻动的发黄的纸页。韩枫望着地板上被她剪得到处都是的碎片，心里像是下起了一场雪。

也许是心有灵犀，电话铃响了，是孙律师打来的。孙律师劝她想开些，别跟这样的男人计较，有时间不如学点东西，充实自己，强大自己。

"那天孙律师跟我说了很多，我特别感谢她。隔了几天六一节到了。她还带着儿子和儿子班里的同学来看我和小韩，给我们带来了很多小礼物。临走时，她握着我的手说，以后如果有需要可以随时找她。"

孙律师的出现，让韩枫觉得这个世界上还有很多关心她爱护她的好人。

离婚后，韩枫的心反倒比以前平静了。她想着，再也不用纠结要不要去那个不属于自己的家了，再也不用跟一个冷冰冰的男人有任何瓜葛，再也不用半夜醒来看到床上空荡荡的另一半。这一切难道不是解脱吗？

一次，韩枫听到广播里说有一款针对盲人开发的读屏软件，还说，杭州残联下属某地方正在开一个关于这方面的培训班。她按着上面的电话报了名。那天，是韩枫最激动的日子。她一下子看到了那么多盲人。以前她觉得自己就是那个被老天爷遗弃的孤儿。可那天，她见到许多比自己视力还差的人，他们手里拄着拐杖，脸上却挂着微笑。五天培训，她学到了知识，更开阔了心境。

培训会上，韩枫还认识了盲协的许主席。许主席自己也是盲人。他鼓励韩枫，一定要从过去走出来。许主席对她说：金子如果被埋在沙子底下，它就是一堆沙子。只有把它挖出来了，才知道它的价值。就好比人，人是很容易被眼前的尘埃迷住双眼的，只有擦干净身上的灰尘，让自己走出来，才会拥有另一片广阔的天地。

从那以后，她觉得人生的航船有了方向，有了依靠。只要有盲人活动，许主席都会邀请她参加。家里人看到韩枫一天比一天开朗，也很高兴。渐渐地，韩枫学会了用读屏软件，学会了打字，还学会了开网店。

"那会儿我老盯着自己的眼睛、自己的婚姻、自己孩子的不幸。后来，我忽然发现，其实我也拥有很多美好的东西。我有爱我的家人，还有像孙律师，像许主席那样关爱我的好人。他们从来没有把我和小韩当包袱，相反，他们总是照顾我，替我着想。孙律师说得对，我还年轻，有大把大把的时间，我不能把这些时间用来哀叹和自怜，为了儿子，也为了爱我的家人，我应该让自己强大起来。"

二

从婚姻的沼泽地里走出来后，韩枫把更多的心思放在了儿子身上。只要有一丁点儿的希望，她就不断鼓励儿子。

如今十二岁的小韩已经是一个架子鼓小行家了。从2015年春天第一次学习架子鼓到今天，短短四五年的时间，小韩取得了惊人的成绩。

说起架子鼓，韩枫颇有些为儿子骄傲。她把这些年小韩获得的奖项发给我看：

2016年MAPEX华东赛区总决赛优秀表演奖

2016年第七届浙江省打击乐大赛少儿B组特等奖

2016年美派斯全国打击乐华中地区选拔赛少儿B组优秀表演奖

2016年"宏音杯"浙江省少儿音乐表演大赛决赛打击乐B组优胜奖

2017年萧山少儿才艺大赛优胜奖

2017年IPEA国际打击乐（浙江赛区）菁英赛三等奖

2018第九届浙江省打击乐大赛特等奖

……

除此之外，小韩还参加过无数次大型公益演出，获得过无数次的好评。

"怎么想到让小韩学架子鼓的？学校好像没有专门教架子鼓的老师吧。"

"没有，是他自己想学的。"

韩枫告诉我，儿子学架子鼓纯属偶然。八岁时，有一次听到邻居家小孩在敲架子鼓，他说，妈妈，这声音真好听，我也想学。听到儿子这样说，韩枫开心极了。儿子一向寡言，如果记得不错，这是儿子第一次主动提出来想学一样乐器。

架子鼓老师是在老家城里请的，姓先。一个礼拜学一次。平时，小韩都是在妈妈的督促下自己练习的。可盲校只有一套架子鼓，用的人一多，自然就不太好使了。好心的先老师跟浙江省打击乐学会联系到了一个公益项目，问他们能否给盲童提供一套架子鼓。不久，他们回复，答应赠送一套给学校。这套架子鼓价值两万多，音质非常好。那年盲校艺术节前，学校收到了这套架子鼓。小韩用这套价值不菲的鼓在艺术节上首次登台演出，得到了同学和老师的一致肯定。

"每一样乐器要学好都是难的，你们家小韩在学习架子鼓的路上顺利吗？"

"的确很难，尤其是最开始的时候，还有临近比赛的那段日子。"

刚开始老师与小韩接触，主要是沟通方面的问题。毕竟先老师是第一次教盲孩子。学钢琴的孩子，用的简谱和五线谱都有盲文版的，可爵士鼓的鼓谱是没盲文版的。我的眼睛又不好，说是陪练，却连基本的乐谱都不能翻译给小韩听。怎么办呢？我跟老师商量了一下，决定用录音的方式。老师把谱子念一遍，念完后再打一遍，我把老师念的和打的都录下来，回家，再放给小韩听。最开始，小韩要反反复复听好多遍才能记住。不过，熟能生巧，经过一段时间的练习后，老师只要把谱子打一遍，小韩就能接受了。

敲架子鼓需要用鼓棒，小孩子的皮肤嫩，练多了，手上就会起血泡，一碰就破，可疼了。小韩眼睛不好，因为不熟练，还经常打到自己身上，时间一长，身上就落满了一条一条的伤痕。小韩洗澡时，我妈看到了，为这事偷偷哭过不知道多少回。

有时候，我觉得儿子比我想象中的坚强多了。当然，偶尔他也会有抱怨，说练架子鼓太苦了，不如学点别的，比如像朗诵那样的技能，可说归说，他从来没正式提出过不想学。有一次，我印象特别深。那时候才刚开始学练基本音符，老师叮嘱他，练习这个音符，至少得十分钟才能停下休息。他就按计时表一直打，一直打。我那天身体不太舒服，坐在另一边休息，也没怎么关注他。

等我过去看他的时候，才闻到他身上有一股很浓的馊味，我马上意识到出了问题。我问小韩，发生什么事了？小韩说，妈妈，我闯祸了，把东西吐到哑鼓上面了，你帮我擦一下吧。我说，多长时间了？怎么不叫我？他说，没事，就十来分钟。

我一边擦污渍，一边掉眼泪。儿子很喜欢干净，无论是在家里还是在学校里，只要桌子上有一点点脏东西，他都会抹得一干二净。可

小韩在表演中

这天，为了练习，他忍住了。

讲到这里，韩枫的肩膀微微抖动起来，看得出她有些情不自禁。我上前握住了她的手，让她慢慢讲。她说，很多时候，她在鼓励儿子的同时，儿子也给她带来了力量。

"您刚才说，临近比赛的时候特别难是吗？"

"是，那段时间的训练量很大。"

韩枫吐了一口气，脸上又恢复了平静。

每一套鼓的摆放位置都不一样，哪怕经常在练的鼓架位置也会有变动，不可能做到100%精确。小韩看不到鼓的位置，只能靠感觉，他得先练习在几秒钟之内快速找到每个鼓的位置。一般上台表演，只能给几秒钟的走鼓时间。可就是这几秒钟的走鼓技能，他也练了一个多月。上台难免紧张，一紧张吧，还会打偏。不过，先老师说了，像小韩这样全盲的孩子能做到这样已经很不容易了。

平常练习最多一个小时，可比赛前，一天至少要练三小时以上。小韩的空余时间几乎都用在架子鼓上了。少儿组的比赛都是放在暑假里进行的。赛前一个月，天气已经很热了。

架子鼓的声音很响，如果把门窗都关起来开空调的话，声音会闷在房间里，一般人的耳朵都受不了，盲人的耳朵就更受不了。可家里不像培训机构有专业降噪音的设备，空调不能开，就只能开窗。有时候实在热得不行了，就再放一个小电扇在身边扇着。三四个小时练下来，小韩整个人就像是从水里捞出来似的，浑身上下没有一处不被汗水浸透的。

差不多学习了一年半后，也就是2016年下半年，小韩参加了大型比赛。那年刚好碰上杭州的G20峰会，原定在八月初的比赛，挪到了国庆后。

最开始，我们就是抱着玩玩的心态去的。先老师也说，让小韩上个台，壮壮胆子，锻炼锻炼也好。我想，行，那就去吧。

比赛的那个剧场比我想象中的大好多，里面的音响都是国内顶级的，对于没有见过世面的我们来说，就好像刘姥姥闯进了大观园。

初赛上台的时候，主持人对底下的人介绍，这是一个盲童，需要给他十秒钟熟悉架子鼓。小韩就按事先演练的走了一下鼓。这次演奏挺顺利的，我听到台下有很多人鼓掌。然后，我们觉得任务完成了，也挺高兴地回去了。

那天晚上将近12点了，我被电话铃声吵醒了。

"小韩晋级啦！哎呀，小韩妈妈，真是太好啦！"电话里，先老师的声音有些发抖，"是是是，我也没有想到小韩会晋级。刚接到组委会的电话，需要去网上确认，第一时间就给你打过来了。跟小韩说说，准备准备，明天参加决赛。哎呀，教了这么多年，还没有哪个学生进入过浙打的决赛。小韩是第一个。很棒，真的很棒！"

我那个激动啊，放下电话，捧着手机亲了又亲。那会儿已经是深夜12点了，我把全家人都叫醒了，挨个告诉他们好消息。这个夜晚，我们家沸腾了。

决赛那天，我们一家，我爸爸、妈妈还有我的姨妈和表弟表妹全去现场观看了。

小韩在台上演奏，我们在下面看。我拉着妹妹的手。妹妹又拉着我表妹的手。全家人只要陪去的都很紧张，好像上台的不是小韩，是我们全家。

没想到，上台没多久，小韩就掉链子了。决赛按流程有一个即兴演奏环节，就是自选曲目打完之后要进行即兴演奏。因为这种比赛之前我们从来没接触过，先老师也不知道。所以，自选的曲目表演完后，小韩就愣在那里了。主持人告诉他到即兴演奏环节了，可以开始了，可他听不明白什么是即兴演奏，还是愣着。后来还是先老师跟组委会的老师沟通后跑上去跟小韩解释，小韩才知道即兴表演是什么意思。

那次，我挺感动的。小韩在台上发愣耽误了不少时间，但台下观看的人没有说半句抱怨的话，相反，现场一片安静。即兴演奏的时候，底下的观众还给他打节拍，为他喊加油。

当时，小韩在上面打，我也坐在台下打拍子。听着听着，我的眼泪就啪嗒啪嗒往下掉。我想起了很多，儿子手上的血泡，儿子身上的伤痕，儿子吐在哑鼓上的脏物，还有儿子比赛前浑身上下流过的汗。

结果，小韩居然获得了特等奖。这可把我们全家高兴坏了，大家簇拥在小韩身边，好像他获得了奥运会的冠军。

比赛回来后不久，先老师跟我商量，说想把小韩培养成优秀架子鼓手，将来说不定能靠这个吃饭，但条件是小韩要放弃盲校的学习，专门跟着他练习。我没有马上答应先老师。先老师这边的学生99%都是明眼人，我担心的是小韩在这么一堆人中，是否能适应。

"为什么会这么想？"我问。

韩枫说，很多人都会这么问，觉得她傻，放着这么好的机会不要，居然担心小韩能不能适应。但是，她有自己的考虑。她自己的眼睛不好，一路走来，她太明白，一个盲孩子要在一群明眼人中生存需要有多大的勇气。

十六岁那年，我的眼睛出了问题，勉强读完了初二。医生不建议做手术，让我保守治疗。于是，我休学一年，在家用中药调理眼睛。隔了一年，才上初三。

有一次，数学老师叫我上黑板前做一道题，我说看不清楚。老师说，看不见还来读什么书？当时，我真恨不得地上有个洞，钻进去。同学们笑我独眼龙也就算了，为什么连老师也看不起我呢？

那次后，我就不大爱跟同学老师说话了。记得有一次上生物课，我的前桌在那幅画了眼睛的课本插图上打了一个大叉叉，故意把书拿过来问我，你的眼睛是不是这样的？那一刻，我真想把书砸过去，砸到那位同学的眼睛上。

我的一只眼睛坏了，但若不仔细看，是看不出来的。一些老师不了解情况，常常觉得我矫情。记得有一次，我没去操场上体育课，体育老师就亲自跑到教室里来，质问我，有什么权利可以搞特殊不去上体育课，别以为文化课好，就可以歧视体育课，在他手下，没有特例。体育老师朝我吼，我什么都没有说，因为类似的话，我已经解释过太多了，就差在胸前挂一块牌子，写上：我眼睛不好。后来，班主任得知情况后亲自去跟体育老师解释，体育老师才允许我不上体育课。但别的同学都去上体育课，我一个人待在教室里那种感觉也很难受。

我还讨厌体检，特别是检查眼睛视力那一项，我跟体检的医生说，这项我不用检查的。可体检的医生不知情，硬是让我排队。每一次，我都排在队伍最后一个，轮到我时，再跟他们解释说，我的一只眼睛得了视网膜玻璃体病变，看不见了。从初三到高三一直是这样，一遍一遍地跟不同的体检医生解释，特难受。

可是，在盲校就不一样。这里，大家的眼睛都有问题，家家都有一本难念的辛酸账。来盲校，无论是小孩还是大人，我们都会从心底感受到那份平等，内心都会变得特别平静。我不想让小韩重蹈覆辙，让他有太大的思想负担，我只想让他过平静的生活。当然，在做出决定之前，我还是跟小韩商量了一下，我把先老师的话告诉他。

小韩想了想说："不能去盲校学习，我就没朋友了啊，妈妈，我不想没朋友。"

我拥抱了儿子。我始终觉得儿子现在这个阶段，朋友比什么都重要。

我们的谈话进行了很长时间，韩枫都没有再提小韩爸爸。我记得几天前，小韩写过一篇作文，题目叫《我的家》，里面也没有提到他爸爸。可之前，韩枫说过，小韩爸爸跟他们家住得并不远。

"你跟小韩爸爸现在还有联系吗？"

"没有，平时我们基本不联系。"

韩枫撸了撸额前的刘海，有一会儿不说话。我说，如果不方便，可以不说。她抬起头，叹了一口气，说，都过去了，没有什么不可以讲的。

韩枫告诉我，小时候，儿子经常问她，爸爸去哪儿了。她就骗他，爸爸去很远很远的地方出差了，要过很长很长时间才能回来。后来，大概是在二年级的时候，有一次小韩忽然问，妈妈，什么是后爸？她摸着儿子的脸说，后爸就是跟你没有血缘关系的爸爸。打个比方，如果妈妈嫁人了，嫁的那个男人就是你后爸。小韩又问，妈妈，我会不会有后爸？韩枫抱着儿子，说，不会，妈妈有你就够了。

这么多年，她和小韩都已经习惯了没有他爸爸的日子。

不过，那一次小韩爸爸却主动给她发了一条信息。小韩得了特等奖的消息在当地传开后，电视台记者也上门来采访了他们，还录制了节目。节目在地方台播出后，韩枫收到了小韩爸爸的一条信息，上面写着：小韩，加油！

爸爸。还有2000元钱的支付宝转账。这么大的数目，显然不是抚养费。那天，韩枫趴在沙发上哭了。这么多年了，她第一次看到那个男人对小韩的肯定，第一次觉得小韩还有一个爸爸。

"说实话，以前我恨过他。但现在回想起来，他当时也挺不容易的，老婆的眼睛不好，生了个儿子眼睛更不好，问题是这病会遗传。这就好比，一个人走路，眼前出现了一条胡同，然后有人告诉你，你永远走不出这条胡同。"

"所以，你选择原谅他？"

"怎么说呢？在遇到他之前，家里人都挺宠我的，对我无条件地好，让我觉得自己永远十八岁，永远长不大，永远像生活在童话里的公主。遇到他之后，我学会了很多。"

三

早上10:00是盲校孩子的晨间活动时间，一般他们会去操场跑步、跳绳。这个时间段韩枫母亲会从他们住的出租房里出来，看看外孙，陪他一起跳个绳，跑个操。那天，我们约好去他们住的地方看看。从学校到出租屋步行大概需要六七分钟，这是我第一次跟韩枫母亲长谈。

韩枫母亲告诉我，最难熬的是韩枫离婚那段时间。那时候，韩枫好的那只眼睛也出现了问题。小女儿在外面读书，老头子在厂里干活。白天，家里就三个人。除了电视机的声音，这个家几乎听不到别的声音了。有时候连电视机也不想开，三个人就这样坐着发呆。

那时候她老是想，如果不是自己生了女儿，女儿就不会生下小韩，这一切都是她的罪过。一定是她身体里不好的东西给了女儿，女儿才会给外孙的，千错万错都是她的错。

想着想着，脑子就短路了。那天，她准备了一包老鼠药，想下在饭菜里。这样三个人一起死，再一起去投胎。她发誓，一定会在投胎前，求阎王爷给女儿和外甥一双好眼睛，一个好身体。只要阎王爷答应，让她做牛做马都行。

可毕竟是活生生的人啊，哪里下得了这个狠心呢？那包老鼠药，最终还是被扔进了垃圾桶。

"我是到了盲校后，整个人的心态才慢慢变好的。看看周围的人吧，都有这样那样一摊子事，有些人情况比我们糟多了。小韩爸爸我就不去说他了。我那个小女婿是当真好。那时候，他跟我小女儿处对象，他拍着胸脯说，阿姨，您放心，我一定会把小韩当自己亲生儿子看待。现在看来，他对小韩比对自己的亲儿子还好。小韩这几年学架子鼓，都是他亲自接送的。平时双休日回家，小女婿只要有空，就会带小韩出去玩，不知情的人问他，这是你儿子？他还说，是。"

聊着聊着就到了出租屋前。那是一栋四层楼的农居房，靠近盲校的围墙一侧有间小平房。韩枫和她母亲就住在那间小房子里。小房子的空地前种着不少青菜，还有红萝卜和卷白菜。

"老师来啦，我们就这个条件，乱七八糟的。"韩枫上前招呼道。她穿了一件黑色的棉外套，下面是一条宽松的灰色运动裤，整个人看上去还是那么干净利索。我夸屋子收拾得干净，韩枫母亲忙说，屁股大的一点地方，凑合着住。

十来平米的小房子，开门进去，一眼看到的是一张床，平时，韩枫母女俩就挤在这张床上。隔着一堵墙进去是一个长条形的卫生间，卫生间的一半位置放着电饭煲，一个小柜子，柜子里摆满了瓶瓶罐罐。韩枫母亲说，平时炒菜就去走廊的木桌子上，卫生间里总不能做饭，这里也没油烟机。

"这房子马马虎虎吧，就图个近。一抬头就能看到教学楼，还能听到学校的广播。"

韩枫母亲给我搬了张凳子。我和韩枫挨坐着说话。我夸韩枫保养得好,问她用了什么化妆品。她说,没用什么,主要是心态好。早上起得迟,晚上睡得早。没事,就在太阳底下晒晒太阳,再跟网上的战友们聊聊天。

我跟她聊过几次,对和她一样眼睛看不见的伙伴们,她不说是"难友",而说战友。

"我现在最开心的是,早上醒来,一睁眼,一家人都在,我呢还能看到光。"韩枫笑起来,她把一只手放在额头上,像撑一把遮阳伞那样遮住自己的双眼,"喏,这件,红色的。"

她说的那件红色衣服就晾在走廊上的一根长绳子上。她说,太阳大的日子,她得戴鸭舌帽出门,这样可以看得清楚些,要不然,眼前就是白茫茫的一片。

我们三个女人在走廊前的太阳底下坐着。初冬的太阳,暖暖的。院子里,主人家的橘子树上挂满了黄澄澄的橘子。隔着一堵围墙,盲校操场上空的五星红旗安静地飘扬着。天空依旧蓝得装不下一丝白云。

日子,明晃晃的像一面镜子。一切苦难都化作了镜子背后的装饰。

日子一天一天过

RIZI
YI TIAN
YI TIAN
GUO

吴红梅（化名）

性别： 女
出生年月： 1977年11月
籍贯： 浙江省温州市
最大的愿望： 一家人平安喜乐

一

秋天的雨，在南方似乎是没有预兆的，突然间，就下了。淅淅沥沥，像一个没有停顿的休止符。在这个潮湿的午后，我见到了双胞胎的妈妈，吴红梅。

"刚给我们家那小胖子拿了些零食，要不然他坐不住。"吴红梅长得挺壮实的，圆滚滚的脸上挂着习惯性的微笑。

小胖子是吴红梅的小儿子，我只匆匆见过他一面，孩子长得白白胖胖的，坐在五年级教室靠窗的最后一排。别人听课的时候，他一个人在捣鼓抽屉里五颜六色的塑料雪花片。

我晃了晃桌子上一罐上好的西湖龙井茶，问她需要加吗？她说，不渴。出于礼貌，我还是给她泡了水，并特意多放了些茶叶。

"一个人带两个孩子很辛苦吧。"

"还行。"

"你老公经常过来吗？"

"哪能呢？老家还有公公婆婆，他要养家，老的小的，都要靠他，还好闺女今年大学毕业了。"

"你还有个闺女？"

吴红梅点头。本想跟她聊聊双胞胎的情况，可她却主动说起了女儿。

怀大宝小宝那会儿，我家闺女可高兴了，时不时地将耳朵贴在我的大肚子上说："妈妈，我要有两个小猪弟弟了，我要做姐姐了！"那年是猪年，闺女上小学五年级。我生下双胞胎后，她一放学就守在小床前，逗她两个白白胖胖的弟弟，在我房间里，奔来奔去，叽叽喳喳地说，哪一个的鼻子像她，哪一个的嘴巴像她，哪一个贪吃，哪一个贪玩,哪一个听话,哪一个调皮。也是,我这俩双胞胎相貌一点都不像,应该说,一个像他们爸爸,一个像我。

那时候,村子里的人都说我福气,儿女双全,啥都不愁了。长辈们自然也很高兴,毕竟这是盼了七年才盼来的一对儿子。这种幸福的感觉一直维持到新生儿42天体检。

那天,妇保的医生告诉我们,俩孩子的眼睛对光没反应,让我们抱去大医院再检查检查。我和老公觉得一定是医生搞错了。我们又抱着俩孩子去了市里,再后来又去了上海、北京,找的都是最好的眼科医生。可无论哪家医院的回答都一个样,医生说以现代的医学技术,这俩孩子的眼睛治不了,即便手术也改变不了。

邱家一下生了俩瞎子。这事在我们那小地方炸开了。那些风言风语像刀子一样割在我们家人心上。村上的人,有说我娇气的,孩子不足月就去住院了,女人怀孕谁没点周折的呢?这么娇气,生的孩子能不娇气?有说我这辈子一定干了缺德的事,要不然怎么两个孩子的眼睛都会瞎?还有说我老公家上辈子一定也干过缺德事,这辈子就遭报应了。外面的人不理解,家里人也说闲话。就说我婆婆吧,孩子检查出来眼睛有问题,上海北京大医院的医生都治不好,她就认为是我这个媳妇的命不好。还说,娘的命不好,儿子也跟着连累了。

好事不出门,坏事传千里。那天放学,闺女回到家,将书包袋一甩,气呼呼地说:"妈妈,同学们说你生了两个瞎子,以后,我也会和你一样生两个瞎子孩子的。"

"胡说八道,你两个弟弟眼睛不好,是因为我保胎的时候,吃多了药。"

在生两个宝贝之前,我的确在医院保过一个多月的胎,那时候查出来有"三高",羊水也不足,不放心肚子里的孩子,就住院了。

"那你为什么不去找医生，让他们赔！"闺女哭着说。

我无言以对。两个孩子检查出眼睛有问题后，我就不出去干活了，整天待在家里，抱着两个孩子发呆。婆婆把所有的怨气都出在我身上，我一个人带两个小孩，她也不过来帮我搭把手。

那次后，闺女回家除了做作业就是看书，很少来看她的两个弟弟了，本来她是个挺爱说话的小姑娘，这下连话都懒得跟我们讲了。

我知道，闺女心里苦闷。为了躲避村里人的闲言碎语，闺女上初中，我让她报考了县城最好的一所私立中学。那所中学是全寄宿制的，离家又远，我估摸着女儿去了那里能少听些闲言碎语。

闺女很争气，一下就考上了，还拿了奖学金。

私立学校学费特别贵，一年下来要四五万块钱，差不多就是我们全家一年一半的收入。可我和老公咬咬牙还是让闺女去了。

刚开始进去，闺女的成绩还算稳定，可到初一下学期，闺女的成绩就开始下滑了，用老师的话说，就像风筝断了线往下掉。有人跟我说，可能是青春期逆反。说实话，那时候为了照顾大宝和小宝我也没心思对付她，她要折腾就折腾去吧。

但就是从那时候起，我家闺女的脾气越变越坏了。有一次，老师打电话给我们说，她在学校动不动就跟同学吵架，学习也很不认真。我老公在电话里听到老师这样说，回来就骂她，说她不懂事，他累死累活拼命赚钱，供她上最好的中学，她一点都不珍惜。

每次老公骂完闺女，闺女就把房间门给锁上了，有时候叫她吃饭也不肯出来。初二那年，有一次闺女上体育课，脚扭伤了。她回家后，说不想去学校了。我问她为什么。她说，没意思。

我跟她爸说了闺女的事。她爸气呼呼地说，随她。考虑到现实的经济状况，我们又让闺女回到了镇上的普通中学。当时，我心里还想着，也许县里的重点中学压力太大了，回到农村上中学，压力小了，情况会好转。但，转学并没有让闺女变好。她的脾气反而变得更坏了。在学校里，她动不动就跟同学吵架，有时候跟老师也敢对着干。老师说，我家闺女上课心思根本不在书本上，她不是趴在课桌上跟周公约会，就是在操场上瞎逛悠。

回到家，闺女还跟她奶奶顶嘴。婆婆说她不懂事，这么大人了，连只碗都懒得洗，就知道整天玩电脑。婆婆数落她，闺女就犟着不肯吃饭。

初三下半年快中考的时候，闺女对我说，她不想参加中考，不想再上学了。

她爸爸知道闺女不想读书了，就只会骂人，说，不读书干什么，你个小丫头，端盘子还是卖唱去？婆婆特别相信算命，跑去镇上给闺女算了一卦，算命的说我家闺女没有读书的命。我听了不理睬，私下里跟闺女好好谈了一次，劝她去读书。闺女还算听我的话，勉强参加了中考。

考出来的成绩自然是一塌糊涂，最后只能勉强上职高。

吴红梅抿了一小口茶。她告诉我，闺女现在大专毕业了，找不到专业对口的工作。现在干两份活，白天在一家烘焙店当糕点师，晚上在一家瑜伽馆当兼职教练。这些手艺都是以前在课外培训班学的，没想到派上用场了。

"闺女后来对我说，她上中学那会儿特郁闷，经常一个人偷偷躲在被子里哭，觉得这个世界上没人能理解她。同学嫌弃她，家里人骂她打她，老师也经常批评她，一抬头看到的天空都是灰色的。现在想起来，挺亏欠我家闺女的。那时候，我们非但没有理解她，帮助她，还觉得她无理取闹，瞎折腾，她小时候其实是特别懂事的，老师都说了，按照她小时候的成绩，应该能上重点高中，考重点大学的。"

吴红梅不断地重复她对女儿的亏欠。我可以想象那时候他们家的情况，一对双目失明的双胞胎儿子，一个长年在外打工的丈夫，一个什么都不管经常拿算命说事的婆婆，还有一个青春期处于抑郁边缘的女儿。当时的吴红梅有多不容易，只有她自己知道。

"女儿现在还好吧。"

"还不错吧，能养活自己，偶尔会给我们打个电话，问候一下。"

"她现在跟两个弟弟关系怎么样？"

"还可以。现在长大了，变成小棉袄了，也知道心疼我了。"

吴红梅的脸上又有了那种淡淡的笑。我猜她之所以跟我唠叨女儿的事，一是觉得亏欠女儿，二是想告诉我，她不只是双胞胎的妈妈，她是三个孩子的妈妈。

二

吴红梅夸我苗条，说我穿什么衣服都好看。女人和女人总是这样，谈着谈着就说到衣服上去了。

"我那时候跟你一样苗条，村里人说我穿什么衣服都好看。可生下双胞胎后，就不行了，腰一天比一天粗。"吴红梅说。

大宝两岁前是个日夜颠倒王，白天当夜里，夜里当白天。夜里他不肯睡，老要人抱着走来走去。没办法，老公在外面打工，婆婆又不太愿意帮她带孩子。那时候，她的睡眠严重不足，有时候整宿整宿睡不着觉。时间长了，身体就开始发胖，神经也变得特别敏感。

脑子里一天到晚想着外面的闲言碎语，想着大宝小宝将来怎么办，想着闺女的成绩，想着老公一个人在外面干活没个女人照应，会不会有什么变化。

一家三口在一起

那时候，觉得日子特别难，每一分每一秒都是煎熬。最要命的是身边没一个可以说贴心话的人。老公在外地，电话里除了问孩子们怎么样，似乎也没什么话可以讲了。闺女一天到晚跟大人赌气，不光不能为她分担忧愁，还让她烦心。婆婆觉得带两个眼睛坏了的孙子出门，不光彩，几乎很少触碰孩子，后来索性就住到小叔子家里去了。

有一天，婆婆忽然上门来了。告诉她，算命先生说，大宝天生就是个苦命的，倒霉蛋，小宝倒是个富贵命，以后不愁吃不愁穿。婆婆说让吴红梅多去算命先生那里走动走动，兴许以后能收她小儿子做徒弟。婆婆还说，镇上那算命的，可会赚钱了，要是小宝跟了那人，以后就不愁生活了。

那次后，婆婆就时常过来看看两个孩子。在吴红梅看来，婆婆更是来看小宝的。两个孩子，婆婆明显更愿意多抱抱小宝。

没想到的是，小宝到了三岁还不会说话。别人讲什么，他也没反应。婆婆又说，福气大的人，讲话都会迟一点的。说村里有个大老板，到五岁了才会讲话。

　　小宝的情况很让人担忧，大宝则跟他恰恰相反。小时候日夜颠倒的他，长大些后，反倒聪明伶俐得很，一周岁多一些，大宝就很会说话了，还常常逗她开心。对于长期处于阴霾状态的家，大宝就像一束光，照亮了吴红梅内心的某个角落。

　　她安慰自己，或许小宝就像婆婆说的，是福气长在后面的孩子，这样想着，她心里就会好受很多。等到两个孩子会走路了，她想总算稍微能松口气了。不料，她的腰又摔伤了。

　　第一次摔伤是在老家买菜的路上，当时躺在地上根本起不来，可一想家里还有两个小的等着，还是忍着痛买了菜回家，又去小店买了膏药贴上就算了事了。那时候，大宝小宝也就四五岁的样子。后来这次，是四年前，我们已经来盲校了。那天下雨，在去学校的路上给摔了。爬起来，感觉骨头都散架了，这次没敢大意，去了医院拍片子。医生让我赶紧做手术。

　　我说，不行。医生问，为什么？我说，家里有一对双胞胎孩子要陪读。

　　"你老公呢，你们家里没有其他人了吗？"

　　"他，在外面干活。"

　　"那你公公婆婆，还有你家里的兄弟姐妹，爸爸妈妈呢？"

　　"帮不了，俩孩子就只认我。"

　　我说的是事实，俩孩子都是我一手带大的，尤其是小宝一天见不到我就闹得不行。

　　离放暑假还有两个礼拜，我就先吃了两个礼拜的药，回到家，才动的手术。医生说，手术后至少要休息半年，吃半年的药。另外，这半年里要少走动，最开始的一个月最好能躺在床上。医生还特别叮嘱我，半年内不能干力气活。说万一养不好，会落下病根。到老了，可有罪受。

哎，我哪有这福气呢？动完手术没几天，老公又去外面干活了，一家人都等着他赚钱养活啊。女儿最多也只能当个帮手，那时候她已经上大学了，可毕竟还是姑娘家，照顾弟弟，她并不拿手。说实话，俩孩子跟姐姐接触时间少，也不大听她的话。

在床上躺了不到半个月我就下地了。开学后，要给两个孩子做饭，洗衣服，还要打扫卫生。小宝不会洗澡，我还要天天给他洗澡，给他讲故事。每天，都在出租房和学校这条路上奔来奔去。这腰吧，算是落下病根了。遇上梅雨季，或是天气转变，就疼得不行。白天还能熬着，晚上疼得翻来覆去，吃安眠药都没用。

"你看我胖，那是虚胖，药给吃的。"

"俩孩子现在还好吧。"

"好，大宝聪明着呢，什么东西都一学就会。就是小宝……"

说到这里，吴红梅看了一下手机，提醒我，快四点了。我这才意识到已经聊了将近一个下午了。我忙跟吴红梅说，不好意思，耽误她时间了。她笑着说，没有的事，就想着老师该坐校车回家了吧。

盲校的校车是四点十分从学校出发的。她提醒得很准时。说实话，我很难把眼前这个笑容可掬的女人跟她的那些事联系起来。总有种错觉，这个女人讲的是别人的故事。

收拾垃圾时，才发现，给她泡的绿茶，看上去还是满的。心里想着，这人真是客气，一杯水还跟我谦让。

三

"小宝,小宝。"

我走进教室喊小宝的名字。这是体育课,小宝没去上课,在教室后边的布告栏前,不停地转着圈。

盲校的老师告诉过我,很多盲孩子闲下来时,会不由得转圈,抖手腕,抠眼睛。在他们的意识里,这些习惯性的动作能给他们带来存在感,就好比我们明眼人甩头发,眨眼睛,搓手一样自然。这就是所谓的盲态。

我又叫了两声小宝的名字,他依旧不答应,只顾自己转圈。

"他妈妈去出租房打扫卫生,还没回来。"一位陪读的年轻妈妈提醒道,"老师,你叫他没反应的。你得跟他说,去超市,他就会应你。"

那位年轻妈妈走到小宝身边,拍着小宝的肩膀说:"去超市了,小宝,我们去超市好吗?"

"好!"小宝咧了咧嘴,一脸的娇憨。

"好,去超市,超市。"小宝说着,又去拉那位年轻妈妈的手。

我走上前也想去拉小宝的手,小宝忽然停止了转圈,满脸带笑地说:"现在是北京时间七点整,童话故事屋开始啦。巧克力饼,巧克力饼……"然后,他开始不停地说巧克力饼这个词,一遍又一遍。

一旁的年轻妈妈告诉我,吴红梅很不容易,一个人带两个盲孩子,家里也没别的人可以依靠。可她从不抱怨,照样每天乐呵呵的。这个巧克力饼的故事吴红梅经常给小宝听。小宝还会唱歌,那首《茉莉花》唱得可好听了。

"小宝,给阿姨唱个《茉莉花》。"年轻妈妈说。

"现在是北京时间七点整,童话故事屋开始啦。巧克力饼,巧克力饼……"小宝脸上依旧笑着,开始了又一轮的转圈。

吴红梅赶到教室时,小宝还在转圈。吴红梅让小宝对我说,叶老师好。

小宝听了，居然乖乖说了一声，叶老师好。

"你的话，他听。"

"他只会鹦鹉学舌。一般人，要很熟了之后，他才会有反应。"

吴红梅说一会儿要带小宝去洗澡，现在天气冷了，不需要每天给他洗澡，但一个礼拜肯定要洗一次，要不然小宝就会闹。小宝喜欢洗澡，喜欢玩水。吴红梅的语气里满是对小宝的宠爱。

"他自己不会洗？"

"洗不干净。能吃饭就不错了，这学期学会穿衣服了，比起之前，我已经很满意了。"

小宝得了自闭症，这是吴红梅到了盲校才知道的。一开始，谁说的话小宝都没反应，现在对熟悉的人会有一点反应，还能跟着说几个字。知道什么事是能做的，什么事是不能做的。吴红梅告诉我，小宝现在的智力跟四五岁的孩子差不多。

"我以前是在教室里，跟他挨着坐的。没办法，他上课老是控制不住叫起来，还会跑来跑去，只有我的话，他才听。"

"来，小宝乖，给阿姨唱个《茉莉花》。"

吴红梅说着，自己先唱了起来，唱到"满园花开香也香不过它"，小宝也跟着一起唱：

"我有心采一朵戴，看花的人儿要将我骂。好一朵茉莉花，好一朵茉莉花……"

小宝一嗓子甜糯的童声。整首歌唱下来，音调准确，还一个字不落。吴红梅告诉我，她很喜欢这首歌，有时候会跟着手机一起唱，后来，发现小宝也爱听这歌，他一听这歌人就特别安静。于是，她就经常放给他听。听了一年，居然会唱了。

开了腔的小宝，一遍又一遍地唱《茉莉花》，仿佛不知疲倦的循环播放的录音机。

吴红梅打开小宝的抽屉给我看,抽屉里全是彩色的塑料雪花片和小王子脆米卷。吴红梅说,这些东西能让小宝暂时安静下来,必须天天备着。

"我现在也不多想了,想了也没用。日子总得一天天过,哭也是一天,笑也是一天。我想啊,笑一天,人就开心一天,哭一天,人就不开心一天,全看自己怎么过。人活着,赚大钱也好,当大官也好,无非图个快活。我们班的家长都说了,小宝是班里最开心的人,谁都比不上他。"

吴红梅说着又笑起来。教室窗外的走廊上,一个瘦小的男孩缠着奶奶要吃的。吴红梅告诉我,这孩子也有自闭症,天天咬人,咬他奶奶的手,也咬自己的手。说什么都不懂,就知道讨吃的。吃多了还吐,吐了又吃。可怜那位奶奶被她孙子弄得整天愁眉苦脸的。

"这样的孩子多吗?"

"每个班都有一两个自闭症的孩子。中学部有个女孩子,小学六年她妈妈全陪的,现在好些了,生活会自理了。她妈妈也能去外面打点零工,赚点小钱了。能有什么办法?自己生的孩子,自己不疼,谁疼?我们小宝的情况还算好的,只要给他吃饱了,穿暖了,一天到晚笑眯眯的。有时候吧,我看着他,觉得这样也挺好,不知道啥是烦恼,整天乐呵呵的。我们全家就他最开心了。"

吴红梅拉着小宝的手去澡堂了。从后面看,小宝已经比他妈妈高半个头了,可他一蹦一跳的样子,依然还是小小孩的模样。我很难把小宝跟"自闭症"三个字联系起来,在我脑子里自闭症的孩子都是面无表情的。兴许,小宝这份天生的好脾气跟吴红梅有关系吧,要是吴红梅自己整天唉声叹气的,小宝还会是这个样子吗?

答案,显然是否定的。

四

大宝和小宝在一个班上学习。和小宝比，大宝瘦多了，个子也略微矮一些。正如吴红梅自己说的，俩兄弟长得不像。我约了大宝聊天，他进门的时候头是低着的。即便坐在凳子上，他的身子也不对着我。一双放在膝盖上的手，似乎总在撕扯着什么。

"你觉得世界上谁对你最好？"

"妈妈。"

"你有特别好的朋友吗，在班里？"

谈到好朋友，大宝脸上露出了一丝调皮的笑。他说，他跟一凡成为好朋友，是因为他们都爱看书，都喜欢作诗，还有都不幼稚。

"你会写诗？"

"是，不过，老师你可别笑话我，我作的诗，都是恶搞的。"

我让他随口说两首。他挠了挠头说，都是恶搞的，李白知道了，要从坟头里爬出来的。我说，恶搞也要有水平啊，说不定，李白还很欣赏呢。他笑了笑，给我念了一首：

　　李白乘舟不付钱
　　被人一脚踹下船
　　飞流直下三千尺
　　不知李白死不死

他是一边笑一边念，一边念又一边笑的。这时候的大宝特别像个顽皮小子。

"老师，你是不是觉得我喜欢一凡？"

我这才意识到一凡是个女生，忙说，很正常啊，男孩子喜欢女孩子，天经地义。他连忙摇手，不是的，老师，我们不是那种喜欢。

"我打算以后单身。"

"单身？为什么？"

"我们学校的音乐老师结婚了，后来又离婚了。反正，女人太麻烦了。"

说这些话的时候，我觉得他又一点儿不像小孩了，倒更像是经历过人生的大男人。我问他，为什么会觉得女人很麻烦，你妈妈不是女人吗？大宝嘴角一挑说，我妈妈跟她们不一样。有些女人为了钱，专门会去骗那些眼睛看不到的男人。

"我也是女人啊，好女人还是很多的。"

"这是必须的。有一次吧，我在收音机里听说三鹿奶粉事件，还有一人家喝了毒蘑菇汤，住进了医院，所以就比较留意。我和弟弟的眼睛都看不见，妈妈一个人带着我们俩……我希望以后我们都能平平安安的，不让妈妈担心。"

大宝将双手拢在茶杯上。我能感觉到他的某种忧虑，这个五年级的男孩有早熟的一面。我们谈到了未来。他说，他最佩服那些开发软件的电脑工程师，有一个盲人在网上开发了一款电脑读屏软件，以后如果有机会他也要去开发软件，让盲人也能像明眼人一样上网打字，聊天，读书，看电影。

"你相信算命吗？"

"那都是骗人的！我们老师说了，这些都是迷信，迷信是害人的！"

大宝的嗓门立刻尖锐起来。不知道，吴红梅有没有跟大宝说过婆婆算命的事。但有一点可以肯定，大宝是知道些家里的事的，只是他没有明说而已。

"妈妈照顾弟弟多一点，你会不会吃醋？"

"不会，妈妈说他有病。如果换了我有病，她也会同样照顾我。"

大宝回答得很干脆。他没有谈更多，比如姐姐，爸爸或者奶奶，以及吴红梅从来没有提到过的娘家人。

我们的谈话是被下课的铃声打断的，大宝要去上数学课了。起身的时候，我拉着大宝的手走到玻璃窗前，玻璃窗上趴着一簇爬山虎，闪着绿油油的光。他跟我说过，他的眼睛有光感。对着太阳光和明亮的灯光时，能看到白茫茫的一片。我忽然想到一个问题。

"大宝，你觉得绿色是怎么样的？"

"我讨厌绿色。妈妈说，她最不喜欢喝绿茶，绿茶喝了会睡不着觉，会腰疼。"

我一愣，原来一个孩子可以因为妈妈而不喜欢一种颜色。哪怕在别人眼里，这种颜色有多么悦目。想到几天前，我居然给吴红梅泡了一杯加浓的绿茶，并且一厢情愿地认为她是个爱跟人客气的女人。不过，听大宝这样说，我替吴红梅感到欣慰。

是的，日子一天天过。吴红梅也该喘一口气了。

贴身教奶

TIESHEN JIAONAI

王明明（化名）

性别： 女
出生年月： 1953年11月
籍贯： 浙江省温岭市
最大的愿望： 孩子健康平安

一

这是王奶奶第一次没有跟孙子扬扬去秋游。

早上八点半孩子们坐校车出发，要下午两点半才能回来。王奶奶待在学校附近的出租房里，织一会儿毛衣，看一会儿手机。班主任之前说过，会把活动照片发在微信群里。要是看到照片上扬扬活蹦乱跳的身影，王奶奶会立刻舒展眉头。要是有一会儿没看到扬扬的照片，她又在心里胡乱猜测，扬扬在干吗呢？有没有吃好？有没有跟同学闹别扭？有没有跟上班级的队伍？……

总有一连串的不放心追着王奶奶。

"命啊！"一个人时，王奶奶时常感慨。

那天是2009年的元旦，还差5天小扬扬就满五个月了。奇怪的是，那天小扬扬总是沉睡不醒，脸色看上去也不大好，这让王奶奶有些担心。平常吧，这孩子白天不可能一觉睡那么长时间，向来细心的王奶奶提出去医院看看。

一家人以为也就是个伤风感冒的小毛病，没想到，片子出来了，问题很严重。

"孩子一定是被摔过了，可惜了，这种情况第一时间发现，马上送过来，希望会大一些……"

听着医生说的话，扬扬妈妈才想起保姆临走前交代的话，说孩子前一天吐奶很严重，身体不太舒服。保姆没说孩子被摔了，也许是怕承担责任，也许是觉得这事没那么严重。那个晚上，一家人彻夜未眠，重症监护室内，小扬扬依旧在昏睡中。

医生告诉他们，孩子即便救过来了，患脑瘫的可能性也很大。这怎么可能呢？扬扬爸妈连夜联系了省内外的几家专家医院，第二天一大早拿着拍好的片子，想再去大医院听听专家医生的说法。

上海的几个专家医生看过片子后，都说脑部出血很严重，能保命就不错了。

我的一个老朋友得知情况后好心劝我说，这孩子救过来也是个废人，将来他痛苦，大人更痛苦，这以后的日子有你们受了。长痛不如短痛。你儿子媳妇还年轻，劝劝他们，趁年轻再生一个就是了。

我心里自然明白，如果是这样一个情况，儿子媳妇有自己的事业，他们还年轻，肯定没有精力照顾扬扬，只有我们几个老的来承担。我和老头子就一个儿子，扬扬是我们唯一的孙子，我们怎么抛得下呢？

理是这个理，可一看到病床上白白胖胖的小孙子，我又怎么忍心对儿子媳妇说出这样的话来？他也是一条活生生的命啊。前一天还挥着小手，朝你乐呵呢。

我跟老头子说，我们要做好思想准备，照顾孙子。老头子叹了一口气，没再说什么。我这人吧，大半辈子走过来都还顺当。儿子小时候不惹事，还很争气，考的是重点大学，毕业后又去重点高中当了老师，找的媳妇是学校的同事，也是个高才生。我和老头子都到了退休的年纪。之前，我那些老朋友都羡慕我，说我福气好，生了个好儿子，什么事都不用太操心，退休了上个老年大学，跳跳广场舞，有空四处走走看看，神仙样的日子。

可世事难料啊。结果正如医生所说，命是保住了，但后果确实很严重。扬扬的眼睛看不见了。回家后，老头子整天唉声叹气，他接受不了，自己的孙子刚生下来就成了个盲人。

"人吧，有时候很奇怪，做好了最坏的打算，反倒坦然了。后来的种种迹象表明，我们扬扬的眼睛坏了，但脑子没摔坏，这是最让人高兴的。"

"您说得对，人有时候得退一步想。"

"我们家老头子没我想得开，他是死脑筋，一根筋。"

王奶奶笑起来，但我能感觉到那种笑背后深藏着的辛酸。

二

脱离生命危险的小扬扬身子骨特别弱，三天两头要跑医院，不是感冒发烧，就是拉肚子，腿疼。扬扬爸妈在重点中学教书，本身工作就很忙，王奶奶和她的老伴就承担起了照顾孙子的任务。

那时候医院就是扬扬的另一个家，她和老伴抱着孙子在医院和家之间来回奔波。老两口什么都不盼，就盼孙子能健健康康，平平安安的。可这中间又出事了。在一次跑医院的路上，王奶奶摔了一跤，股骨头出现了坏死，严重到走路都困难。这样一来，跑医院的任务就压在了老伴一个人身上。可祸不单行，不久，老伴也倒下了。直肠癌晚期，医生说需要马上动手术。手术后，还要进行化疗。

那是我们家最艰难的日子，我自己的病还没恢复，只能勉强走路，老头子又倒下了。扬扬只好交给乡下的外公外婆带。

扬扬这一走就是四年。那几年我的主要精力放在照顾老头子和自己的身体上。老头子的病稳定下来后，我去老年大学报了名。跟人家学插花，学唱歌，还学弹钢琴。我从小喜欢唱唱跳跳，不过，我们家老头子不喜欢，一听到我放音乐就说吵死了。看到我学英语还说我异想天开，想当外国人。其实，我那时候想法很简单，小时候穷，上不起大学，现在条件好了，我们老年人也能上大学了，算是圆了年轻时的一个梦吧。另外，老年大学的学费实在便宜得很，就说钢琴课吧，一学期只要交80块学费，就可以跟一个不错的老师学习。我寻思着，万一扬扬哪天需要我了，也不至于什么都教不了他。可老头子说我天真，痴人说梦话，扬扬眼睛都看不见了，还学什么弹钢琴。我听了也就笑笑。

扬扬五岁，到上幼儿园的年纪了。那会儿，老头子的病情也控制住了。我就想着把孩子从他外公外婆那里接过来，上个学。老头子一听不同意，说："你自己走路都不稳，怎么带孙子？再说了，我这病说倒下就倒下的。"儿子媳妇听说后，也不太同意，一来农村空气好，对扬扬的健康有好处；二来扬扬在外公外婆身边挺听话的，要上学在农村也可以，反正，他们也不图扬扬能学到多少知识。

可我这人吧，就是不死心，那时候扬扬的妹妹还没出生，我们就这么一个孙子，我寻思着，城里的教育总归也比乡下强些，要不然那么多人干吗要去城里买房给孩子念书呢？就这样，在家里人不怎么支持的情况下，我把扬扬从他外婆那里接回了家。

公办幼儿园不接受扬扬这样的孩子，我只好给他报了一所私立幼儿园。听人家说，中医按摩有助于提高身体机能。空余时间，我就带扬扬去附近一家中医馆，在那里接受一个礼拜一次的针灸和推拿治疗。有一次，扬扬突然跟我说，奶奶，亮。我以为自己的耳朵出了问题，后来他又说了，奶奶，花。我拿了手电筒在他眼前晃动，他居然知道这东西是亮的。扬扬还有光感，他的眼睛没有全看不见。这下，把我开心的，赶紧告诉老头子，完了又打电话给儿子媳妇。一家人都很开心。那次后，他们就不反对我把扬扬带在身边了。

私下里我琢磨着，扬扬的眼睛能看到光是不是针灸和按摩起作用了？这样一想，中医馆就更跑得勤了，由一个礼拜一次改成了两次。

我自己还发明了一套让扬扬辨认颜色和物体的方法。最开始，我让他看静止的物体，让他分辨大小和颜色，后来就带他去街上看移动的汽车。这样过了几个月，车子从他面前开过，他能知道那是什么颜色的，是大卡车还是小轿车，是摩托车还是自行车。再后来，我就让他辨认杯子大小的东西，经过一段时间的训练，他居然也能看出颜色和大致的形状了。

其实吧，上学的时候我就挺想当老师的，但一直没能如愿。到老了，却在扬扬身上找到了为人师的感觉。说实话，我儿子小时候，也没怎么教他，主要是他自己懂事肯学。

那时候，我常常想，也许扬扬还有很多潜能等着我这个老太婆去开发呢。

我沉浸在自己的喜悦中，以为扬扬只要按着我的想法去做，或许以后还有恢复视力的可能性。可有一次，我去幼儿园接扬扬，他拉着我的手，哭着说："奶奶，我不想去幼儿园了。小朋友说我是瞎子，他们都欺负我。"我问他，小朋友怎么欺负他了，他只是哭，却说不出个所以然来。第二天，我就亲自陪他去幼儿园看看到底是个什么情况。这一瞧，还真让人揪心。幼儿园里其他小朋友根本不愿意跟扬扬玩，而扬扬的活动能力也确实比一般孩子要差很多。他总是一个人待在角落里，不动也不说话。我心里急啊，这样下去怎么行呢？

后来，我儿子打听到浙江有一所专门的盲人学校，找人联系上了后，扬扬就去了盲校。本来以为放在专业的盲校就万事大吉了，可第一年冬天就出事了。那天扬扬夜里起来小便，滑了一跤，倒在了地上，冰凉的地面导致他浑身抽搐，幸好有个孩子起来小便及时发现了他，让老师连夜送进了医院。那次后，学校就说，扬扬这种情况最好有大人陪同，万一发生什么意外，学校是承担不起的。那时候，我的股骨头损坏面临第二次大手术，实在无力陪在他身边，只好让扬扬外婆过来陪了一年多。

可我心里就是放不下扬扬。等我的骨关节恢复到差不多能走路了，我就对儿子说，想去照顾扬扬。老头子不怎么同意，主要是我的腰和腿也的确没好全。自己有病，还要去照顾一个有病的孙子，怎么行呢？可我主意已定。

出租房小客厅的桌子上放着不少杂物，我注意到有不少药瓶子。王奶奶告诉我，她有高血压，心脏也不是很好，腰和腿是老毛病了。她说，像他们这个年纪来陪读的老人，大部分身体都有问题，可为了孩子他们不光得扛着忍着，还得在孩子面前打肿脸充胖子。

据王奶奶说，来盲校陪读的家长中爷爷奶奶辈的占了一半以上。

我曾经跟一些人讨论过我们的父辈，那些二十世纪五六十年代出生的男人女人。事实上，他们这一代人很少有替自己安排生活的想法。他们伺候完了公婆，培养出了子女，到退休的年纪又要带孙子孙女。在他们的观念里，替自己的孩子养孩子是再正常不过的事。如果孩子需要他们，他们会义无反顾地扑上来。王奶奶显然属于这样的老一辈。

三

不久，扬扬上小学一年级了，王奶奶主动到盲校，承担起了全面照顾孙子的责任。

可情况并不乐观。五个月时的那次脑出血不仅压迫了扬扬的视神经，也阻碍了他的运动神经发育，他的肌肉协调能力一直很差，整个人软绵绵的，就连大拇指和食指都捏不到一起。上了两年学前班的扬扬，不仅不会用筷子，连勺子也拿不稳。一顿饭吃下来，要是没大人帮助，浑身上下都落满了饭菜。早上晨跑更是不行，在一群人中间，扬扬就像一个错乱的音符，怎么看都别扭。

王奶奶是个要强的女人，她不能眼睁睁看着孙子这样下去。

受中医馆的推拿和针灸治疗的启发，她自己琢磨出了一套锻炼扬扬手脚肌肉的办法。她还给自己列了一份作息时间表，每天五点起床，一天三次定时陪孙子做体育锻炼。

周一到周五

5:00 起床，洗漱，做饭，吃饭，吃药。

6:15 步行去学生寝室，等候扬扬起床。

6:40—7:05 给扬扬进行全身按摩，肌肉拉伸。

7:05—7:20 陪伴扬扬进早餐。

7:30—8:30 陪扬扬早读。

8:30 早上第一节课开始了，离开学校去出租房打扫卫生，洗衣服。

10:00 大课间开始，陪跳绳，陪跑步。

10:40 回出租房，做午饭。

11:20 到学校，11:30陪扬扬吃午饭。

11:50—13:10 中午自学，陪伴写作业。

13:30 回出租房休息。

14:50 再次回学校。

15:00—15:30 陪扬扬去操场爬杠。

15:40—17:00 陪伴扬扬做作业，练钢琴。

17:30 回到出租房做饭。

周六，周日

5点起床，去菜场买菜，给扬扬做周末的家庭大餐。全天陪扬扬做作业，听故事，练琴。

看着王奶奶罗列的这份精确到分的作息时间表，不禁想起上个月的事。那次，我在电话里跟她约见面采访的事。她对我说，扬扬期中考试一塌糊涂，她实在没心情，让我去采访别的家长。搁下电话，我就想，不就是一次考试考砸了嘛，至于急成这样？后来，我才知道那天下午考试结束后，扬扬不见了，老师找遍了整个校园都没有找到。天黑了，王奶奶才在体育室的一张垫子上发现了缩成一团的扬扬。

为了照顾扬扬，王奶奶既学会了当心理辅导师，还学会了当侦探，更学会了当家庭医生。扬扬讨厌医院，平时遇到感冒肚子疼之类的小病王奶奶尽量不去看医生，买了一本《家庭医生》，在家自己琢磨着用药。

有一次，扬扬说浑身痒，痒得晚上都睡不着觉。王奶奶脱下扬扬的衣服看了一下，背上全是小红点点。凭经验，她认为是秋季皮肤过敏，就给扬扬在附近的药店买了抗过敏的药涂上。这天晚上，扬扬没怎么喊痒，睡得还算安稳。可第二天，扬扬又说眼睛疼。王奶奶查看了扬扬的眼睛，眼角有点红，猜想，是扬扬自己手脏，眼睛揉多了，发炎了。就去买了眼药水给他滴上。滴了一天，到晚上扬扬说眼睛不那么疼了。

班上的几个家长都认为王奶奶胆子大，什么药都敢给孙子用。可王奶奶不这么认为，她说，自己的身子自己最知道，她整天陪着扬扬，她能不了解扬扬吗？再说了，现在的医院，一进去就做一堆检查，完了再开一堆药，费时间不说，还费钱。

"不光是扬扬，我自己也是这样，遇到小病，能自己解决的都自己解决，实在没办法，才去医院。"

照顾老头子和孙子，还有自己的腿病这么多年，王奶奶这个家庭医生当得像模像样。

"我算是幸运的，股骨头没有坏到走不动路。连医生都说，能恢复到这个样子已经很了不起了。我想啊，这里有我们扬扬的一份功劳，如果不是为了照顾他，我不可能这样坚强，以前吧，我挺依赖我们家老头子的。"

"阿姨，应该是扬扬幸运，如果没有遇到您这样的奶奶，他就不是今天这个样子。"

"我这人吧，就喜欢瞎琢磨。"

满头银发，戴着金丝边眼镜的王奶奶表示自己还不到七十岁，趁这把骨头还没太老，脑子还不僵化，想多陪扬扬几年。

四

在王奶奶的精心照料下，扬扬一点一滴进步着。

一年级下半学期，扬扬学会了用勺子吃饭。二年级时，扬扬学会了自己穿衣服扣扣子。三年级时，扬扬忽然提出要学钢琴。王奶奶又是高兴，又是悲哀。高兴的是，扬扬终于主动提出了学习的要求；悲哀的是，音乐老师看了扬扬的手后，私下里对王奶奶说，弹钢琴的手要能竖起来，手型要饱满，手掌心里要能藏下一个鸡蛋。可扬扬这双手，往钢琴上一摁，十个手指全是瘪下去的，别说握鸡蛋，就是连鸡蛋饼也搁不了。音乐老师建议扬扬先练习吹葫芦丝。

那天，王奶奶从音乐办公室出来，扬扬一把拉住了她的胳膊，问，老师怎么说？王奶奶不忍心把实话告诉扬扬，就说，老师夸他音乐上感觉不错，不过学钢琴要先从基础开始，老师建议他先试试学吹葫芦丝。

扬扬一听就乐了，央求奶奶给他赶紧买葫芦丝。学器乐，不管是吹拉弹唱，扬扬的手都是个大问题。为了不打消他的积极性，也为了有朝一日，扬扬真能弹上钢琴，王奶奶又开始了自己的小计划。除了每天早上给扬扬准时按摩，推拿手脚，王奶奶还让扬扬练习抓杠、爬杠，锻炼他的小肌肉。

陪读的家长中，也有反对的，觉得这样子做对只有十岁的孩子来说太残酷了。

可王奶奶说："扬扬自己不使劲，我哪怕每天给他按摩，也解决不了这个问题。我要让他学会自己使劲。这就好比孩子贫血了，我们就要给孩子补血一个道理，孩子哪里弱哪里就需要加强。不对他狠一点，那他自己永远就是一只缩在壳里的乌龟。"

起初，扬扬也会反抗，喊他老太婆、老巫婆。奶奶不生气，还哄着他说，蜘蛛侠就是通过爬杠才学会爬墙的。这一听，扬扬又心动了。蜘蛛侠可是他最喜欢的英雄。

回到家，王奶奶还让扬扬学习做手工，折纸。扬扬的眼睛能看到点颜色，她就买了一大堆五颜六色的雪花片，让他插。

我提出去他们的卧室看看。王奶奶说，可以。

推开房门，我一下就被这个五颜六色的小房间吸引了。靠玻璃窗的那面南墙上贴满了卡通画，天花板上还吊着几只各式各样的千纸鹤和风铃。正中央是一张铺着花毯子的大床，床的对面有一架铺着白纱布的钢琴，钢琴上放了几只小熊和塑料花片做的花环、花篮。这哪里是卧室，分明就是一个五彩缤纷的童话世界啊！

王奶奶指着墙上挂着的那两个五颜六色的花篮说，这是扬扬编的，那花篮是她编的。我注意到花篮里还插了一束明黄色的纸花。

"阿姨，您的手真巧。"

"嗨，这些都是在老年大学学的，就找个乐子。"

王奶奶似乎对自己的高瞻远瞩颇有些得意，她说，现在孙子会弹钢琴了，他们家老头子可骄傲了，遇到认识的人就给他们看孙子弹钢琴的视频。一个人时，还常常对着手机屏幕呵呵笑。

"我那时候唱歌，他嫌烦，听孙子弹钢琴，他怎么听都不会烦。"王奶奶笑着说。

对一般孩子来说，吹葫芦丝是简单的，可对扬扬来说又是个问题。扬扬的肌肉协调能力不行，老是控制不住，吹着吹着就流口水，一节葫芦丝课下来，衣服上全是口水。同学们笑他是个需要戴肚兜的小婴儿。

扬扬要面子，他对奶奶说，不喜欢吹葫芦丝，不想学了。

既然葫芦丝不行，音乐老师又建议他们试试琵琶。一则，学校有专门外聘的琵琶老师。二则，弹琵琶可以练习手指的灵活度，训练小肌肉的协调能力。

学了三四次琵琶课后，扬扬很认真地对王奶奶说，不喜欢琵琶，想学钢琴。王奶奶就说，学钢琴，每天都要坐在凳子上练习一两个小时，不能今天练明天不练了。扬扬握着小拳头回，他坐得住，等学会弹钢琴了，就可以去台上表演了。

学校每学期都有文艺会演，有同学和老师上去弹奏钢琴，另外还有音乐学院的学生过来表演。扬扬特别佩服那些在台上演奏的同学，每次都听得出神。

"我想啊，只要扬扬喜欢就没什么不可以的，哪怕不能上台表演，就当练习手指灵活度也是好的。"

奶奶和扬扬一起弹钢琴

"学钢琴,刚开始特别枯燥,扬扬没有厌烦吗?"

"怎么没有,小孩子学东西哪有常性,还不是今天想学这个明天又想学那个了。"

有一次,扬扬看到隔壁班一个小孩在学小提琴,又说也要学小提琴。这孩子吧,倔劲上来了,怎么都拗不过来,非得让我也给他买小提琴,还说,小提琴能站着拉,这样他就能长得更高了。我想了想说,你要练小提琴不是不可以,但钢琴每天还是要练习的。扬扬答应了。因为有学葫芦丝和琵琶的经验,怕他见异思迁,我就给他在网上买了一把二手的旧小提琴,让他先练着。

可既要弹钢琴,又要练习拉小提琴,课余一点玩耍的时间都没有了。一个月下来后,他对我说,可不可以跟老师说,让他作业少做一点。班里确实也有孩子因为多重障碍,不做作业的。我听了,知道孩子的懒惰病又发了,马上说:"不行,作业肯定要做的,而且还要保质保量。"

期中考,他的成绩明显下降,语文卷子上作文一个字都没写。我想这样下去不行,我让他学器乐,又不想让他靠这个吃饭。绝不能因为多学了一样乐器,把学习给荒废了。于是,我又跟扬扬商量,能不能暂时先不学小提琴,把学习搞上去。

扬扬想了想说,好。其实吧,他自己也知道,学小提琴比学钢琴难,只是碍于之前答应我的话,觉得自己提出来想学,过一会儿又不学了,有点难为情。

哦,我想起来了,这中间发生了一件事。今年初学校附近造起了高楼,每天都会传来电钻的声音。刚开始,扬扬一听到电钻声,就会捂住耳朵,往我怀里躲。

其实吧，从小到大，任何刺耳的声音，哪怕是电动理发剪子发出的声响扬扬都害怕，有时候出去理个发吧，都要哄他老半天。盲校在郊区，又靠着山，比较安静，他的情绪还是比较稳定的。可今年学校前面那块地被人拍下来，建高楼，整天施工，吵得很。扬扬的情绪明显不稳定了，特别多动，上课也很容易走神。

我能理解他。盲人对声音很敏感，这种噪音对他们来说就好比天天坐在垃圾堆里吃垃圾。扬扬又是那种很容易受环境影响的孩子。可我一想，环境这种东西，我们是不能改变它的，我们能改变的只有自己。要是扬扬连这点噪音都受不了，那以后还怎么生活？我个人还是坚持"哪里弱哪里就需要加强"。

下了课，我亲自带扬扬去学校前面的工地勘察。告诉他，这是工人造房子用的电钻发出的声音。我还让扬扬摸了工人手里的电钻。

回来的路上，我对扬扬说："妈妈在生宝宝时，因为痛，会发出尖叫，你就把电钻的声音想成妈妈生孩子时的叫声吧，等尖叫声过去了，这里就会生出一座美丽的花园别墅。"

扬扬似懂非懂地点着头。之后，我还带扬扬去菜场买菜。以前，我都是一个人去的，那种地方，又脏又闹，实在不是小孩应该去的。可为扬扬考虑，我还是决定带他去。果然，扬扬一进菜场就紧紧拉着我的手，一边走一边说："这里人太多了，太热闹了，气味太多了，奶奶，我讨厌这里。"我耐着性子告诉他，这就是生活。生活可不光有好听的音乐和好吃的美食。

我让他试着别在意这些气味和声音，多在脑子里想想那些美味的饭菜。他点点头，不说话。不过，这以后，扬扬对那些特别刺耳的声音不那么抗拒了。

那天是周五，闲聊了一个下午，我们从出租房里出来。秋游结束了，王奶奶要接扬扬回家了。我问，为什么不跟着扬扬一起去？她说，孩子大了，不能老陪着，得让他学会独立，学校老师也不支持家长老陪在身边。这次秋游有好几个家长都没陪去，是老师建议的。不过，老师一个人要照顾这么多孩子，挺辛苦的。

记得，之前王奶奶说过，趁自己还没太老，想多陪陪扬扬。人总是矛盾的吧，尤其是作为长辈，作为孩子最亲的人。

五

"叶老师，扬扬要上台表演了。"手机微信里，王奶奶给我发过来一条信息。

每年12月份盲校都要举行课本剧专场表演比赛。这次，才学习一年多钢琴的扬扬要给班里的课本剧伴奏，曲子是班主任挑的，一首大家很熟悉的《春天在哪里》。

王奶奶告诉我，音乐老师听说后，觉得这事不大可能，扬扬才学会拿勺子吃饭，怎么可能一下就能弹出完整的钢琴曲呢？音乐老师在班主任和奶奶面前说了自己的担心，还说，伴奏出了问题，会影响整个课本剧的成绩。班主任不说话，看着王奶奶，王奶奶微笑着说，我会督促他的，放心，砸不了。

只有一个月时间，扬扬能否完整流畅地弹奏出《春天在哪里》，其实，王奶奶心里也不是很有谱，但她决定尽力帮扬扬。她找来了乐曲的简谱，自己先学会唱，然后再教扬扬唱。学校琴房练习的人太多，一放学奶奶就把扬扬带到出租房里练习。在奶奶的监督和鼓励下，扬扬一天一天进步着，起初是弹一句，后来是一小段，两个礼拜后，他居然能把一首《春天在哪里》比较连贯地弹下来了。

那天放学，小伙伴们围在钢琴房里，听扬扬弹着钢琴曲。

小小的琴房里响起了扬扬的琴声，也响起了孩子们的歌声：

> 春天在哪里呀
>
> 春天在哪里
>
> 春天在那青翠的山林里
>
> 这里有红花呀
>
> 这里有绿草
>
> 还有那会唱歌的小黄鹂
>
> 嘀哩哩哩哩嘀哩哩嘀哩哩哩哩
>
> ……

那天的课本剧表演，家里有事，我没去看。据说，扬扬的钢琴演奏得到了大家的一致认可，他们班的课本剧还获得了小学组二等奖的好成绩。王奶奶在微信上发了几张照片给我，照片上的扬扬变成了一个大光头。我问王奶奶，头发怎么全剃了？她说，真是又好气又好笑。演出前，她本想带扬扬去理发店剪一个好看的发型，可扬扬倒好，回家自己拿电动剪子把头发剪得乱七八糟的，没办法只好去理发店给他剃了个光头。

"说实话，我当时挺生气的，把他骂了一顿。可后来想想，他能用理发剪子给自己剪头发了，说明胆子大了，我应该高兴才是。"

客厅里，一簇红梅开得正闹，王奶奶的笑声从电话那头传过来，仿佛是另一簇寒冬里怒放的红梅。看着手机照片上戴着绒线帽弹钢琴的扬扬，我由衷祝福他和他的家人。我坚信，这样的扬扬，将来一定会拥有幸福生活的能力。

小雨，妈妈相信你

XIAOYU
MAMA
XIANGXIN NI

王芳

性别：女
出生年月：1980年1月
籍贯：浙江省台州市
最大的愿望：家人身体健康，女儿开心快乐

一

坐在我对面这位"80后"的年轻妈妈，叫王芳，是盲校的一位清洁工。不知道是否因为这次谈话，她刻意做了些打扮，面前的她更像一位时髦女郎。咖啡色高领毛衣，黑色羽绒背心，黑色牛仔短裤，一双肉色长丝袜显得大腿十分性感。

"我见过你女儿，胖乎乎的，特可爱，特能说。"

"她就这么个人，跟什么人都自来熟。"

王芳跟我说，有一次坐公交车，她和小雨上车的时候，车上已经没有座位了。一位陌生的奶奶看小雨站着吃力，让她坐在膝盖上，她也不拒绝。半小时的路程，小雨一路跟老人家天南海北地聊。完了，还告诉人家，她在盲校学习，盲校可好了。王芳说，无论是学校里，还是学校外，小雨都爱说爱唱还爱跳，就像一只不知疲倦的小喜鹊。

"你们经常带她去外面吗？"

"我走到哪里，她就跟到哪里。我坐完月子出来，也抱着她。"

"你不怕别人问你小孩的眼睛吗？"

在被采访的盲孩子家长中，大部分家长都承认有过逃避，孩子生下来眼睛不好，就躲在家里不出来，自己不出来，也不让孩子接触外面的世界。最怕别人问，你家宝宝眼睛怎么回事？你家宝宝眼睛看不见以后生活怎么办？然而这种出于关心的提问，只会让当事人陷入更尴尬的境地，使他们敏感的心变得更脆弱。一些家长甚至不愿意在朋友圈发自己的视障孩子，二胎生下健康孩子的爸爸妈妈，也只会发健康的二胎孩子。王芳似乎是个例外。

"主要是怕烦，老问这种问题，好像孩子是怪物。不过，一段时间后，周围人都知道了，也就不怎么问了。我想，不能因为自己的虚荣，就不让孩子见外面的世界了。在家里吧，一有空我就跟小雨说说话，所以，她说话比一般孩子早，七八个月就能喊爸爸妈妈了。"

王芳告诉我，有很多患自闭症的盲孩子，最开始并不严重，会说话，还能跟人交流。但后来，因为家长长期不让孩子接触外面的世界，也不跟他们说话，导致他们缺少交流对象，久而久之这些孩子把注意力转向了内部世界，连起码的表达能力也丧失了。

在盲校，陪读家长中，有大半是家里的老人。这些老人多数文化程度不高，他们带孩子的观念普遍比较传统和保守，认为只要孩子听话，能吃能睡就好。王芳说，有个二年级的孩子，爸爸妈妈从来不承认有这个孩子，手机上也从来不出现这个孩子的照片，家里来了客人就把孩子藏到楼上的房间里，不让他出声，也不让他下楼。这个孩子到现在什么话都不会说，生活也不能自理，光知道吃。这家人把孩子送到盲校后，就不管了。天冷了，老师打电话过去，说被子太薄了要换一床了，衣服也要加了，鞋子要买了，他们才想到要寄些衣物过来，但也不会多。王芳说，有个孩子家里条件挺好的，爸爸在国外工作，可这个孩子一床被子睡到被套都磨破了才换。每次放寒暑假，孩子总是最后一个离开学校，要等老师催了再催，这家人才会过来接孩子，要是老师不打电话过去，他们能拖一日就一日，好像不知道学校还有放假这回事。

小雨的前桌，一个叫话梅的女孩，原本很活泼很开朗的。可自从话梅的爸爸妈妈有了第二个孩子后，他们的心思就不怎么在话梅身上了，平时也很少打电话给话梅。话梅的零食总是吃了上顿没下顿。小女孩总是问，爸爸妈妈是不是不要我了？

小雨心疼话梅，她把比自己小一个月的话梅当作妹妹，有什么好吃的都跟话梅分享，就连妈妈她也愿意跟话梅分享。

"这样的家长多吗？"

"一个班十个孩子里会有一两个吧。老说工作忙，平时在家长群里也不见他们的身影，好不容易现身说一句话，也是拜托我们几个陪读的家长多关照关照他们家孩子，好像这是我们的义务。"

王芳说，这些孩子很可怜，一年到头除了校服身边就只有两三件衣服，穿到不能穿为止，平时很少有零食吃，因为家里也没人寄给他们。班里几个陪读家长看不过去，就把自家孩子的东西分给他们一些，有几个老师还把自家孩子的衣服送给他们穿。好在，学校里经常会有一些爱心人士送来水果牛奶，不至于孩子嘴太馋。

"我听说学校不怎么提倡家长陪读，除非孩子有多重障碍。您家宝贝这么聪明能干，您为什么还要陪在她身边？"

"所有人都说，我们家小雨伶牙俐齿，学习一定没问题。可到了盲校，才知道不是这么回事。人家的孩子坐在位置上安安静静的，她呢屁股上好像抹了油，就是坐不住。好不容易坐住了，老师的话也是这只耳朵进那只耳朵出。下了课，你问她，今天老师讲了点什么，布置了什么作业，她什么都不知道。更糟的是，其他小朋友学一个月就会摸盲文了，她学一年还不会。"

"去看过医生吗？"

"说是触觉系统出了问题，还有些多动。"

王芳的声音低下来，她说，孩子没上学之前，就觉得只是眼睛看不见，没想到触觉系统还有问题。都说盲人的触觉是最灵敏的，盲人按摩师吃香很大程度上也是因为他们的触觉敏锐。医生这么说，等于是向他们宣告说，小雨除了眼睛不行，别的也不行。当时，得知情况后，王芳和她老公心情都不大好。都说上帝在给人关上一扇门的时候，会给人打开另一扇门，可他们家小雨呢？上帝给她关上一扇前门，又把她那扇后门也给堵死了。

二

那阵子王芳很少笑，常常一个人发呆，小雨的班主任老师安慰她，一些盲孩子不是不聪明，只是在某些方面开窍比较迟。也有孩子盲文学六年才会的，可走上社会也挺能干的，并不比别人差。听到老师这样说，王芳揪着的心才稍微好受一点。

无论如何，不能放弃小雨，小雨才上了一年学，怎么能判定她不行了呢？王芳暗暗给小雨打气，也给自己和家里人打气。

我们就这么一个女儿，为了小雨，我跟老公商量了一下，从厂里出来了。但公公婆婆年纪也大了，光靠我老公这点工资要养活一家五口，肯定不行。为了生计，我在淘宝网上注册了一个店，卖袜子。这样既能照顾家里的生活，又能陪在小雨身边了。

看到别的小朋友能摸着书咿咿呀呀读课文了，小雨什么都不会，她自己也急啊。她对我说，妈妈，这么多点点，蚂蚁一样的，我不知道摸什么，我是不是傻子啊？我摸着小雨的头说，我们家宝贝聪明着呢，只是她的小手还跟不上她聪明的脑子。

老师也有自己的家，自己的生活，不能经常给小雨补差。他们都说，好妈妈胜过好老师。既然小雨学不会，那我自己先学，等我学会了，再慢慢教她，就当人家给孩子请家教。请个家庭老师要花不少钱，我这样不是自己把钱给赚了？

主意定了后，我开始行动了。我花了两个多月学会了盲文。学习盲文，主要是为了体验这个过程，好比师傅教徒弟造房子，师傅自己总得先学会造房子吧。我把课文先摸熟了，读给小雨听。一般的孩子都是先学会读再学习写的，我们家是倒着来的。读不行，我就让她先写。

汉字比较难，我就从简单的数字开始教。先学习写1到10这几个数字，学会了这几个数字，一年级的加减法就能做了。可哪怕是再简单的计算，小雨也得做好几个小时。等完成了数学作业，已经很晚了。我跟小雨的班主任沟通，像她这个情况，能否把语文书面作业缓一缓。语文老师很开通，他说，行，不急，等着她。这么说吧，一年级时，小雨的语文书面作业都是空白的，她只能读读背背，鹦鹉学舌。背课文，每次都是我一句句教，她一句句背。好在她的记性不错，课文教过几遍，就会背了。

到了二年级，小雨的数字写得很漂亮了。有一次，语文老师看到小雨写得整整齐齐的数学作业，对我说："小雨的数字写得这么好，估计盲文汉字也能行，你让她试试，别急，慢慢来。"

我一听，觉得有道理。一开始，我报一个词，她写一个词，到后来，我报一句她能写一句了。小雨的左手比右手手感要差很多，刚开始她都是右手写，右手摸的。盲文有专门的书写板，按着书写板，字就不会弯弯扭扭了。可小雨不行，写着写着书写板移动了，她就不知道该去哪儿找写过的那段话了。这时候，她就会发脾气，冲我大声嚷嚷："我再也不写作业了，宁可饿死也不写作业了，反正我就是个学渣。"

每次，我都是等她发完脾气，安静下来后，再安慰她。我从手机上找到海伦·凯勒的故事放给她听。

她听后对我说："那个姐姐，看不见，听不见，比我还不行呢。妈妈，我真的可以吗？我真的不是学渣吗？"

"你当然不是学渣啦。你聪明着呢，妈妈相信你，老师也相信你，小雨一定行的。"

与其说是我相信她，不如说我是在给自己打气。那时候我自己也不知道小雨到底行不行，可我知道作为妈妈的我绝不能流露出对这件事的半点怀疑，更不能绝望。

一般一个学期，我只给她定一个目标。一年级她学会了写数字，二年级我给她定的目标是学会摸盲文。

小雨的左手手感不大好，我就当她的左手，帮她按着，不让书写板移动。她做两三个小时的作业，我就在旁边陪她两三个小时。

写着写着，读着读着，慢慢地小雨开窍了。我清楚地记得，那天大课间，她抱着我大声嚷嚷："妈妈，我学会摸字了，妈妈，老师夸我聪明呢！"

两年了，我终于等到了这句话，眼泪止不住落下来。小雨摸着我的脸说："妈妈，你干吗哭呢？你不高兴吗？"

"小雨，妈妈这是高兴，高兴有时候是会掉眼泪的。"我摸着小雨胖乎乎的脸蛋说。

小雨学会摸盲文了，这给了我很大的信心。但那只是一只手，还有一只手空着呢。在很长一段时间里，小雨习惯用右手摸字，左手就是使不上劲，有时候她甚至认为自己的左手是个废物。每当她泄气的时候，我就对她说，你摸摸，十个手指头是不是有长有短呢？所以，左手比右手学得慢一些是很正常的。我们等一等它。你要是老说它废物，它会很不高兴的。它不高兴了，就不会帮你的忙了。

小雨觉得我说的有道理，自己经常对着她的左手嘀咕：加油啊左手，我等着你帮忙呢！

我没忘记给小雨定下的目标。二年级暑假，整整两个月，我哪儿都不去就在家陪小雨练习左手摸字。对自己的左手，小雨总是很不自信。有一次，她伸过左手对我说："妈妈，你看看我的左手，是不是和右手不一样？"

我摸着她的左手，假装仔细查看一番后，说："没有啊，跟右手一样能干呢，就是有点懒，瞧，它看上去好像更胖些。"

小雨长得胖乎乎的，手也是胖乎乎的，冬天的时候我最喜欢摸小雨的手，就像一个小火炉。这样可爱的手怎么可能不会摸字呢？

"小雨，我们一起把这只懒惰的手教成勤劳的手好吗？"

小雨点点头，把两只胖乎乎的小手合在一起，自言自语地说："左手，你要向右手学习哦！"

办法都是人想出来的。我琢磨着别人学习钢琴，都是先从单只手开始，最后才完成双手联奏的。我想，这件事急不得，还是得分步来。第一步，学习左手摸字。第二步，双手配合，一只摸，一只写。

这样想着，我心里就有谱了。第一个月，我就让小雨用左手摸字，最开始，她只能一个字一个字摸读，一个礼拜后，她就能一句一句摸读了。一个月后，她的左手就能和右手媲美了。这时候我又鼓励她，用两只手一起摸读。

"小雨，你要是想读得跟话梅一样快，你就得像话梅一样用双手摸字，两只手肯定比一只手快。瞧，妈妈就是这样做的。"我让她把双手放在我的双手上，体验双手摸读的感觉。

"妈妈，像在弹钢琴呢？"

"是啊，我们学会了双手摸字，下一次就能去弹钢琴了。"

"真的吗？"

"当然啦，妈妈什么时候骗过你啦？"

小雨跟我拉钩，说，骗人是小狗。小雨爱唱歌，但还没学会弹奏乐器，这跟她触觉系统发育迟缓也有很大关系。我想先让她学会摸字，乐器以后可以慢慢学。

没想到，双手配合摸字的过程，不到两三天小雨就学会了。一旦学会了双手摸字，她的阅读兴趣就上来了。一有空，就让我给她记时间，看一分钟能摸读多少字。

一天，小雨居然向我发起了挑战："妈妈，我们来比一比，谁摸得快。"

刚开始，她没我快，可没过几天，我就败下来了。不得不说，盲人一旦学会了摸字，他们是有优势的。双手摸字学会后，一只手摸一只手写这项练习很快也被小雨拿下了。当然，这中间我还是采取了一些惩罚措施。小雨还是个孩子，爱玩好动是她的天性，何况她比一般孩子还多动。有时候，学着学着她就想玩了。尤其是在关键时刻，总想逃避。我在旁边监督她，手里拿一根缝衣针，我对小雨说："为了让左手勤快些，妈妈想了一个办法，它要是偷懒，我们用针惩罚它，可以吗？"

小雨想了想说："好吧，可是，妈妈你不能太用力哦。"

小雨的左手吃过很多针眼，但就在一次次被针扎的过程中，她学会了像其他盲人小朋友那样，一边摸字，一边写字。

开学的时候，班主任老师看着一边摸字一边写字的小雨，说："小雨，你是不是吃了精灵给的丸子啦！"

"没有呢，是妈妈天天给我做好吃的。"小雨拉着我的手开心地笑了。

那个暑假，小雨胖了很多，为了鼓励她学习，每天我都变着花样给她做好吃的。她很喜欢吃肯德基的比萨、蛋挞和烤鸡翅。可肯德基店在城里，我们家住在乡下，每次去都得费一番周折。为了方便，我买了烤箱，在家跟着手机上面的教程学做美食。小雨夸我做的东西，跟肯德基买的一样好吃。

三

学会了摸字的小雨，就像闯进了一个神奇的王国，她是那么渴望阅读，渴望了解不一样的世界。王芳给小雨在学校的图书馆办了一张借书卡。开学初，小雨一口气借了好几本书。她对妈妈说，我要自己给自己读故事，我还要把故事读给话梅和小猪佩奇听。在这之前，小雨一直在听妈妈讲故事。

开学第一个月，班里要举行摸字大赛。平时下了课就跑出位置玩的小雨，竟然拒绝了同学的邀请。一有空，她就坐在位置上摸课外书，读到有意思的地方，会咯咯咯笑出声。

"妈妈，书里有好多好多有趣的故事。"

"是不是比妈妈讲的好听？"

"是啊，我自己读，可以一边读一边想，你读给我听，我就只能跟着你。"

"嗯，妈妈等着你读故事给我听呢。"

三年级开始，王芳就成了小雨最忠实的听众。小雨的口头表达本身就强，在王芳的鼓励下，很快，她就成了班里的故事大王。2019年，她参加了杭州彩虹公益课堂，还获得了"优秀朗读者"称号。之后，在学校的作文大赛中，她又获得了二等奖。

小雨变得越来越自信了，她再也不说自己是个"学渣"了，也不再整天黏着王芳了，这让王芳有了自己的空间。那会儿，学校刚走了一个清洁工，王芳就跟校领导提出想接这份活干。

"学校的清洁工作，很多是陪读妈妈做的。工资也就两千来块一个月，但闲着也是闲着，最起码能陪在孩子身边。"王芳说。

三年级第一次摸字大赛，小雨得了第二名，跟好友话梅只差了一行半字。这天，捧着奖状的小雨对王芳说："妈妈，老师说我现在是语文学霸了。语文老师上课老让我回答问题，别人答不上来，我都能答上来。"

妈妈陪小雨读书

看着一年级时在课堂上一问三不知的女儿，王芳的眼眶再次湿润了。

语文没问题了，王芳就想着把女儿的数学补上去。尽管小雨在一年级时就学会了写简单的数字、计算简单的算术题，可一遇到图形，她又迷失了方向。三年级的数学课本对小雨来说简直就是迷宫。

盲文，可以先学会写再学习读，数学图形计算、应用题不懂就是不懂，王芳给小雨讲半天，小雨还是云里雾里。

难道小雨的脑子真有问题？王芳再次怀疑女儿的智商。她跟刚从普通小学转来的数学老师好好谈了一次。数学老师说，根据小雨的反应和语言表达能力看，她的智商肯定没问题。问题可能是她对一部分知识的接受能力要比别的孩子差一些，尤其是对图形的感知能力。数学老师告诉王芳，盲孩子本身对图形的感知能力就比一般明眼人要差，到了学立体几何时，这样的障碍会更明显。

好吧，既然智商没问题，那就是时间问题了。相信孩子，慢慢来吧。王芳继续给自己打气。

三年级的数学是个分水岭，有些孩子一听就懂，还有一些孩子听半天还是不懂。为了帮助女儿更好地消化数学课堂知识，王芳亲自去教室里陪女儿听课，她把老师上课讲的一点一滴用笔记记下来。一堂课下来，笔记本上总是记得满满的。课余时间，她再把老师上课讲的知识，慢慢讲给小雨听。小雨听一遍不懂，她就再讲一遍。王芳常常把自己比作老牛，说她这是在嚼草给小牛吃。

三年级出现了几何图形，长方形、正方形、三角形，还有圆，这些东西小雨怎么画都不成形。王芳依旧不厌其烦地教。

就拿长方形来说，先从画顶点开始，再学会把几个点连成线。往往一个图形，别的孩子几分钟就画成了，小雨要画一个多小时还画不像。王芳看在眼里也不着急，有了前面学盲文的经验，王芳更坚信时间可以改变一切。

三年级小雨的第一次数学测试得了35分，第二次是37分。哪怕只是进步了两分，王芳也不忘夸奖小雨：

"小雨，又多了两分哦。妈妈相信你会越来越棒的。"

其实，这个成绩在班里已经是倒数第三名了。后面两位，一位是经常考个位数的智障孩子，另一位是交白卷的自闭症患儿。

"我是她最亲的人，要是连我都觉得她不行了，这个世界上恐怕就没有人能给她信心了。我老是想，我们家小雨吧，她就是个普普通通的孩子，不会像别人家优秀的孩子那样走到哪里都有鲜花和掌声。她从别人那里得不到鲜花和掌声，我可以给她啊。我对她没有别的要求，只求她健健康康，开开心心，学习方面她能学多少就多少，不勉强她，但也不会放弃她。"

在没有鲜花和掌声的生活里，王芳一直坚守着她对女儿的承诺。

一年不行就两年，两年不行就三年，王芳坚信只要找对了方法，小雨总会有开窍的一天。就像那时候她在淘宝网上做生意，一开始只有两三个顾客，但三年过去了，光老顾客就有几百个了。后来，小雨爸爸看网店的生意不错，就辞了厂里的活，帮忙进货。夫妻俩的网店开得风生水起。

王芳一面说，一面给我看手机淘宝网上的图片，是一家袜子专卖店。她指着上面的模特儿问我："看看，这个模特儿怎么样？"

"就冲看这条大长腿，我也买了。"

王芳冲我咯咯笑。

"雇这模特儿花了不少钱吧？"

听我这么一说，王芳笑得更厉害了。我问她，笑什么？她说，你再看看那人是谁？我看着那两条大长腿，一下明白过来。

"小本生意哪里请得起模特儿，我让老公拍了照传到网上去的。"

王芳又咯咯咯笑起来。

为了陪伴小雨，照顾家里的两个老人，王芳和她老公长期两地分居。王芳说，国家发给小雨的补贴，她一分不花都存着，万一小雨以后找不到工

小雨和闺蜜有说不完的话

作，这些钱也够她生活好多年了。

"你们还年轻，就不打算再生一个吗？"

"不瞒老师，医生说我们家小雨的眼睛很有可能是小雨爷爷奶奶近亲结婚造成的，我们不想冒这个险。之前，学校里有个家长，医生告诉他们，他们孩子的眼睛不好是因为遗传。可他们不死心，第一胎孩子的眼睛不好，又生了第二胎，结果第二胎孩子眼睛还是不好。他们还是不死心，非得生第三胎，可第三个孩子的眼睛还是不行……你说，多遭罪啊。大人苦，孩子更苦，哎……"

"一个也挺好的。"

"是啊，一家人在一起开开心心最重要。小雨开心，我就开心啦。"

和王芳下楼的时候，正好碰到小雨的数学老师。

小雨的数学老师是三年前从一所重点小学转过来的，我跟她聊起王芳。她说，王芳是她教书二十多年里，碰到的最有耐心、心态最好的一个家长。如果普通学校的家长有一半她这样的耐心，学校就不会有差生的概念。所谓差生除了个别智力上真有问题的，更多的是因为家长对孩子放弃得太早，孩子一遇到学习上的困难，他们就认定孩子这辈子不行了，还有一部分家长因为急于求成，自己过于焦虑，然后把这种焦虑转移到孩子身上，孩子暂时不能达到他们的要求，就一味地否定孩子，造成孩子心理和性格上的扭曲。

"小雨就是个普普通通的孩子，不像别人家优秀的孩子那样走到哪里都有鲜花和掌声。她从别人那里得不到鲜花和掌声，我可以给她啊。"我又想起了王芳之前的话。

的确，鲜花和掌声能给大人和孩子带来自信，聚光灯下更容易滋生成功的因子。作为家长，我们要承认大部分孩子都是平凡普通的，更多时候，他们的生活里是没有鲜花和掌声的。对小雨这样的视障孩子来说更是。在一个没有鲜花和掌声的角落里，王芳以一位平凡母亲的姿态，用自己的实际行动，年复一年、日复一日地坚守着对孩子的诺言。

"小雨，妈妈相信你。"这是2019年，我听到的最动人的话。

版画作品《大肚子的糖罐》

陈烨

第 四 篇
孤岛守望者

他们教了一辈子的书，充其量也就几十个学生。他们是老师，但却无法体验到"桃李满天下"的感觉。在盲校这方小小的天地里，几十年如一日，他们始终坚守在盲孩子身边，充当孩子们的眼睛、孩子们的手杖、孩子们的引路人，用爱驱逐孩子们内心的阴霾。他们，就是盲校教师，一个特殊的教师群体。他们坚信，唯有心灵装满幸福的种子，才能撒播爱与关怀，享受甜蜜幸福的好滋味，让世界充满暖暖的真情。

一位盲人音乐教师的前半生

YI WEI
MANGREN
YINYUE JIAOSHI DE
QIANBANSHENG

廉中华

性别：男
出生年月：1968年10月
籍贯：浙江省海宁市
最大的愿望：家人健康，孩子和学生比自己优秀

一

中等个，微胖，敦实，这是廉中华给人的第一印象。如今年过半百的他，谈起往事，却依然有着抑制不住的激动。

1968年，廉中华出生于浙江海宁一户普通的农民家庭，父母文化程度都不高。由于天生全盲，小时候的他没有一所学校愿意接受，多数时候，他只能一个人待在家里，与他相伴的就是安装在墙壁上的小广播。小广播是挂在木头大柱子上的一个匣子，那时候村里每家每户都有，节目是全国统一的。对于小廉中华来说，他的一天是从小广播里发出的第一个音符开始的。他学会的第一首歌就是广播里唱的《洪湖水浪打浪》。

洪湖在哪儿呢？这个世界上还有比海宁更宽广的地方吗？可别说是海宁，就连家门都出不了。看着周围的小朋友背着书包唱着歌嬉笑着从家门前走过，廉中华别提有多难受。

一次，廉中华对母亲说："别人都说我是个没用的瞎子。"

母亲听了摸着他的头说："谁说你没用？你有用着呢，你看你，头大，耳朵大，将来肯定有出息。"

怎样才能成为有出息的人呢？那时候，廉中华把满腔的希望都寄托在了小广播上。只要广播一响起来，他就会竖起耳朵专注地听着。他不放过任何一个音符，任何一条信息，任何一则小广告。每天，父母干活回到家，他就给他们讲广播里的新闻和故事。几乎每一条信息，只要听过一遍，他都能说得八九不离十。

没事时，廉中华就跟着广播里的人学说话，学唱歌。天资聪颖的他居然学会了普通话，还能像模像样地唱歌，讲好听的故事。

那时候，比他小四岁的妹妹老是缠着他讲故事，称哥哥是故事大王，这让廉中华更有成就感了。可妹妹一天一天长大，很快就上幼儿园了。家里没有了妹妹，廉中华就只能一个人对着屋子里的空气，对着家里的墙壁、桌子、椅子说话。日子久了，除了家里人，他越发不愿意跟外人交往，更多时候他养成了自言自语的习惯，一个人在角落里一待就是一天。

"那时候我不敢想象自己的未来，我也不知道自己的明天在哪里。如果没有广播，我不知道活着还有什么希望。"

"您这么小就在想活着的意义了？"

"会。一个人独处时间长了，想的东西也比较多。"

廉中华说话时，脸上有种思考时特有的专注神情，仿佛他眼前有一个你看不到的世界。

廉中华说，他相信天意，相信冥冥中有一双手在安排着一切。那天，年幼的他像往常一样坐在椅子上专心听小广播。广播里播报了一则信息，说是上海有一所全寄宿制的盲人学校，专门招盲人孩子。那一刻，他仿佛看到黑暗中照进来了一束明亮的光，把他整个人都点亮了。

父母亲忙碌了一天回家，廉中华立刻把这个消息告诉了他们。听说有这样一所学校，夫妻俩很快就行动了。1979年，已经十一岁的廉中华终于来到了大上海，跨入了盲校的大门。

廉中华在学校的适应能力很强。小学时，他在朗诵和歌唱方面就表现出了特别的天分。一份稿子到他的手里，很快就能念得字正腔圆，老师夸他有当主持人的天赋，而他也始终坚信母亲说的话，将来他一定会有出息。

那时候，廉中华还是学校合唱团的主力，经常在文艺会演中担任合唱团的领唱。到了初中，他更是班里的文艺积极分子，哪里需要唱歌，哪里需要主持人，他就出现在哪里。用廉中华的话说，小学和初中的那段时光像蜂蜜一样甜。舞台上的锻炼，让他变得越来越自信，越来越有活力。节假日回家，原本沉默寡言的他，居然能逗得家里人哈哈笑。

初中毕业后，廉中华顺利升入了职高，学习推拿。当时上海盲人学校还没有设立普高班，职高也就一个专业推拿。

1988年，廉中华升入职高第一年，有消息说长春大学要开设特殊教育学院，招收残疾人入学。这是中国第一所向残疾人敞开怀抱的大学。这个消息让他振奋不已。他一面在学校里学习推拿，一面又在暗地里补习文化课。

"我就想，大不了考不上，试总要试一下，万一成了呢？"廉中华说。不知道为什么，在他心里，小时候母亲对他讲的那句话一直在给他暗示。

"那时候报考的人多吗？"

"很少，都怕自己考不上。"

1990年，廉中华从上海盲人学校职高班毕业，他满以为那年可以去参加高考，可消息传来长春大学特殊教育学院停止招生了，具体什么原因，他也打听不到。他只好老老实实回到了浙江，托人找了杭州一家医院进行按摩师实习。

"那会儿，您是不是觉得特沮丧，所有的复习都白费了？"

"就感觉老天爷跟我开了个玩笑，我觉得自己根本无法主宰自己的命运，会特别无助。"

好在，一年后，长春大学特殊教育学院恢复了招生。通过努力，廉中华走进了长春大学特殊教育学院音乐系的大门。

那是1991年，廉中华考上了大学，这个消息像一枚炸弹在海宁这个小城炸开了。

"90年代初，农村考入大学的人本身就很少，何况像我这样的盲人。我们家里人都很高兴，还办了酒席，请了所有的亲朋好友来吃饭。"

"您爸妈是不是特高兴？"

"对，那天，我爸喝了很多酒。我妈还哭了。后来，我妹也考上了大学。那时候，农村一户人家出了两个大学生，是很稀奇的。我爸妈觉得脸上特别有光，走哪儿腰板都挺得直直的。"

廉中华说，他特别感谢他的家人，尤其是父母。他们总是尽自己最大的力量帮助他，安慰他，让他始终心存希望。

二

因为上学迟，从上海盲校毕业那年，廉中华已经虚岁22了。当时像他这样年纪的小伙子多数已经有了对象。作为家里唯一的男孩，父母对他的婚事特别着急。

也就在那时候，廉中华经过熟人介绍认识了W女士，一位在杭州打工的外地姑娘。

"她也是从农村出来的，比我小两三岁，人很淳朴。跟我接触了几次，表示愿意跟我进一步交往。"

那时候只有初中文凭的W女士对廉中华挺崇拜的，觉得他文化高，歌唱得好，还会弹琴。俩人经常通信，述说各自的生活，畅想美好的未来。

1994年，廉中华从长春特殊教育学院音乐系毕业，被分配到浙江省盲人学校当音乐老师。远在海宁农村的父母把手头上的存款都拿出来替他在富阳城里买了一套商品房。有了家，他和W女士的婚事很快就有了着落。妻子怀孕后不久，廉中华认为他在盲校当老师，完全可以养活妻儿，便让妻子辞了厂里的活，专心在家养胎。十月怀胎，儿子涛涛顺利出生了。涛涛的出生给这个幸福的小家庭又增添了一种甜蜜。那时候，廉中华满心眼里都是妻子和儿子。

可廉中华没有充分考虑到妻子的感受。那时候，妻子一个外地人，整天待在家里，有多么的孤单和寂寞。她多想廉中华下班后能跟她聊聊天，而在学校忙碌了一天的廉中华却只想找个安静的地方靠一会儿，休息一下。

廉中华说，那时候他不明白妻子为什么唠叨个没完，在他看来有些话根本是无理取闹。而妻子呢，却觉得廉中华木讷、无趣，根本没有想象中的浪漫。他们开始有了第一次争吵，然后是第二次、第三次、第N次。

"女人对婚姻的想法可能更感性吧。"

"是，想象跟现实总是有差距的。比如涛涛生病要跑医院，要是我能看得见，就能抱着儿子去医院了。像这样的事，只能靠涛涛妈妈去解决。姑娘小伙时，哪想那么多。"

廉中华说，涛涛从小就很懂事，知道爸爸眼睛看不见，知道妈妈心情不好了会哭。他最怕妈妈哭，因为妈妈一哭，晚饭就要爸爸做，爸爸做的晚饭没有妈妈做的好吃。

谈到这些，廉中华低沉的嗓音里，满是愧疚和心疼。

"听说您儿子很优秀，初中考上了杭州外国语学校，大学去了美国留学。作为一名老师，您在教育儿子方面有什么独到的方法？"

"说实话，很惭愧，我能教给他的东西不多。平时他用的课本和练习资料，我都看不见，功课上也帮不了他大的忙。他妈妈吧，文化程度也不高。我觉得儿子能有今天，主要靠他自己。"

"廉老师，您太谦虚了。这么说吧，您觉得自己在教育孩子方面和别的家长最大的不同是什么？"

"最大的不同，我是个盲人，给不了其他爸爸那种全面的照顾。因为有我这样一个爸爸，他注定要比其他同龄人学会做更多事。举个例子，涛涛上小学后，上下学都是自己走的。从我们家出发到学校大概要走二十来分钟，过好几条马路。刮风下雨，他都自己去。"

"他不会抱怨吗？比如让妈妈接送，或者坐公交车什么的。"

"说实话，主要怕他将来吃亏。我觉得吧，男孩子从小学会吃点苦也是好事。说一点抱怨都没有，那肯定是假的。我记得有一次，涛涛上小学二年级，那天下雨，他说，爸爸，给我五块钱。我问他，要钱干什么？他说，想坐三轮车。我说，不行，说好了走着上学的。他一听就委屈地说，班里的同学都是爸爸妈妈用小汽车接的，长这么大，我连三轮车都没坐过。我听了心里挺不是滋味。那天雨下得也大，就给了他五块钱，他就坐三轮车上学了。不过，那次后，他就没再跟我提过要钱坐车。有一次，他还跟我说，走着去上学，还能欣赏路上的风景，他的很多作文都是走路时想出来的。"

"您儿子确实很懂事。"

"嗯，高一暑假他去北京参加英语达人演讲比赛，我们也没陪他，就在电视机前等消息。那次他得了全国大赛总冠军，我们全家都特别激动。再后来，他说，想去美国读大学。考托福那会儿，要去香港，去新加坡，我们也没帮上他什么忙，他都是一个人买机票，一个人来回，特别让人省心。不过，话又说回来，还是觉得欠他挺多的。作为爸爸，我不能像正常的明眼人爸爸那样给他一个安全牢靠的港湾。"

说到这里，廉中华接连叹气。

"廉老师您谦虚了，您在背后默默支持他，关注他，也是一种呵护。"

"别的没有，我只能常常鼓励鼓励他，像我妈当年对我那样对儿子说，涛涛，你将来一定会成为一个有出息的人。现在想来，我爸妈虽然没有文化，可他们却最懂得鼓励人。"

"您儿子中学念的是杭州私立外国语学校，大学是在美国上的。这么多钱，是靠您一个人解决的吗？"

廉中华说，他一个教书的哪来那么多钱，去杭州念外国语学校的钱都是父母资助的。那时候，父母年纪还不算大，在小镇上做点生意，手头上相对比较宽裕。他们家一直有个观念，再穷不能穷教育，再亏不能亏孩子。父母供他和他妹妹读完大学，又供他儿子上了中学大学。儿子要去美国留学，需要很多钱，他觉得父母年纪大了，这么多年付出太多了，不想再让他们去承担更多。那时候，他跟妻子已离婚。为了儿子，他把城里唯一的一套房子卖了，住到了学校宿舍。

虽然，廉中华极力不让二老再负担儿子的生活费，可两位老人却依旧省吃俭用，把节省下来的钱都用在了孙子身上。涛涛学习上有什么要求，他们都尽量满足。廉中华的儿子在美国上了四年大学，两位老人前后加起来寄过将近50万的生活费。

"我爸曾经说过，只要孩子想上学，砸锅卖铁都行。"

"离婚这件事对您儿子影响大吗？这是不是他远离家乡，去美国发展的一个因素？"

"影响总是有的，哪个孩子希望父母离婚呢？不过，这应该不是他去美国发展的理由。我儿子从小就喜欢外语和计算机，去美国念书是他一直的梦想。"

廉中华说，他跟涛涛妈妈离婚这件事，反响最大的不是儿子，是他的学生。儿子出生不久后，盲校缺生活老师，涛涛妈妈曾经在盲校做过一年。那时候，他们一家三口住在盲校的老师宿舍里。宿舍虽然简陋，可一家人过得挺开心的。很多学生还把他和涛涛妈妈比作"神雕侠侣"，男生都希望他们将来也能找到像涛涛妈妈这样的妻子。

"您不怨涛涛妈妈？"

"说不怨肯定是假的，我当然希望她能留在我身边。不过，既然她心意已决，我也不能强拉着她。涛涛知道我们离婚这件事，是在他考上大学后。这是我和他妈妈事先商量好的，等儿子高考结束后，再离婚。我也不是不通情理的人，作为女人，涛涛妈妈有追求自己幸福的权利，我没办法也没权利阻拦。怎么说呢？毕竟一起生活这么多年。我还是要感谢她，给了我这么好的一个儿子。真的，我为儿子骄傲。"

廉中华说，现在儿子刚大学毕业工作不久，根基还不稳，他希望儿子在国外把技术学好了，将来能回国创业。

三

儿子去了美国，妻子也离开了，父母又远在老家，盲校就成了廉中华的家。他把所有的心思都投在了教学上。

同是视障人，廉中华特别能理解盲孩子的心理。他总是能做到推己及人。其他老师教歌曲一般都是传统的教唱方式，以听为主。而他会考虑盲人的特点，从触觉上去开发孩子们的感官认知。

同样是教孩子唱歌，廉中华会通过音频，让孩子们跟唱，这种最简单最直接的方式对盲孩子来说其实也是最有效的。他说，盲孩子听觉敏锐，一首歌让他们反复听，在边听边哼唱中，孩子们自然就会找到歌曲的特点。他觉得从整体入手，要比一句句教唱，更能培养孩子们的乐感。

在盲文乐谱的教学上，廉中华的优势就更明显了。学校里大多数的音乐老师都是普通师范专业毕业的，没学过盲文乐谱。在盲校，廉中华是这方面的专家，不少刚毕业的年轻音乐老师都是他手把手教会盲文乐谱的。

"您把知道的都教给了同事，他们超越您，那您不是没优势了吗？"我笑问。

"这是哪里话？我的学生要是能超越我，我高兴都来不及。同事也一样。再说了，很多东西，自己不是盲人是无法体会的。盲人教师在教授盲孩子这方面的优势会永远存在，就好像他们的局限也永远存在一样。感同身受这个词是相对的，谁都无法真正做到感同身受，尤其是明眼人对盲人。"

廉中华认为一所健全的盲人学校，一定要有几位资深的盲人教师，因为盲人教师能教给盲人的东西，是明眼人教师无法替代的。

"这么多年中，您的学生里有没有做老师的？"

"有个叫郑荣权的，非常优秀。他是全国第一批和明眼人一起参加普通高考，进入普通大学学习的。现在已经应聘到南京盲人学校当老师了。"

教学生唱歌

"这样的例子不多，是吧。"

"对，很少，很少。2014年教育部才颁布规定盲人可以参加普通高考，入普通大学学习。像一般的特殊教育学院，学的大多还是推拿。不过，我相信未来会有更多的盲人走上不同的职业岗位。"

廉中华说，他在学校里主要是教小学和初中的音乐课。中小学的音乐课是基础音乐教育，主要培养孩子们的乐感，教给基本的乐理知识，培养孩子们对音乐的欣赏能力。

"那您的音乐课应该很受孩子的喜爱吧。"

"还行吧。不过，也有代沟。现在的孩子一般都喜欢听流行歌曲，我呢相对还是喜欢听一些老歌，一些民族音乐。"

"那些在音乐上有特别天赋的孩子，您是不是会给予他们帮助和指点？"

廉中华摇摇手说，没有没有，就是做力所能及的一些事。音乐这条路本身就很难走，要是只当兴趣爱好倒也罢了，但如果是想拿这个吃饭，尤其是盲人，那就得下狠功夫苦功夫，光靠学校里学的这点知识和本领是远远不够的。要想出类拔萃就必须请校外的专家，请专家就是烧钱，家里没有一定的经济基础是不行的。就拿弹钢琴来说，请一个好的钢琴老师进行一对一教学，一个小时要上千元。多数盲孩子家里条件很一般，还有不少家里挺困难的。所以，只要孩子们来找他，请教音乐方面的问题，他都会无偿帮助他们。

"是利用晚上的时间吗？"

"不一定，有时候是晚上，有时候是双休日，也有时候是午休时间。一般艺术类考试都是五月份。学校是上半年开学，大多是在三月初，从三月到五月，想参加音乐考试的学生会主动上门来找我。一般都是利用午休时间给他们讲解乐理知识，也有教盲文乐谱的。"

"我想孩子们一定会感激您的。"

"没有没有，这是应该的，应该的。这些孩子长年在学校里，很少跟家里人接触。我常常想，当年我在上海盲校，刚开始的时候，我也特别想家，想爸爸妈妈还有妹妹。那时候，我是多么希望身边有个亲人陪着。现在，我自己的孩子在美国。我就想，假如是我的儿子遇到了困难，我肯定也希望能有人帮帮他。"

廉中华坦言，盲孩子选择音乐这条路本身就很不容易，能坚持走到后面的更是少之又少。作为老师，他应该无条件支持这样的孩子。至于他们能走多远，还是要靠他们自己。他经常对孩子们说，如果真想吃音乐这碗饭，那就要比别人下更多的苦功夫，要有足够的资本，别人才会认可你。很多时候别人拒绝你，也许是你还没有足够优秀，只要你足够优秀，到哪里都会发光。

"您觉得孩子们会怎么评价您？"

"这个，不好说，不好说。现在的年轻老师都挺厉害的，声音好，基本功扎实，也会哄孩子们开心。我吧，就是凭良心教书。"

廉中华低头搓起手来。我注意到，他从来不炫耀自己的成绩，也从来不把功劳摊在自己一个人头上。但我能感受到，他对这份工作的热爱，对盲孩子的真心。

课后，我特意去学生那里做了调查。孩子们对廉中华老师的评价还是蛮高的。有个孩子说，廉老师像他们的爸爸。他们有什么事，都可以找他，他都会帮忙，有时候，就连主持人稿子廉老师也会帮他们写。有个孩子说，廉老师唱歌特别好听，比电视上的歌唱家还好听，我最喜欢廉老师上课。还有一个孩子说，廉老师是他们的死党，上课喜欢跟他们说说笑笑，在廉老师的课上，他们特别放松，因为廉老师从来不会骂人。

据悉，廉老师还参与了全国盲人学校义务教育课本的翻译检查，2020年初，被人民教育出版社命名为盲文翻译专家。

四

谈到同事，廉中华说，自从他进了盲校后，领导和同事都很关照他。26年来，他真心觉得学校给予了他很多帮助。老师们知道他离婚的事，怕他伤心，从来不在他面前提到他前妻，学校里更没有老师因为他是盲人而在背后嘲笑他。相反，办公室的同事都很热心，每个人都像他的亲人。

刚结婚那会儿，廉中华住在富阳城里一个叫狮子山花园的小区。那时候，每天放学都坐校车回家。校车是有站点的，到点就下车。他们家附近的那个站点除了他，还有一位姓尤的女老师。尤老师的家本来跟他是两个方向，可为了让他尽快熟悉回家的路，刚开始两个月她每次都会带他走到狮子山花园门口，然后再回家。廉中华说，一路上，尤老师总会不停地告诉他，哪里需要拐弯，哪里有红绿灯，哪里有斑马线，可以穿过去。有一次，他说自己能认路了，让尤老师先回去。可尤老师不放心，还是一路护送他回到狮子山花园，看到他平安走进小区大门，自己才折回家。

"尤老师家里有孩子，要辅导孩子做功课，还要干家务，为了我，得浪费多少时间啊。可每次尤老师说，没事，不过是多走几脚步的路。现在想起来，心里都暖暖的。哦，还有我们办公室有位年轻的女老师，比我小一轮，对我也特别照顾。"

这位比他小一轮的年轻女老师姓管，一直跟廉老师是同办公室的。学校很多表格要在电脑上填写，廉老师看不见，都是管老师帮忙填的。学校有合唱队，廉老师跟管老师负责带队。两个人互相取长补短，切磋教学。

"合唱队取得了荣誉，在奖状上，小管总会写上我的名字。有时候，还把我的名字放在第一位，我觉得特别不好意思。可是，小管一再说，我是她的指导老师。其实，我现在还能指导她什么呢？她能力强，乐感好，对学习有耐心，各方面都很优秀，我向她学习都来不及呢。"

私下里我问管老师，廉老师在你心目中是怎样一位老师？小管告诉我，廉老师是一位非常优秀的音乐老师。她不是特殊教育专业毕业的，刚毕业到盲校工作那会儿，感觉压力特别大，觉得很多地方不适应。是廉老师耐心教导她，让她了解视障孩子的学习特点。小管对盲文乐谱一无所知，廉老师就手把手教她。她有一丁点的进步和成就，廉老师就会特别高兴。

小管说，廉老师对学生特别好。孩子们都非常喜欢他的课。他的声乐专业水平很高，经常代表学校参加各种比赛，取得各类优异的成绩。可廉老师从来不居功自傲，一直跟她分享各类荣誉。

"廉老师是我们办公室里的宝。"管老师说。

在盲校，廉老师是一位特殊的老师，但也是一位幸运的老师。用廉中华的话说，同事们给予他的帮助太多了。小到一张表格，一句温暖的提醒，大到评优评先进，他们总会优先考虑到他。学校每次过节发一点福利，比如像大米花生油之类的重物，几个男老师都会帮他搬到宿舍里。去城里搭车，那就更不在话下。学校食堂吃饭，为了避免尴尬，老师们总是善意地选择跟他不坐一块儿。他自己也知道，这并不是孤立。更多时候，这是一种体恤。没有一个盲人喜欢被别人看着吃饭。

廉中华说，他有过很多家，父母亲的老家，求学时期的校园之家，和前妻儿子在一起的三口小家，还有他已经生活了26年，并且还会继续生活很多年的盲校大家庭。

我去过廉中华在盲校的宿舍。一室一厅的屋子，屋子里摆得满满当当的。沙发、电视柜、书柜、衣柜、鞋柜……廉中华说这些都是城里的房子卖掉后留下来的家具。房间的书柜上放着不少书，一半是盲文书，另一半是廉中华儿子小时候看过的书。书柜墙边立着一把旧吉他。廉中华说这把吉他伴随他很多年了，一个人时，会拿出来弹一下，解解闷。

"音乐对您来说意味着什么？"

"呼吸，呼吸吧。"

廉中华一连说了两个呼吸，最后一个呼吸，拖着长长的尾音，像一列到站的老式火车冒出的一缕烟，飘散在旷野上。我请他唱一首歌，他问我，喜欢听老歌吗？我说，行。他清了清嗓子，唱起了《洪湖水浪打浪》：

> 洪湖水呀浪呀嘛浪打浪啊
> 洪湖岸边是呀嘛是家乡啊
> 清早船儿去呀去撒网
> 晚上回来鱼满舱
> ……

醇厚、宽广的嗓音把我带到了多年前。海的另一边，有一个小村庄，小村庄里有一间黄泥房子，黄泥房子里站着几根的木头柱子，木头柱子上挂着一个小广播，小广播下坐着一个小男孩，小男孩仰着一颗大脑袋，跟着小广播哼唱一首歌。

尘埃里的一束光

CHEN'AI LI DE
YI SHU GUANG

李伟儿

性别：女
出生年月：1970年3月
籍贯：浙江省杭州市
最大的愿望：愿天下每一个看不见光明的孩子找到幸福的家

一

好不容易回趟家,迎接李伟儿的是看西洋镜一样的目光。亲朋好友、隔壁邻居总是问:盲人怎么教啊?他们怎么吃饭啊?怎么走路啊?怎么睡觉啊?最开始,她总是一一耐心解答。可第二次遇见,这些人仿佛又忘记了之前的回答,还是问:盲人怎么教啊?他们怎么吃饭啊?怎么走路啊?怎么睡觉啊?

工作头几年,这是李伟儿和老家亲朋好友、邻里间最常见的问答方式。一个十七八岁的小姑娘,独自在异乡,围着她的是一群需要时时刻刻照顾的七八岁盲孩子。那里没有车来车往,没有灯红酒绿,只有清冷的风呼呼地吹。

彼时的李伟儿有过迷惘,有过不甘,也有过犹豫,但她坚持下来了。从一个懵懂青涩的小姑娘成长为一名成熟的全国优秀老师,李伟儿坦言这一路并不容易。

作为省盲校管教学的副校长,李伟儿的日常是忙碌的。第一次提出采访她,她跟我说,再说吧,您先采访我们的孩子、家长还有别的老师吧。我说,您什么时候有空了,跟我说一下。可一学期过去了,她似乎总在忙。忙着教学,忙着开会,忙着布置各种活动。

当我再次提及要采访她,已经是2020年春节过后。这中间隔着一场突如其来的新冠疫情。疫情稳定后,我才在微信上跟她联系。她直言,自己并不是一个好的采访对象,不健谈,也没有什么光辉的值得记录的事。我说,您就别再谦虚了,大家都夸您呢。

她终于答应了我的采访,不过,不是见面聊,她说要上网课,电话里谈就行。

"能说说,当初您为什么选择读特殊教育学校,选择盲人特教这个专业吗？"

"我们那时候，农村人最大的理想就是跳出'农门'。我们家里人一致认为，上中专读师范是最为快捷的通向居民户口之路，而特殊教育师范学校报考的人少，被选中的机会更大。"

李伟儿说，那时候十七八岁的她，根本没有什么远大的理想，老师长辈们说好就是好。当时南京特师，除了盲人特教还有聋哑人特教和智障人特教。父母亲说，浙江省还没有盲人学校，要是选择读盲人特教，毕业以后说不定能留在大上海盲校工作，成为大上海人。

"大上海"在20世纪80年代末是个十分诱人的词。那时候电视里热播《上海滩》，乡下人都觉得大上海是世界的中心，是一个人人都向往的繁华大都市，在那里遍地都是黄金，只要踩上去，就是走在一条通往金光大道的路上了。

转眼三年的特师学习结束了，1990年李伟儿毕业了。进入上海盲校并不是件容易的事，需要各种手续和关系。而当时浙江省盲校刚刚成立才一年，急需专业对口的老师，李伟儿作为省里首批特殊教育科班毕业的老师，浙江省盲校第一时间向她伸出了橄榄枝。家里人再三考虑，还是让李伟儿回到了家乡。

二

跟李伟儿想象中的学校完全不一样，浙江省盲校居然不在城市，在农村。这里出门是山，开门是田野，没有公交车，更没有娱乐场所和超市。李伟儿有种感觉，自己来到了一座与世隔绝的孤岛。

第一次去学校报到，是父亲送去的。走出校门时，父亲对李伟儿说，你要是觉得不习惯，等合适的时候我们可以再换个学校。为了让父亲安心，李伟儿笑着说，这里挺好的，学校大，空气好。

没有城市的繁华，没有亲朋好友的陪伴，陌生的环境，陌生的同事，还有日复一日琐碎劳累的工作，让李伟儿心生委屈。中学时，李伟儿属于学习特别冒尖的学生，那时候中专是第一批录取的，只有特别优秀的学生才能考上。李伟儿师范毕业那年，一些在中学时比她成绩差的都考上了大学。跟同学聚会，每次聊起来，李伟儿都觉得自己的这份工作有点"寒酸"。更重要的是，李伟儿自己其实也还是个孩子，毕业那年她虚岁十九，周岁还不满十八岁。

李伟儿的第一届学生，不过比她小了不到十岁，有些孩子上学晚，只是比她小了三四岁。但就像一个人的初恋一样，工作头六年，在这批孩子身上，她付出了最真最热的心。

> 我从一年级开始教他们语文，做他们班主任。班里的十个孩子，刚刚从爸爸妈妈身边离开，他们跟我一样也是来到了一个新环境，开始新的生活和学习模式。刚刚毕业的我，不仅要照顾他们的生活，给他们心理上的安慰，还得接受繁重的教学任务。在盲校当老师，尤其是当班主任，就相当于孩子的贴身保姆。
>
> 记得班里有个小女孩，每到午睡时间就大哭，怎么劝都劝不好。这孩子吧，每次一哭就讲家乡话。我根本就听不懂她在说什么。
>
> 我问她，是不是肚子痛？她摇头。我又问她，是不是头疼？她还是摇头。我再问她，到底是哪里不舒服？她只会哭，嘴里说着咿里哇啦的老家方言。
>
> 我没有带孩子的经验，只能耐着性子观察她。看她哭的样子，应该不是身体不舒服，这才放心。可是，她这样哭闹，会影响到别的孩子午睡。没办法，每次午睡，我就陪在她身边安抚她，给她讲故事，

让她的情绪安稳下来。后来，等她慢慢学会了普通话，我问她为什么哭。她不好意思地告诉我，想家，想回家。

那会儿，我们班还有个特别调皮的男孩子，叫小叶。我上课教盲文符号，他就顾自己玩，怎么劝都不肯学。结果，一个学期后，班里其他同学都掌握了基本的盲文，小叶还只懂几个盲文符号。我想，这样下去怎么行呢？盲孩子不懂盲文不就等于文盲吗？我就扶着他的手一遍遍地教他摸书。小叶有多动症，专注力比别的孩子要差很多，但我没有放弃他，这样一遍遍用手扶着他摸书，四年后，也就是小叶四年级，才学会了盲文。现在，小叶已经长成大叶了，在杭州开了家推拿店。高中毕业找工作，他打电话告诉我说他找到工作时，比考上名牌大学还高兴。

还有一个孩子，是福利院来的。刚入学那会儿，他很喜欢跟老师和同学玩躲猫猫的游戏。有时候躲在寝室的床底下，有时候躲在操场某个不起眼的地方，还有时候会躲到卫生间里。大概为了好玩，每次他躲的地方都会不一样。

记得有天晚上，我睡下了，生活老师来找我，说这个孩子又不见了。我赶紧起床。我和生活老师打着手电筒，找遍了整个校园，结果，在食堂前的灌木丛里找到了他。当时已经是晚上十一点了，我和生活老师又累又气。说实话，如果是自己的孩子，早就操起扫把打了。可那孩子看到我们第一句话就说，老师，我饿了。我只好忍着一肚子气，带着他回到自己房间，给他煮面条吃。等他吃饱了，再陪他一起回学生寝室，看着他睡下，替他盖上被子，完了，再跟他拉钩，哄他睡觉，让他答应不再下床躲猫猫了，这才回到自己房间。那天，躺到床上后，我再也没睡意，披着衣服起来，趴在桌子上，给好友写了一封很长的信。我记得信上有这么一句话：你知道吗？我还没有做妈妈，就已经尝到了做妈妈的辛苦。

真的，有时候睡到半夜，班里有孩子生病了，尤其遇到情况比较严重的，比如上吐下泻、发高烧的，你就得起来，叫车子，把孩子送到医院，陪他们看病，甚至陪他们住院。

盲校的孩子是寄宿制的，除去个别有家长陪读的孩子，更多的孩子只有到了假期才能回家跟爸爸妈妈在一起。细细算一下，这些孩子一辈子跟爸爸妈妈生活的时间可能都没有在盲校跟老师一起的时间长。孩子们学习上需要你，生病照顾也需要你，进了盲校，你就是他们的爸爸妈妈。

还有个孩子，我们就叫她小雅吧（化名）。她家里很穷，连学校唯一要交的伙食费，他们家也交不起。平时，她穿得都比一般孩子破旧，脚上的鞋子很窄了还穿着。我看这孩子可怜，就想帮帮她。学校有资助和结对的机会，第一时间我都会想着她。我也经常把自己的衣服和生活用品给她。这孩子特别懂事，也很有心。有一次，她悄悄在我的讲台上放了一束鲜花。我问班里的孩子，这么漂亮的花谁摘的？其余的孩子一起说，小雅，小雅从学校外面的田野里摘的。我一听，忙对小雅说，以后一个人千万别去外面，太危险了。小雅说，我就跑出去了一会会。这孩子有微弱的视力，她去过我的房间，知道我喜欢花。我们到现在还有联系，逢年过节，她都会给我打电话。她现在生活得不错，有了自己的家和孩子，我替她高兴。

李伟儿告诉我这些事的时候，总是强调，真的没什么好讲的，都是些小事，盲校的每个老师都会这么做。我知道，她想表达什么。她想说，她不过是无数盲校老师中的一个。

盲校的生活比起外面的世界来无疑是清贫的。尤其是李伟儿刚毕业那会

带着班里的孩子跑操

儿，正是市场经济大发展时期，很多体制内的老师嫌工资低，都下海了。那时候李伟儿不少初中毕业的同学，去城里打工，赚的工资都比她多，更别说那些个体户老板了。有时候，李伟儿也觉得不甘。辛辛苦苦考上了师范，去大城市读了三年书，竟不如那些初中毕业出去打工的强。

再加上当时交通不发达。虽说，老家萧山和富阳并不远，可在二十多年前要回一趟家也很不容易，要坐船坐车，还要家里人用三轮车来接她。因为种种客观原因，工作头几年，李伟儿不太回家，差不多都住在学校跟孩子们生活在一起。可孩子毕竟是孩子，他们没办法跟她有进一步深入的沟通，这时候她就觉得特别孤单。

那会儿，周围很多人对特殊教育不了解。工作头几年，每次碰到熟人朋友时，一听说她在那么偏僻的地方工作，干的又是那样的活，总会用一种好奇的、像看西洋镜一样的目光盯着她，然后十分不解地问：盲人怎么教啊？他们怎么吃饭啊？怎么走路啊？怎么睡觉的？

当她耐心地和他们一一解释之后，他们才恍然大悟般地"哦"一声，再加一句"蛮罪过的"，便结束了对话。可是，等下一次再碰到他们时，同样的问题又会被问一次，再碰到时，又来一次。李伟儿说这样的感觉真不好。尤其是遇到当年学习不如自己，出来后又混得不错的初中同学，更觉得"不够面子"。年轻那会儿，谁没有虚荣心呢？李伟儿也不例外。但，每次回到教室，看到孩子们脸上天真的笑容，听着他们喊"李老师李老师"，她就又忘了所谓的面子。

那一刻，她只知道那些孩子需要她，她不能离开他们。

三

说到盲校与普通学校之间的教育差异，李伟儿觉得自己特别有发言权。

李伟儿的爱人在普通小学教书。早上夫妻俩一同出门，可每次爱人都比他早回家。每年教师节，爱人能收到一堆精美的礼物，她只能收到几张学生做的稚嫩的贺卡。走在大街上，爱人总能得到很多学生的问候，可她几乎没有。视障人属于一个特殊的小群体。哪怕走在盲校的校园里，李伟儿也习惯自己先跟学生打招呼。

"一般老师和学生见面，总是学生先招呼老师，可我们不一样。我们面对的是视障孩子，他们中很多连起码的光感都没有，白天黑夜对他们来说没有什么两样，如果你不出声，他们根本不知道走过来的人是谁。"

李伟儿说，盲校的老师哪怕教了一辈子的书，也无法体验到普校老师"桃李满天下"的感觉，因为他们一个班就只有七八、十来个学生。小学带一届学生需要六年，中学是三年，这些年里，你就只能教手指头上的这么几个孩子。

爱人跟她开玩笑，说，她带一辈子的学生不如他教一年的学生多。李伟儿只能自叹不如。

因为教育对象的特殊性，同样教一个知识，盲校老师比普通学校老师花费的心思多得多。受视力影响，盲孩子更多的是"以手代目"，凡能看到的物体，他们都需要触摸了才能认知，而触摸不到的物体，认知起来就更有难度了。

举个简单例子——认识纸杯。普通班孩子认识一只纸杯，只要让这个班的孩子看一眼杯子就知道了，而教盲孩子班，则需要指导孩子们一个一个触摸，加上讲解以后才能认知。纸杯是具象的物体，不过是需要多花些时间认识。最难的是教那些微观宏观的、触摸不到的物体，怎么才能让盲孩子正确认知这些事物，老师需要动很多脑筋。有时候在普通学校教一节课的知识，到了盲校就需要花好几节课，但即便这样，不少盲孩子还是很难领会。

工作头几年李伟儿教的是语文，后来又改教了数学。她给我举了一个例子。比如教学生认识大象。很多盲孩子一出生眼睛就看不见，他们的脑子里没有确切的图形概念。你告诉他们，大象有长长的像自来水管一样的鼻子，有蒲扇一样的耳朵，还有比柱子还粗的腿。可他们连自来水管、扇子和柱子都没见过，你怎么让他们在头脑里构建大象的模样呢？面对这种情况，模型就是最好的学具。数学课堂中的很多教具，她都是自己亲手制作，课堂上亲自发给学生，让他们一一通过触摸，去认识。

李伟儿说，语言很丰富，但语言也很苍白，有时候，你即便穷尽所有词汇表述一样事物，也无法让盲孩子理解你所描述的事物本身。因为盲孩子是用"听"来感知你用语言表述的物体，和他真正用"看"感知到的物体，是有差异的。比如说，对于颜色的认识，真正看不见的盲孩子，对颜色只能通过触觉来体验。你告诉他们燃烧的火是红的，太阳是金黄色的。他们就觉得红色是热的，温暖是金黄色的。可热的东西并不一定都是红和金黄色的。就比如说黑暗吧，完全失去视觉功能的人，反而是不知道什么是黑暗的。黑也是一种色彩，没有光感的人是没有色彩概念的。什么也没有并不等于黑暗。这个怎么说呢？李伟儿说，真的很难用明眼人的感觉去让他们体会，只能尽量做到感同身受吧。

"但是，再难，我们也要克服，去创造条件让盲孩子感受颜色。我们学校有一间版画教室，就是专门教盲孩子画画的。"

"据我所知，你们学校有不少老师是从普通学校调过来的，其中还有很多是非常优秀的老师。"

"是的。这些老师大半是奔着盲校没有应试和升学上过多的压力才过来的。可过来了，就知道在盲校教书也有很多困境。首先，你得突破自己的认知障碍。当你从一群明眼孩子中间走进我们这样的一个特殊孩子群体时，你要习惯他们的沉默，清楚他们的内心需求。做盲校老师，要有一颗强大的心，视障孩子中很多不光是有视力问题，还有智力和心理问题，你得学会去适应他们，引导他们。"

"我看到你们学校有位语文老师写过一本《做一个幸福的老师》的书，她在里面提到，做盲校的老师是幸福的。你也这么认为吗？"

"这就看你怎么看待这份工作了。如果你热爱它，它自然就是幸福的。很多盲孩子进校时生活自理都有问题，看着他们从不懂事的小小孩，慢慢地长大，学会了独立，学会面对生活中的挫折，成为一个内心充满阳光的人，就像看到自己亲手种的绿植，长大开花结果。这就是盲校老师最大的幸福。"

说到这里，李伟儿有了短暂的停顿。电话那头的她，似乎陷入了某种回忆中。

四

李伟儿说，做盲校老师，对自己来说更是一场修行。无论是亲子关系，还是与亲人和周围人的相处，从盲孩子身上，她收获到了很多。

30年，有太多让我感动的事。

生小孩那年，我住盲校，产假期间，我带的第一届学生，他们一起来到我家。这些小人儿，一个个提着鸡蛋、拎着水果和红糖，来看我。要知道，这些东西都是他们从平时的零花钱里省下来的。盲孩子中很多家里条件不怎么样，对他们来说，买这些东西，意味着要少吃一个月甚至是几个月的零食。那天，他们叽叽喳喳地围着我和儿子，问这问那，就好像我给他们生了一个弟弟似的。

有个学生，姓李，是位十分漂亮的女孩子。毕业后，她来学校看望我，一定要送我一支钢笔。她说，这是她工作后用第一个月的工资买的。

还有一个姓林的学生，有一次回母校。找到我时，一定要亲手给我做一次按摩。他说，知道老师腰椎不好，能给老师按摩，是他最大的幸福。我只好乖乖地躺下，接受他这份珍贵的礼物。

还有一个姓王的学生。她后来成家了，生了个儿子，眼睛也不好。现在，她的孩子也在我们学校学习。每次，她来接送孩子时，都会来办公室看我，叮嘱我要注意这注意那，那种关心和体贴，让我感觉自己像是她的孩子。真的，特别暖心。

印象深刻的是有一年，我们几个老师去浙江南部招生。我带的第一批学生中，有一个男孩就住在那边。他得知我们会路过他所住的小镇，就急切地和我们联系，希望我们到他自己开办的推拿店坐坐。当我们急匆匆赶到碰面的地方时，我们那位学生在他女朋友的陪同下，已经在大太阳底下足足等了我们一个多小时。要知道，当时是八月份，一年里太阳最烈、最热的时候。

我们看到他和他女朋友时，两个人都像是从水里捞上来似的，衣服都被汗水浸湿了。见到我们，他那种激动啊，怎么形容呢？仿佛我们就是他失散多年的亲人。

我常常想，我们的学生如此懂得感恩，看到他们健康成长，成为自食其力的劳动者，我们没有理由不幸福。

"您平时那么忙，工作和家庭之间，是怎么做到平衡的？"

"说实话，没法真正做到平衡，只能尽可能地做到工作和家务两不误。原先学校的值班制度是行政老师值周，轮到一次就是一周，包括双休日，整整七天，日日夜夜。这一周里，我们家先生和儿子就经常在外吃面条。"

"听说您的儿子很优秀，已经上大学了。您平时是怎么照顾他教育他的？"

"我们儿子属于比较省心的。他出生在盲校，小时候就是在盲校长大的，从小他就和盲孩子打交道，他了解他们，信任他们。而我的很多学生，也把我儿子当成自己的亲人看待。可能是这个原因吧，儿子从小就觉得自己很幸运，特别懂得感恩。说实话，儿子的学业，我也很少辅导他。别人都说，青春期的孩子特别叛逆很难管教，可我们儿子好像没有叛逆这回事。我每年生日，他都会记得送上祝福。他上大学了，也会打电话过来问候。有时候，我们家先生忙得忘记了，他却依旧记得。"

李伟儿说，对儿子她一直觉得是有亏欠的，总觉得陪伴他的时间太少，特别是他上幼儿园那会儿。那时候，他们一家都住在盲校的小宿舍里。儿子去镇上的幼儿园上学，才四五岁的孩子，每天早上6点多就要坐上盲校接送老师的校车。她和先生在校车上给儿子喂早饭，早饭喂好，幼儿园也到了。他们家儿子到幼儿园一般都在7点左右，那会儿幼儿园里还没一个小朋友，甚至连老师都还没上班。而他们夫妻俩要赶回学校上班，没法陪着儿子等老师来，只好叮嘱他，让他在小椅子上坐着，并吓唬他，要是不听传达室爷爷的话，胡乱跑，学校就不要他了。

"他才四五岁，那么小，每天一个人等着老师和小朋友到来，要等一两个小时。对于一个四五岁的孩子来说，不能乱跑，也没有玩伴，一个人安安静静地坐着，是很不容易的。我问过儿子，小时候是不是特别羡慕别的小朋友的爸爸妈妈？他想了想，说，不记得了。我觉得他是在安慰我。"

"您儿子是怎么看待老师这份工作的？"

"嗯，我记得他写过一篇作文。他说，我的妈妈是黑暗使者。我的爸爸是光明使者。我是黑暗和光明使者的儿子。"

讲到这里李伟儿笑起来。她说，儿子长得很俊。比她漂亮，比他爸爸帅气。

五

作为一名盲校教师，李伟儿一直强调她并没有做什么惊天动地的事，她只是每天想办法让学习有困难的盲童掌握知识，只是随手帮孩子擦去嘴角的口水，甚至只是伸手抱抱他们，陪在他们身边，给他们讲个故事，以满足他们对爸爸妈妈的依恋感。这些事，很多盲校老师都在做，而她何其幸运，被评为了全国优秀老师，还得到了党和国家领导人的接见。

2007年，李伟儿作为"全国优秀教师"荣誉获得者，收到了来自北京的邀请函，出席8月31日在中南海怀仁堂的全国优秀教师代表座谈会，并做代表发言。兴奋、自豪、欣慰、感激，还有紧张和焦虑，一齐涌向李伟儿。

李伟儿坦言，这辈子都无法忘记，那激动人心的时刻。因为，她不是代表一个人，她代表的是全国的盲校教师。当时，国家主席胡锦涛亲自出席了座谈会，与来自全国各地的100多位全国优秀教师代表共商教育发展大计，还亲自聆听了她的发言报告。

她在报告中写道：

> 刚参加工作时，我对特殊教育认识不深，工作中的一次经历，使我的心灵受到震动的同时，也让我发现了这份工作的重大意义。那天，一位母亲带着自己的孩子来校咨询，当我们问及他失明的原因时，这位母亲话未开口就已泣不成声。她说，她的孩子原来也是健康快乐、聪明活泼的，在家乡上了小学一年级，但因为玩雷管炸坏了脸和双眼。突如其来的打击，破灭了这个家庭所有的希望，四处求医，又使他们债台高筑。所以，他们带着全家人最后的也是唯一的希望来到了学校，希望能够让孩子接受良好的教育，将来能够勇敢地面对现实，自强自立。家长殷切的期盼，使我深深地认识到了特殊教育的重

要性。教育好一位残疾学生，关系到学生的幸福，关系到家庭的幸福，关系到一方社会的和谐。

李伟儿说，这份发言稿不到一千五百字，写了改，改了又写，生怕哪个字写得不到位，说得不透彻。她深知这是一份荣耀，更是一份责任。三十年的盲校教学生涯，让她越来越体会到，这份职业的特殊性和神圣性。这些孩子需要她，需要他们，这就是她一直坚守在盲校教师岗位上的全部理由。

我问她，您个人有什么特殊爱好吗？她笑了笑，说，她有"四好"：家人好，学生好，学校好，一切静好。

想起盲校教学楼墙上写着的一句话："唯有心灵装满幸福的种子，才能撒播爱与关怀，享受甜蜜幸福的好滋味，让世界充满暖暖的真情。"

在盲校采访期间，我们很少碰面，为数不多的几次都是在食堂就餐时遇见的。我翻看了李伟儿的微信相册，找到了数得清的几张个人照。照片上的她，脸上总带着一种淡淡的满足和温情，就连嘴角的微笑也是温润的，仿佛岁月不曾给她带来过任何的苦和痛。

也许，总有那么一些人，他们把辛酸收藏起来，将生活的苦酿成美酒，活成了尘埃里的一束光。

版画作品《戴发卡的小女孩》

何陈奕坷

第五篇

追光者

命运虽然给了他们一双看不见的眼睛,但并没有给他们一个看不见明天的未来。从追梦少年,到有为青年,他们接受了命运特殊的安排,但他们绝不接受自己还没奋斗就过早地被宣判。他们选择了绝大多数视障人没有选择的路。这是一条未知的路,一条并不宽阔的路,但哪怕只是分寸的宽敞,他们也要向着太阳照耀的方向前进。

心在歌唱

XIN ZAI GECHANG

蔡琼卉

性别：女
出生年月：1993年6月
籍贯：浙江省杭州市
人生格言：一个人并不是生来要被打败的

一

一江春水从小城穿过，千百年来静静流淌着。

在富阳这个江畔小城，倘若你留意，也许会看到马路上走着一位扎马尾辫的娇小女孩。她背着一个黑色的大包，牵着一只毛茸茸的导盲犬。走在马路上的她，步伐矫健，微微上扬的嘴角，总带着一丝倔强。这个特别的女孩，叫蔡琼卉，出生于1993年，是浙江第一位盲人高级钢琴调律师。

如果不是2000年的那次意外，蔡琼卉的人生会完全不一样。那天，工地上泥瓦匠随手扔出的一把石灰将正在和小伙伴游戏中的蔡琼卉带入了无边的黑暗。彼时，年幼的她还懵懵懂懂，不明白命运将给她带来什么。

"最开始我还天真地想，真好，以后可以不用做作业了。"坐在工作室里的蔡琼卉笑道。那年她刚上小学一年级。

这么多年了，一些细节蔡琼卉早已记不清了，她只记得当时眼睛疼得厉害，睁开时一片黑暗。醒来，再睁开，还是一片黑暗。

"那天，我知道自己的眼睛不行了，就打电话给姐姐。我哭着说，姐，我完了，我的眼睛瞎了，以后要靠你养了。"琼卉依旧笑着，语气里完全没有了孩提时的悲苦。她说，当时这句话把病房里所有人都惹哭了。

出事那年的春节，琼卉和父母亲是在上海的医院度过的，留下十三岁的姐姐独自在家。在经历20多次大大小小的眼部手术后，琼卉仅剩下左眼还剩一丝微弱的光感。这之后的一年多时间里，琼卉陷入了难以自控的无助中。那段日子，家里的一切都是灰色的。她是那么无助，连吃饭、穿衣、上厕所这样基本的事都需要别人帮助。动手术，需要长期服用激素药，她的体重从30多斤迅速增加到80斤。发胖的她变得十分敏感，若有人在她面前提到光亮、颜色、上学之类的词，都会引来她的勃然大怒。私下里，母亲和姐姐每天都在抹眼泪。父亲为了一家人的生计奔波，才四十几岁的人头发就白了一大半。

"无聊时,最喜欢做的就是守在收音机旁听儿歌,听童话故事。"琼卉说,"听着那些音乐和故事,我就觉得自己好像重新看见了光,好像还在和小伙伴们一起学习、玩耍。"

小小年纪的琼卉多么想回到原来的学校,可普通学校根本没条件招收像她这样的全盲生。为了上学,为了见到光明,为了那一点点遥不可及的希望,从2000年到2003年,三年里,小琼卉一次次进医院,一次次动手术。每次,父亲都告诉她,只要坚持就会有希望。冲着父亲这句话,再大的苦,琼卉也学会将它碾碎了,吞下去。

2003年,去普通学校上学的希望彻底破灭后,琼卉进入了浙江省盲人学校。那年她十一岁。进入盲校后,她才知道,原来世界上还有那么多跟她一样眼睛看不到的盲人。

似乎是冥冥中注定,不久,张根华老师出现在了她的生活中,给她带来了希望。张老师是盲校外聘的琵琶老师,曾在专业剧团担任过乐手,他是全国音协琵琶研究所会员,中国民族管弦学会会员,在琵琶弹奏上具有很高的造诣。

第一次抱起琵琶,琼卉就被这件乐器深深吸引了。那奇特的流线型,错落有致的结构,仅仅把它拥在怀里,就让人心生美好。更让琼卉称奇的是,简简单单的四根琴弦,轻轻一拨,竟能流淌出如此动人的乐音。

琼卉太喜欢了,她一头扎了进去。

然而,四根弦有一百多种技法,要学好琵琶对常人来说都是件困难的事,何况是什么都看不见的琼卉。因为眼睛看不见,她必须提前把谱子背下来,练习时间长了,手指头上长满了老茧。这还不算,一到冬天,手指头上长冻疮,演奏时,划破出血成了家常便饭。记得有一次,学校来了位琵琶演奏大师,要听他们兴趣小组的演奏。琼卉作为学校琵琶兴趣小组的首席琵琶演奏员，必须坐在最前排。因为手指常年受伤，再加上演奏时过于投入，一曲下来，她的双手便沾满了鲜血，一旁的老师看着都心疼了，她自己却浑然不觉。

但就是这样，在一次次登台表演中，她找回了自信，找到了希望。她曾在课堂上写过一首《风的颜色》的小诗：

> 大家说风是无色的，
> 我说风有颜色，
> 有很多的颜色。
> 春天的风是桃红色的，
> 它给我带来了温暖；
> 夏天的风是绿色的，
> 它清凉了我枯燥的心灵；
> 秋天的风是柠檬色的，
> 它飘来了成熟的香味；
> 冬天的风是灰色的，
> 它让我想起了遥远的往事。
> 但我最喜欢的是，
> 有光的风。
> 风铃响起来的时候，
> 风就会发出彩虹般绚丽的颜色。

琼卉告诉我，那是她六年级时在课堂上写的小练笔。我惊讶于琼卉的早慧，耳畔再次回响起琼卉的琵琶声。那天是盲校建校30周年庆典，琼卉作为特邀嘉宾，要去台上讲话，并演奏一曲。当时，她弹的是琵琶名曲《春江花月夜》。

那天，琼卉身穿白色上衣，怀抱琵琶，端坐在舞台中央。那一刻，整个礼堂都安静下来，所有人的目光都聚集在她身上。世界安静得像是停止了呼吸。台上的她嘴角一抿，微笑间，手指勾勒，清亮干净的琵琶声，好似夏夜吹过的一阵凉爽轻风。

江天一色无纤尘，皎皎空中孤月轮。江畔何人初见月？江月何年初照人？在很多人看来，琼卉就是那一弯明朗而皎洁的月。

琵琶演奏给了琼卉自信和力量，为什么不试试走音乐这条路？私底下，琼卉对自己说。

她把这个想法告诉了张根华老师。出乎意料，张老师十分支持她。课余时间，他还让琼卉到自己的家里来，一对一指导她。在张老师的悉心指点下，琼卉在琵琶上的进步，让人刮目相看。

"我跟了张老师十年，他都是免费教我的。要说人生路上我最想感谢的人，除了家人，他肯定排第一。"琼卉说。

2013年，蔡琼卉在中国残疾人艺术团专业表演者中脱颖而出，以全国第二名的成绩，考入了北京联合大学特殊教育学院钢琴调律系。

得知消息的第一时间，她给张老师打了电话。电话那头的张老师比琼卉还激动。他反复说，真好，琼卉，真好，不，太好了。我知道会有这一天，我一直知道。

听着张老师的话，琼卉多么想扑到电话的另一头抱一抱亲爱的张老师。

二

很多人以为上了大学就可以放松了。可琼卉说，大学这几年很辛苦，因为他们学的是手艺活。手艺这种东西是要靠自己不断学习，不断磨炼的。稍

舞台上的琼卉

有懈怠，就会落后。

"我们这个钢琴调律师班一共12个同学，每个人都很努力，我不是最努力的那个。"琼卉谦虚道。

调琴的过程很复杂也很精细，即使只有0.1毫米的误差，也会造成弹奏的不舒适。调律师要从88个琴键、230多根琴弦和8800个零部件中找到源头问题并解决。学校有60台钢琴，最开始学的时候把琴弄坏也是常有的事。琼卉花了整整一年时间才将钢琴所有零部件的位置背了下来。

钢琴在调律师眼里就跟人体对于外科手术医生那样，必须把每一个细节都烂熟于心。调律师就是给钢琴治病的人，好的调律师，能把一架钢琴调到最好的状态，就像一朵花开放到最好的姿态。琼卉希望自己能做那朵催开花的人。

大三第二学期，琼卉便开始找就业出路了。当时在浙江还没有盲人钢琴调律师，对于新生事物，绝大多数人总是抱着怀疑的态度。为了让别人相信她，她联系了富阳当地的一些知名琴行。通过毛遂自荐，为他们免费调试钢琴。那时候，她和家里人都这么想，反正假期在家闲着也是闲着，出去给别人调琴，哪怕是免费的，也是一次锻炼机会，一次给自己做广告宣传的机会。

大四，琼卉拿到了高级钢琴调律师的证书。再到琴行调琴，她就有了更多的底气。可是，尽管她有过硬的技能、专业的证书，刚开始找她调钢琴的人并不多，一个月下来也就几个单子。照这个样子，别说发展事业了，就是养活自己都困难。琼卉对这份工作产生了怀疑。

孤单的时候，她就在一个文学网站上写点小诗。在她看来，诗是灵魂的另一片栖息地。那段时间，她写过一首《孤独的鸟》：

我，

走在一个人的雨巷；

听，

雨打青石瓦砾的回响；

我，

在浮华的霓虹中游荡；

看，

独属于我的明媚和忧伤。

日升日落，

花开花伤，

我看见了，

只有我的影子，

在湖水里轻轻地摇晃

我是只孤独的鸟，

寻觅着，

被我遗失的天堂。

……

我盼望，盼望，

有那么一个地方，

看得到满天繁星，

听得到心在歌唱。

姐姐看出了琼卉内心的焦虑与迷茫。她对琼卉说："万事开头难，在浙江，在杭州，盲人钢琴调律师还是个新鲜职业，你要做的就是先得到别人的认可。看看你师姐陈燕，她就是最好的例子。慢慢来，只要技术过硬，姐姐相信你也一定能行。"

琼卉记住了姐姐的话。有一次，她给一位音乐老师调律。这是一架旧钢琴，老师说，请过几个调律师，不过调出来的音质都不是特别理想。钢琴买来时，挺贵的，扔了觉得可惜，要是能调好就再用用，实在不行只能再买一架。

因为是在行家面前，琼卉丝毫不敢有半点马虎。刚出来工作，母亲不放心女儿，总会陪同她一起上门服务。琼卉调钢琴的时候，母亲就在一旁跟主人聊天。工作中的琼卉总是心无旁骛。顾客们有很多问题，母亲都会代替她一一解答。有时候聊着聊着，母亲就掉眼泪，惹得一旁的顾客也陪着掉眼泪。

那次，经过整整两个多小时的调音，当她按下琴键时，音乐老师的儿子，那个从小就经过严格声乐训练、有着敏锐听觉的男孩拍手叫道："变了，声音变好听了。"

"我儿子说好一定好。"音乐老师说。

这次的经历，给了琼卉自信。她相信，就像姐姐说的，只要技术过硬，一定行。

转眼大四毕业了。暑假里，家里人开始商量琼卉的出路。这是他们家的习惯，遇到问题，大家一起坐下来，互相出出点子。

琼卉提出，想在家门口开一间工作室。一来有个落脚点，二来可以给那些新客户一个保证，如果把钢琴调坏了，可以上门来找她。

于是，"蔡琼卉盲人钢琴调律工作室"建起来了。工作室安在琼卉家临近马路边的一间小平房里，下了公交车就能看到屋顶上那一排硕大的彩色招牌字。

走进去，靠墙立着一张大海报。海报上面的琼卉戴着一副墨镜，扎着高高的马尾辫，一派英姿飒爽。琼卉说，这是姐姐帮她设计的。姐姐永远是她的好帮手。工作室建起来后，姐姐还帮她在淘宝网上开了一家网店。平常，都是姐姐接单子，再通知琼卉上门服务。

"还记得你的第一个顾客吗？"

"当然。她是伯乐琴行的女老板。那天，她让我去给他们家琴行调一架三角钢琴的音准。那架钢琴很久没调了，音跑了很多，我花了三个小时，调了两遍。调完后，老板一试，高兴极了，说，这就是她想要的声音。后来，她还把我介绍给了一些客户。哈，她现在是我的老顾客，我们一直保持着合作关系。"

"伯乐，这名字好啊，说明一开始你就遇到了知音。"

"是的，我觉得自己属于那种特别幸运的。碰到的人都很善良，虽然有些顾客一开始还会有顾虑，但大多数愿意让我试试。有时候他们还会在旁边看着，给我'打下手'。"

靠着过硬的实力，倔强的琼卉不断打破众人眼中"盲人不能调音"的刻板印象。老客带新客，蔡琼卉盲人调律师的口碑渐渐打响，客源不断增加。2018年，琼卉共为300多台钢琴进行调音和修理。印象最深的一次，她花了一周时间，帮杭州科技职业技术学院一次性调音、修理了80台钢琴。

"我们家里人一直很支持我，爸爸妈妈对我特别好。还有姐姐，她一直是我学习的榜样。这几天，姐姐帮我在租店面房，想让我去杭州城里开一家分店。嗯，估计明年就可以投入使用了。"

"有没有想过将来像你的师姐陈燕那样做成一个团队？"

"有啊，等我站稳脚跟了，以后就可以带徒弟了。现在这个社会讲究合作共赢。"

说话间，琼卉母亲端上来一盘橘子，橘子是刚从自家院子里摘下来的，很新鲜。院子里还种了不少蔬菜，看得出来她母亲是个勤劳贤惠的女人。

我们吃橘子的时候，导盲犬阿拉丁就在院子里玩滚落在地上的橘子。琼卉说，阿拉丁很淘气，老喜欢把橘子当球玩。不过，多数时候，阿拉丁喜欢在琼卉的脚边静静地卧着。

三

"现在人就业难，但比起人来导盲犬的就业更难。"

琼卉告诉我，一岁前，导盲犬是寄养在爱心领养家庭的。一岁后，才去训练基地。目前中国只有大连一个导盲犬训练基地。一只导盲犬一般要经过2年左右的培训，经过大大小小7次考核，平均分在85以上才能毕业。导盲犬的毕业率是很低的，大概是20%左右，其余的都会被淘汰，或者重新投入训练。

"我们阿拉丁可是狗中精英哦。"琼卉摸着卧在她脚边的阿拉丁说。

"领养这样一只导盲犬要花不少钱吧？"我问。

琼卉笑道，导盲犬是国家免费赠送的，属于公益事业。一般领养人先要向基地发出领养申请。申请人需要有一定的经济基础，还要有稳定的收入，以及起码的公民责任心。现在全国有1700万盲人，可基地训练合格的导盲犬只有200来只，要成功领养一只导盲犬需要等很长时间，一般人需要排3—5年队，还不一定能领养成功。她的条件比较成熟，之前又有养狗的经历，只排了一年多的队，基地就上门来考核了。

基地考核相当于是对主人的面试。琼卉一家很快通过了基地的考核。之后，基地发通知给琼卉，让她去大连接受人狗磨合训练。琼卉在大连待了37天，才把阿拉丁领回家。

"阿拉丁的名字是你取的？"

"没有,是之前的爱心寄养家庭取的。不过,我很喜欢。"

琼卉的话让我想起了一千零一夜里面的神灯。阿拉丁好像听懂了我们的话,眨了一下它那双水汪汪的大眼睛,又摇了一下尾巴。我问琼卉,阿拉丁平时是不是都这样一声不响的?

琼卉说,阿拉丁跟她一年多了,只叫过两次。一次是家里来了条陌生小狗,那条小狗很喜欢琼卉,想亲近琼卉,跟阿拉丁争宠,阿拉丁不愿意,对着那条陌生狗叫了几声。另一次是她外出培训,住在一个旅馆里,晚上快十点了,隔壁的一个小姑娘问她讨点东西,她就开了门,直接把东西往外塞。阿拉丁站起身,冲着门外的小姑娘叫了起来。

"我想,它大概觉得这么晚了,我跟陌生人接触不安全吧。阿拉丁总是把我的安全放在第一位。每次外出,它总会走在我的身边。狗的视角有180度,它不光要看前面的路,还要顾及身边的我。它这么矮,我这么高,所以,它比我操心多了。一般导盲犬的寿命都不长,只有十五六年的样子。"

"阿拉丁几岁了?"

"四岁半。"

"还是个小伙子啊。"

"是吧。不过,为了安全,阿拉丁从小就被阉割了。在它的意识里,根本就没有性别这回事。它也不会有爱其他人的概念,它的眼里只有主人。导盲犬什么时候都是把主人放在第一位。哪怕这件事对它自己有伤害,但只要对主人有利,它就会去做。在一般导盲犬眼里所有人都是善良的。被选中做导盲犬的狗,要考察祖上五代,祖上五代都不能有咬人的记录。所以,导盲犬对人一般不会叫,更不会咬,除非发生特别的事。"

刚开始,琼卉带阿拉丁出去坐公交车或者打的,一些司机看到阿拉丁这么大块头,会觉得不放心不让狗上车,说万一狗咬人了怎么办。琼卉告诉我,其实到目前为止,全世界还没有一例导盲犬咬人的事件。相反,主人虐待导盲犬事件倒是有的。后来为了保护导盲犬，国家出台了签订协议这样的规定。琼卉在领养阿拉丁之前，跟基地签订了协议，协议里有一条，如果阿拉丁意外死亡或者走失，她将赔偿基地20万元的损失。

"它叫你什么？姐姐，还是妈妈？"

"最开始我也想让它叫我姐姐。可是后来想想，还是叫妈妈吧。反正，我们家，它跟我最亲。狗狗是最通人性的，是不是阿拉丁？"

琼卉俯身摸了一下阿拉丁，阿拉丁轻轻舔了一下琼卉的手。门外响起了轻微的走动声。阿拉丁的耳朵立刻竖起来，又摇着尾巴蹦了出去。

四

"我爸来了，我爸最疼阿拉丁了。"琼卉笑着说。

我们在工作室稍坐了一会儿，便起身去了客厅。琼卉家在郊区的房子挺大的。三层楼，光落地面积就有一百多平米。只是家里没多少摆设，显得空荡荡的。琼卉说，这房子是在她的眼睛出事前造的。

这些年她动手术的钱，很多都是社会爱心人士捐的，有几个到现在还保持着联系，彼此都成了朋友。捐助的钱，她一笔一笔都记着。

"好多钱，这辈子要是不好好努力，太对不起他们了。"琼卉说。

说话间，琼卉已经把她的工具包拿出来了。这是一个黑色的长方形塑料工具包。表面上看，就像一个普通的家庭维修工具箱。打开来，里面摆满了大大小小的工具。有螺丝刀，有钳子，有小刀，钻头，林林总总加起来大概有几十样。

每次上门给人调钢琴，琼卉就把工具箱装在一个黑色的背包里，看起来就像出门旅行的人。我也学琼卉的样子，把工具箱装进黑色背包，背在身上，走了没几步，就觉得沉得厉害，不想迈脚步了。我想到娇小的琼卉差不多每天都背着这样一个沉重的包,穿梭在大街小巷。外人看来轻盈矫健的步子背后,不知道凝聚着多少辛酸和不易。

厨房里飘出了饭菜的香味,琼卉母亲在做晚饭。我进去跟她聊了会儿。

"琼卉这孩子吧,太懂事了。有时候,我们难过,她还安慰我们,说,眼睛看不见,其实也没什么不好的。比方说那时候她学琵琶,手指头老弹出血来。我们看了心疼得不得了。她就说,看不见也有好处啊,这样我就不怕出血了。你说,这孩子吧,她还老替我们想着。"

"熬过来就好了,日子肯定一天比一天好。"我说。

琼卉母亲在围裙上擦着手说:"是啊,我也这么想,一个人总不能一辈子都是苦的。苦尽甘来,老古话都这么讲。他爸现在也退休了,她工作刚起步,去外面接活,我们俩就轮流陪着她。"

我问,怎么不见琼卉爸爸?

琼卉进来说,在练功房呢。

所谓的练功房是院子里的一间小平房。我们进去的时候,满头银发的琼卉父亲正站着练毛笔字。凑近看,是一首苏东坡的词:

"大江东去,浪淘尽,千古风流人物。故垒西边,人道是,三国周郎赤壁。乱石穿空,惊涛拍岸,卷起千堆雪。江山如画,一时多少豪杰。"

字体刚劲有力,大气磅礴。我一面夸老人家字写得好,一面又夸他把两个女儿也培养得这么优秀。

"穷人的孩子早当家吧。我这个人,一辈子没干成功过一件事,就跟《老人与海》里面那个老人一样,他一辈子也没打上过一条大鱼。"

"叔叔,您把两个女儿培养得这么优秀,已经很成功啦。"我说。

"我爸可会哄人了。"琼卉又抢着说。在父亲面前的琼卉似乎更孩子气。

琼卉告诉我,小时候,她眼睛坏了,心情不好,脾气也不好。父亲就哄她说，只要去医院，总有一天眼睛会治好的。她就抱着这点希望一次次跑医院，一次次动手术。如果一开始就知道自己的眼睛没希望了，肯定会很难受，至少会特别接受不了。那段时间，可能就是这个看不见的希望支撑着她，让她有了活下去的勇气。

"那后来呢，你爸还哄过你什么了？"

"后来，我弹琵琶那会儿，有时候也会遇到特别难的时候，也会想放弃。我爸就说：'你都上台表演过那么多次了，还怕什么？你要知道，现在很多人把你当女神看的，你可不要让他们失望。'我爸这样说，我就觉得自己应该坚持下去。"

"我们家小卉，就像一匹马，我们要让她跑得快，不仅要哄着她吃草，还得拿鞭子抽着她跑起来。"琼卉父亲看着一边的女儿，眼里充满了怜爱。他说，琼卉心地特别善，在手机上看到哪个人生病需要钱了，都会去捐钱。自己兜里钱不多，给别人捐款却很大方。平时工作再忙，可哪里有公益活动，她都要挤出时间去参加。

"她就是不会替自己想。你看看，也老大不小了，一天到晚除了修琴，弹琵琶，跑东跑西给人做公益活动，就是不知道给自己留点时间谈个男朋友。"

一边的琼卉噘起了嘴。我忙说，这么好的姑娘，哪里愁嫁人呢？琼卉把脸别了过去。琼卉父亲似乎也意识到自己哪里讲得不对了，忙说："对对对，老师说得对，这么好的姑娘，我们还舍不得嫁给别人呢。"

其实，我看过琼卉在网上写的小诗，《一个人的天空》：

  一个雨天，一把伞，
  一条大街，一个人。
  我默默前行，

看着雨幕中的长街，
看着橱窗里的画卷，
看着，
阴云背后的蓝天。

你说，
这是孤单的缱绻。
我说，
这是宁静的花田。
一句戏言，
却成了我，
放不下的挂牵。

我在雨雾中看见，
行人、车龙、高楼拥挤，
看见，
层层阻隔后面的一角蓝天。
你，
是否如我一样的，
独自一人，
在雨里，
撑起一个人的天空？

此刻，我仿佛听见了琼卉的心在歌唱。多么细腻，多么婉约，多么灵秀的女孩啊！这样的女孩该遇到什么样的男孩呢？而他又会在哪里等她？或许，琼卉心里早已有了答案，只是不便和旁人细说罢了。

深秋的院子里，橘子树上挂满了黄澄澄的橘子。夕阳里，房子也被染成了橘子的颜色。琼卉一家邀我一起吃晚饭，我谢绝了。载我的车子已在外面等候多时，上车前，我从车窗里伸出手，跟他们说再见。

向晚的风微微吹着，琼卉一家站在工作室前跟我挥手再见，乖巧的阿拉丁在他们身旁摇着尾巴。那一刻，仿佛有一首悦耳的钢琴曲在我耳畔流淌。原来，心中有光的人，生活再艰难，也可以将它们谱成一首歌。

补记：琼卉说过，她一直有个梦想，就是把盲人调律这个职业，变成盲人可以选择的一个新工种。2020年秋，琼卉在姐姐的帮助下，在杭州城里租了房子，有了自己的音乐工作室。在那里，她将会有自己的团队，她将开启新的征程。

走过十年

ZOUGUO
SHI NIAN

郑平剑

出生年月：1989年6月
籍贯：浙江省衢州市
人生格言：越努力越幸运

吴柯栋

性别：男
出生年月：1980年5月
籍贯：浙江省宁波市
人生格言：努力过就不后悔

一

一件外套穿十年，一罐腐乳吃几顿。不玩游戏，不出门旅行，更没有呼朋引伴的聚会。在衢州某个小镇上，谁都知道有这么个瘦小的年轻人，他每天拄着盲杖坐公交车上班，他的生活简单到只有两点一线。更多时候，他窝在自己的房间里忙着和全国各地的志愿者联络。有时候，他也会拄着盲杖奔波于大街小巷，只为了争取一点额外的支助，一个热线的电话号码。

他就是郑平剑，一个出生于1989年的小伙子。

"熟悉的时间，熟悉的地点，欢迎继续来到喜马拉雅。这里是心约之声公益广播，每晚22点到24点为你送出直播节目……"

十年里，郑平剑最熟稔的声音就是它了。用他的话说，比自己的心跳呼吸声还要熟络。心约之声，中国第一个由盲人发起并组织的公益广播电台，便是他一手打造的。对他来说，心约之声就是自己的孩子。

五岁那年郑平剑因一次意外事故导致失明。和许多盲人一样，由于出行不便，再加上内心自卑，他几乎与外界隔绝，听电视、听收音机，几乎是他童年最大的快乐。

郑平剑说，明眼人是靠外貌来判断一个人长得是否漂亮，对于盲人来说，则是根据对方的声音来做判断。在他们看来，所谓长得漂亮和帅气，全凭声音决定。

"那时候，我老对着广播、对着电视想，要是有一天我能做节目，该多好啊。"

郑平剑坦言，从进入浙江省盲人学校第一次接触电脑后，他就有了这个想法。那时候盲校还没有广播台，盲孩子的课余生活并不丰富，他就跟几个志同道合的小伙伴商量，决定在校园里建一个自己的广播台。

"我们那时候想法很简单，觉得只要能让全校老师和同学听到我们的声音就很好了。"

那时候根本没有专业的直播间，学校只给了我们一间一楼的音乐教室，还有两间二楼的寝室，作为我们的播音室。我们的工作人员都是学生。你想啊，大家都不怎么懂无线电知识，就只能自己瞎搞。我们的广播台就是从无线话筒上受启发的。其实，那时候的校园广播台说白了就是一个加长版的无线话筒，收听的范围仅限于两幢教学楼和寝室之间，走到操场上就听不到了。但大家都很激动，积极性也很高。怎么说呢？在我们"80后"那一代盲人的心目中，电视台和广播台的主持人就是跟神一样的人物。而我们这批孩子却通过自己的双手，实现了梦想，这是多么让人自豪的事，尽管那时候我们的声音只能让学校老师和同学听到。

2000年初，电脑还没普及，为了方便大家点歌，我们还买了一台CD机和很多大家喜欢听的歌碟。一台CD机要六百多块钱，一张歌碟的价格也不便宜，一般盲孩子家庭条件都不是很好，这些钱都是我们几个同学平时省吃俭用私底下凑的。

除了常规的点歌节目，我们也尽量想办法开发别的收听节目。那时候，没有专业的指导老师，我们就跟广播台的主持人依样画葫芦。比如，有一档节目叫《每周访谈》，这是当时我们学生会的主席吴柯栋做的，很受欢迎。当然，别人听着轻松，我们做起来是挺费劲的。每更新一个话题，都需要通过采访同学和老师，记录他们的说法，采集素材后再编辑成稿，再制作播出。一期节目，从采访到录制再到编辑成稿，要花很长时间。但因为同学和老师的肯定鼓励，我们坚持下来了。记得当时有个快退休的老师对我们说，如果给你们这些人一个平台，你们完全可以去正式的电台当主持人。即便让你们当科学家，搞科研,你们也可以。

这样的鼓励对我们来说,就像冬天里的一把火,让我们感到了无比的温暖。这也是我们把广播台取名为"火炬之声"的一个原因。

"这段经历对你后来做公益广播应该有帮助吧。"我问。

"那是肯定的。至少让我知道了广播是怎么回事,节目录制该怎么做。"

2009年,郑平剑从省盲校毕业了。最开始的几年,他跟大部分盲人一样也是去推拿店做按摩。其实,个子瘦小的他并不特别适合干推拿,但迫于生存压力,也没有更好的选择。

"明知道是这么回事,但也得这么干,这就是我们视障人的悲哀。可以这么说,95%的视障人从学校出来,干的都是推拿。推拿这个行业目前在中国差不多已经处于饱和状态。我自己吧,也不喜欢。说白了,在我心底某个角落始终存放着广播人的梦想。"

郑平剑开玩笑,这都是盲校读书时搞出来的毛病。他们家里人说他读了几年书,把脑子读成了一根筋。说实话,刚开始的时候家里人并不怎么支持他做这件事。和大多数人一样,父母亲觉得郑平剑应该去干点正经的事,攒点钱,找个女人过日子。可是,郑平剑的人生轨道似乎从一开始就不符合大多数人的套路。

郑平剑在家里的世界

2010年，郑平剑和一帮同样爱好广播的人建立了公益广播电台。最开始的时候电台叫"幽默之声"，主要播一些娱乐节目，让大家在忙碌的生活之外有个放松的平台。

很多人不理解，觉得郑平剑年轻气盛，一时头脑发热，才会干这种只花钱不收钱的事。他们认为这几个毛头小伙，是吃饱了撑着，没事找事，顶多干个一年半载也就歇菜了。

"我们当然知道那绝不是一时心血来潮，可以说，那是我们深思熟虑后，才做下的决定。"郑平剑说。

公益广播台的志愿者大部分都是视障人，这些人来自五湖四海，平时主要依靠QQ和电话联系。在一无场地二无经费的情况下，大家靠一腔热血，自筹资金购买了声卡、专业播音主持话筒、读屏软件等设备，做起了节目。没有设备，自己添；没有合伙人，自己找；没有节目策划人，自己学着做。志愿者播音员是没有一分钱收入的，靠的是对播音主持的热爱，还有残障人之间互相的关爱。

"我一个人肯定不行。我身边有几个铁杆朋友，比如像吴柯栋，他是我学哥，能力很强。很多节目策划，包括文案撰写都是他做的。我要是大老板，身边有钱，我也会给他们发工资，可我不是。我只是一个靠打工，收入微薄的人。充其量，我只能给播音员充点起码的电话费，靠着有限的人脉，找到一个合适的发布平台。让我感动的是，我身边就有那么多愿意投身公益广播的人。我们的节目是24小时滚动播出的，很多节目主持人是在深夜守在电台前，跟听众互动。要知道，他们白天都是有工作的人。如果没有对这份事业的热爱，谁三更半夜吃得这么空？"

谈起这些事，郑平剑的声音一下激动起来。他给我发来一张电台节目时间安排表：

• 广播影剧院 00:00—01:00	• 曲艺乐园（重播） 12:30—14:00
• 心约书场 01:00—03:00	• 广播影剧院（重播） 14:00—15:00
• 文学畅听 03:00—05:00	• 文海寻星（重播） 15:00—16:00
• 曲艺乐园（重播） 05:00—06:30	• 文学畅听（重播） 16:00—18:00
• 新闻和报纸摘要（转播） 06:30—07:00	• 盘星盘歌 18:00—19:00
• 盘星盘歌（重播） 07:00—08:00	• 新闻联播（转播） 19:00—19:30
• 白杨树下之星光慢摇吧（重播） 08:00—09:00	• 曲艺乐园之乐在其中 19:30—21:00
• 文海寻星（重播） 09:00—10:00	• 网络歌曲排行榜 21:00—22:00
• 心约书场（重播） 10:00—12:00	• 白杨树下之青春零距离 22:00—23:00
• 新闻三十分（转播） 12:00—12:30	• 文海寻星之名家名篇 23:00—23:59

团队中的多数志愿者都是"85后""90后"的年轻盲人，无论是对外宣传还是采编制作，他们做任何一件事都要付出比常人多数倍甚至数十倍的努力。为了更好地服务听众、保质保量地做好每一档节目，工作人员一天要浏

览数百条与残疾人相关的新闻，回复几十个听众留言，另外还要接听来自合作声讯伙伴用户打来的电话。有时候，晚间的节目要一直做到凌晨。一档节目下来，人早就筋疲力尽了，回家只想找张床倒头睡去。

有些志愿者加入的时候，信誓旦旦，满腔热情，但干了不到半年就走了。理想是丰满的，现实是骨干的。作为负责人，郑平剑只能眼睁睁地看着他们走。当然，对于在心约之声工作过的每一个志愿者，郑平剑都心怀感激。他也理解那些干了几个月就走了的志愿者。对那些跟他一起坚持到现在，跟他共事十年的志愿者，郑平剑说，那是几辈子修来的缘分和情谊。比如，他的学哥吴柯栋，这些年，他们一直是好搭档。只要他开口，吴柯栋从来不会拒绝。队伍里面还有个"95后"的姑娘，特别肯吃苦。哪个主持人有事不能上岗，她只要有空都会顶上，从来不计较干多干少。郑平剑说，这姑娘，平时是在淘宝网上帮人家做客服的，对待听众朋友提出的问题特别有耐心，加上自身嗓音条件也好，一年多干下来，积攒了不少粉丝。

另一个志愿者郑平剑印象特别深。那是个山东男人，一起干的时候特别卖力，可干了一年多突然就消失了。郑平剑想起这个人，心里很不是个滋味。怎么好好的，没说一声告别就走了？之前，哪怕只干一个月的志愿者，走之前，都会跟他招呼一声。打那人的电话关机。最后七转八转，通过查找电话，郑平剑好不容易联系到了山东男人的弟弟，才知道那人患肺癌已经走好几个月了。

"他弟弟说，他哥哥在给我们做志愿者的时候就知道自己得了那个病。他本人很喜欢播音，就是想留下点什么。知道这事后，为了纪念他，我们在电台里把他录播过的节目又重播了好几次。其实吧，我们这个电台很多工作人员仅仅是声音联系，知道彼此的姓名，有几个连真实姓名都不知道，只知道网名。生活中大部分人是没有交集的。"郑平剑感慨道。

2010年到2014年，这四年是心约之声最艰难的日子，但他们挺过来了。

四年后，再没有人敢嘲笑他们。这支队伍非但没垮掉，还越来越庞大了。从最初的一个主打播音员，到现在的八个固定主打播音员，心约之声渐渐走向了规模化。

但规模化，也意味着郑平剑在这上面得投入更多的精力和财力。

经热心人介绍，2014年初，郑平剑辞去了推拿店的活，进入一家电信公司做二线客服，主要负责后台电话回访，帮助客户报账。这个活虽然收入没有干推拿高，但跟推拿师比起来，工作强度减轻了，属于自己的时间也更多了。

郑平剑坦言，赚钱是为了养活自己，但搞电台是为了实现自己的价值。2014年上半年，他一直在和各个相关部门沟通。经过几个月的奔波，心约之声公益广播官方网站xyzswd.net终于正式上线。之后，郑平剑又联系上了浙江电信"家家乐"公司的王经理。王经理听说他们的事后，果断决定为电台开通一个独立的节目信箱。就这样，心约之声迎来了发展进程中非常关键的一步，从网络走向电话，节目收听平台由复杂走向简约。

"听说这些年做公益广播台的经费都是你自己掏的？"

"我一个月工资也就两三千块钱，差不多三分之二的钱都投到广播台上面了。"

在家，郑平剑母亲老嫌他穿得太陋，说一个大小伙子，搞得就跟捡破烂的人似的。但他不介意。他认为衣服就是用来保暖、遮羞的，一件衣服只要洗干净了，不要太破太旧，穿多久都没关系。至于吃的，能填饱肚子就行。单位里，很多人觉得派送来的盒饭难吃，他觉得挺好的。

省吃俭用的郑平剑，把全部积蓄都花到了公益广播电台上。十年下来，仅微薄收入的他，在心约之声的投入却超过了二十万。

"我妈说，这些钱要是攒起来，可以讨个老婆了。"郑平剑说。

1989年出生的他，已经过了而立之年。姐姐比他大四岁，早就嫁人了。

父母亲就他一个儿子。虽然，郑平剑眼睛看不见，可家里人还是希望他能娶妻生子。用母亲的话说，找不到明眼人，找个残疾的也好。

母亲也曾偷偷给郑平剑介绍过几个女朋友。有一个外地的女人，跟郑平剑差不多年纪，结过婚，有孩子。但接触几次后，郑平剑觉得，自己和她说不来话。还有一个姑娘，腿脚有残疾，郑平剑觉得他一个盲人照顾自己都有问题，再找个手脚不好的，将来哪天爸妈不在了，他们又有了孩子，他该怎么照顾这个家呢？

"我对另一半其实也没什么要求，但起码两个人要能说到一起。我也理解爸妈的想法。可我不想委屈人家，也不想委屈自己。真的，特别是小孩。说实话，我想都不敢想。换位思考一下吧，如果一个小孩生下来，他的爸爸是盲人，他的妈妈也是残疾人，他会怎么想？别人的爸爸妈妈都好好的，怎么自己就这么倒霉呢？所以，一想到这些，我就对爸妈说，趁早断了这个念想。这辈子我自己养活自己，做点自己喜欢的事，就行了。"

父母亲拗不过郑平剑，只能随他。

对郑平剑来说，这辈子最大的快乐就是做广播电台。心约之声不光成全了他，也成全了像他一样有广播梦的残障人。因为这个小小的电台，他们彼此敞开了心怀，和更多人有了交往。因为这个小小的电台，也让更多的残障人士有了展示才华的平台。

《脱口秀》《心约说书》《口播影院》《新闻点评》《谈古论今说历史》，心约之声的节目单越来越丰富，听众的反响也越来越好。很多朋友会在后台留言，给他们打气，说一些鼓励和温暖人心的话。

"做公益广播电台这些年，有不少媒体采访过我。我对他们说，请不要宣传我个人，请多宣传一下我们的电台，多宣传一下我们这个群体。在这里，我要特别感谢关注过我们的媒体。通过他们的宣传，心约之声被更多人认识了，收听量由原先的几千人上升到目前的几万人。"

做节目能帮助人，郑平剑很开心，但也有难过的事。不少听众打电话过来告诉他们，因为眼睛问题找工作又被拒绝了。有时候，挂着盲杖走在路上，人海茫茫，郑平剑会觉得特别孤单，感觉个人的力量如此单薄。

"身体残疾并不是我们自己愿意的，这些是客观存在的。可现在社会上很多单位，很多企业，很多老板只看到我们身体上的障碍，看不到我们身上的才华和能力。这是最让人沮丧的。其实，我们盲人可以干很多事，只要给我们机会。"

郑平剑又激动起来。他说，这就是心约之声存在的意义。只要他活着，就会一直干下去，哪怕为此投入全部。因为他知道，在他身后，有千千万万个和他一样有梦想有追求的视障人。

二

采访郑平剑时，他一再提到搭档吴柯栋，说心约之声如果没有他，就没有今天。通过他的介绍，不久，我联系上了吴柯栋。

电话里传来一个甜美的女孩子声音。我愣了一下，忙说，不好意思，打错了。可那头却说，我就是吴柯栋。我又说，我找的是个男孩，心约之声的吴柯栋。他说，你没有找错，我就是吴柯栋，男孩吴柯栋，心约之声吴柯栋。

"其实，很长一段时间我都没有放弃对声音世界的寻找。"吴柯栋说。

吴柯栋十五岁才上小学。小学时，因为学习成绩好，能力突出，老师为了照顾他，让他连跳两级，职高毕业他已经二十五岁了。出来后虽然干的是推拿的活，但私下里，吴柯栋经常会去收听一些电台节目，模仿他们的发声和主持风格。

2010年，当地有一家声讯平台，听说吴柯栋声音不错，也有过电台主持的经历，想让他过去当声讯平台的节目主持人。

收到这个消息，吴柯栋挺激动的。虽然这跟正规的电台主播不是一回事，但至少说明，他可以靠声音靠说话吃饭。接到通知后，没过几天，吴柯栋就上岗了。但试了一个多礼拜，吴柯栋就向老板提出了辞职。

你一定会觉得奇怪，好不容易得来的工作怎么说不干就不干了？呵呵，还不是因为我的声音太像女人了。我在那家公司干了两天，之后每天都会收到无数男人的骚扰电话。电话里还有人想约我出去玩。我实事求是对他们说，我是个男的，不是女的。他们不相信，非要亲自见见我。这给我带来了很大的困扰。我就对老板说，我干不了这活。老板听后，觉得很可惜，但也表示理解。

从声讯台出来后不久，一个朋友提议，说我的声音这么甜美，可以做档情感类的节目，一般听众就喜欢这样的主持风格。我就对朋友说，撇去性别困扰不说，就情感这个话题我肯定是不擅长的，因为我长这么大，还没有男女情感经历，也不知道该怎么讨好女孩子，更不知道如何处理别人的情感问题。后来，朋友说让我录制一档节目，放在网上试试反响如何。我就跟郑平剑他们几个商量，做了一档节目。那是一档谈话类节目，放到网上播出后，反响不错。这之后，我就跟郑平剑一起做心约之声。当然，我主要负责节目策划和文稿编辑，很少当主播。

但我一直没有放弃过对声音的追求，平常也会在网上发一些录制好的音频节目。大概是2012年，一个业余的广播主持人朋友告诉我，说我的机会来了。贵阳那边有家大公司主办了一个全国电台主持人大赛，告示上说进入前六名的就可以去他们公司报名当主播，当商业电台的主播人。

那次全国大赛有几万人报名参加，这几万人中有残疾人，也有健全的明眼人。听说我要参加全国主持人大赛，身边的几个朋友都很支持，说愿意全力配合我。比赛分初赛和决赛。初赛是才艺表演，通过在线声音传递自己的作品。才艺表演可以是脱口秀，也可以是相声、歌唱。我觉得自己唱歌不怎么行，就选择了古诗词朗诵。

几个朋友负责配音和后期制作，经过努力，我们的朗诵作品在初赛中排名第四，这个成绩让大家都很振奋。决赛是要递交一个综合性作品，也就是自己做一档节目上传。在郑平剑他们几个的帮助下，我又录制了一档广播剧节目。录制的节目上传过去后，经过大众评审团和专业的评委评审，获得了第五名。按公司之前发布的比赛规则，我完全具备了递交该公司主播人申请的资格。我就按之前网上发布的邮箱，递交了一份工作申请。可一个多礼拜过去了，那边什么回复都没有。

是不是邮件太多了，他们没留意到呢？我决定打个电话过去问问。电话打过去，前两次都没人接，第三次才打通。我在电话里说明了我的比赛情况，我说，这次通话并不是代表我个人，我是以一个团队的名义向公司发问的。电话那边的人问，你是健全人吗？我说，不是。电话里的人又问了我的视力情况。我说，完全看不见，但我可以在电脑上安装读屏软件。那人听后，又问我装的读屏软件是什么款的。我如实回答。然后，那人说要跟领导商量一下，再答复我。

我在电话那头焦急地等待着。过了一会儿，那人回电话过来了。他非常正式地告诉我，说我的读屏软件不符合他们公司要求。他们非常欣赏我们团队的合作能力，也非常欣赏我个人的才华，如果我是健全人的话，公司会十分欢迎，但目前这个情况，他们也无能为力。

我一听就知道这是在委婉拒绝了。这种事，我不是第一次碰到，但当时心里的确很难受，这完全是对我们视障人的侮辱啊。后来，我对电台啊声讯啊之类的活动就不太感冒了。在社会上混的时间长了，也知道自己作为盲人就业的局限性。说实话，做娱乐节目除了自己的个人实力，后面推的团队，还有个人的社交能力都很重要。就说社交这一条吧，你别听我在电话里跟你滔滔不绝，可一见面，我就不怎么会表达了，熟人之间还好，陌生人，尤其是跟明眼人打交道，我会显得特别木讷。

我们的谈话基本都是在电话里进行的。很难想象，电话那头侃侃而谈的吴柯栋，现实生活中会是一个木讷的人。

吴柯栋说，那次比赛结束后不久，宁波市广播电台打电话过来，问他方不方便去他们台里讲讲盲人就业的问题，说想通过这档节目让更多人了解盲人，顺便也帮他宣传一下自己。

"当时吧，我刚经历了那次大挫折，再加上我也不擅长跟明眼人打交道，所以，我就对他们说，不太方便过来。他们说，不过来也行，到时候他们会亲自上门来采访我的。我说，好吧。可过了两三天吧，宁波电台打电话过来说，他们这段时间节目排得比较紧，考虑到我不方便出行，这档节目就不安排了。"

"是不是觉得这么难得的机会失去了有点可惜？"

"有那么点吧。后来我想，要是我当时争取一下，勇敢一点，说不定能给自己一个新的机会。哎，我这人吧，性格中有往前冲的一面，但也有消极的一面，怎么说呢？有时候会比较优柔寡断。"

"你后悔过自己的决定吗？"

"年轻的时候功利性会比较强，老想着去创业，去为了梦想拼搏，现在过了四十，很多东西都看淡了，也不想跟人争了。我记得哪位名人讲过一句话，有时候人是很难跟命运抗衡的。我觉得自己做过努力了，虽然没有如愿，但也不后悔了。等到闭上眼睛的那一刹那，我也能跟小说里的主人公讲的那样对自己说，我无悔自己的人生。"

我们不约而同在电话里笑起来。吴柯栋说，年少时总是急着想做某些事，想成功，想出人头地，但越是着急就越达不到目标。等年岁过去了，就发现很多东西都是浮云。我说，你年纪也不大啊，八〇年生的，怎么听上去像六〇年的。他说，可能一个人独处的时间长了，想的东西会比较多。现在，他跟郑平剑做做公益广播台，心里倒是平静了不少，不会像过去那么莽撞了。

"你也会莽撞？"我说。听他的声音优优雅雅的，实在不像是会冲动、会鲁莽的人。

"会啊。2015年我从推拿店出来了。"

年轻的时候，我也想过去外面打工，尝试干点自己想干的事，可我们家里人，尤其是我妈特别不放心，怕我在外面吃亏。那时候，我妈在家里搞了一个手工作坊，专门做化妆品包装上的零件。妈妈要照顾我弟弟的儿子，要做家务，还要干手工活，她很想我留在家里帮帮他。

我想了想，还是决定暂时留在家里。我弟说了，像我这样老大不小的人，去了外面能干什么呢？现在这个社会干什么都要有文凭。我职高毕业，连大学都没上过，眼睛又不行，人家怎么可能会要我呢？

跟郑平剑做公益广播，是我平淡生活中的一剂调味品，虽然没有任何报酬，但它能给我带来精神上的慰藉和快乐。

播音的大多是年轻人，我主要负责电台的节目策划和文字编辑，偶尔会在广播剧里客串一下角色。我们这档节目完全是公益的，要做大做好，光靠几个人的力量肯定是不够的。私下里我常常想，国家能否在政策层面上给予像我们这样想创业的盲人更多的支持。现在很多媒体都在报道，盲人就业天地宽。没错，跟以前比，盲人的就业是不成问题了，但跟明眼人比盲人就业的路子相对还是狭窄的。很多有才华有抱负的人，出了学校这扇大门，到最后也只能去干推拿。

有一次，我跟一个盲人朋友聊天。我说，同样是四十岁左右的中年人，人家健全人坐一起谈什么？老婆，孩子，房子，车子，股票基金，还有出国留学旅游什么的。我们谈什么？很多盲人连成家这样的念头都不敢有。一般盲人坐下来，能谈的就是今天你做了几个钟，有几个客人，老板给你多少钱一个月工资，奖金多少。

"我希望'盲人就业天地宽'不只是一句口号，更多的是一些切切实实的行动。虽然我们盲人在某些方面有局限性，但我们会努力去克服，只要社会给我们机会，我们会努力做得更好。"

"你觉得和郑平剑一起做公益广播这十年，最大的收获是什么？"

"找到精神上的寄托，可以为更多的残障人服务，为有一天后来的盲人能从事媒体这一块工作做好准备。"

"会一直做下去吗？"

"只要广播台需要，我想，我会再干第二个十年，直到做不动为止。"

吴柯栋的声音温柔有力。只是，我们的谈话老被打断，不是家里有人接货了，就是吴柯栋母亲喊他做事了，最后一次是吴柯栋的小侄子嚷着要他剥橘子。从电话背景判断，他应该是在一个比较嘈杂的环境里。1980年出生的吴柯栋坦言，他至今没有女朋友，和母亲、弟弟一家住在同一个屋檐下。

吴柯栋说，有时候晚上躺在床上也会不甘心，想想读书那会儿他是学生会主席，那么受人重视，没想到出去后混成这个样子。对他来说，最好的年华差不多已经过去了。他只是希望,未来的中国,那些有才华有抱负的残疾人朋友能够有更多的机会做自己想做的事。

"我觉得一个健全的社会,应该让弱势群体活得有尊严,我希望有一天国家能真正做到残健融合,让我们这样的人也能看到生活的希望,并敢于为梦想拼搏。"

吴柯栋的话久久在我耳边回荡。我想,他所说的,也是郑平剑和他们的团队做心约之声的初衷吧。我们期待着,这一天真正地到来。

冲破壁垒

CHONGPO BILEI

郑荣权

性别： 男
出生年月： 1995年4月
籍贯： 浙江省宁波市
人生格言： 盲只是不便，不是不幸

一

坐在郑荣权的对面，你会有种如沐春风的感觉。这个身高1米88的浙江慈溪小伙子，长相俊朗，举手投足间自带气场，有着同龄盲孩子少有的自信和阳光。

很多人都说他是励志男孩，他却坚称自己是个"问题学生"。

"您想，我从幼儿园到大学换了五所学校，不是问题学生是什么？"郑荣权笑着说。

郑荣权幼儿园是在老家镇上念的，小学去了宁波特殊学校，初中又转到了浙江省盲校，高中考上了青岛盲校，高考后进入了温州大学。和一般孩子不一样，郑荣权的每次转学并不是不适应学校，而是他想有更高的追求。郑荣权有个哥哥，也是视障人士。原本，父母亲把他安排到宁波特殊学校，是觉得那所学校离家近，方便照顾。对他这个小儿子，父母似乎更多了一份心疼。但小学毕业那年，郑荣权却坚决要离开宁波，去浙江省盲校学习，在他看来，哥哥就读过的盲校要比宁波特殊学校更专业。

"高中怎么又想到去青岛了？"

"青岛盲校是受教育部、中残联委托试办的全国唯一一所盲人普通高中，那里高中的课程设置、教材与健全人普通高中基本一样。高考入学率在全国一直处于领先水平。我就是觉得去了青岛会离自己的大学梦更近些吧。"

"你越走越远了，爸爸妈妈不是更担心吗？"

"他们一开始也担心，怕我水土不服。我就对他们说，没事，我结实着呢。"

进入青岛学校后，郑荣权的学习成绩一直名列年级前茅，连续三年都是班长、学生会干事。2015年是郑荣权人生的重大转折点。那一年他参加了普通高考，成为中国第一批考上普通大学的盲人。在所有人看来，郑荣权走上了一条金光灿烂的大路。

2014年5月，青岛盲校通知全校同学说河南有个叫李金生的盲人向国家教育部提出申请，要求允许盲人参加普通高考，这事教育部已通过批示，发文了。那时候，我正在念高二。学校让有意向参加普通高考的同学自主报名。当时，我们一个年级30多人，有意向参加的是8个人，不过等到暑假结束后就只剩4个人了。到2015年正式高考报名时就只剩3个人了。

好在，我们三个通过努力后来全部考上了普通大学。有个宁夏的还上了211重点线，我和另外一个山东的女同学上了二本线。那位女同学后来没去普通大学，跟绝大多数参加盲人高考的同学一样去了一所特殊教育学院，学习中医推拿。也就是说，那一年真正进入普通大学的盲人全国只有两人。

我考的是文科，对于我来说，或者对于绝大部分盲人来说，数学是最薄弱的一门科目。但高考时，我拿到了146分，离满分仅差了4分。很多人问我，是怎么做到的。这里当然有幸运的成分。说实话，平时我的数学成绩一般在130分到140分之间，高考有点超常发挥。

当然我也要感谢高中时的班主任，她是教数学的，相对于其他科目，我们班的数学平时就抓得比较紧。

另外，我也要感谢社会爱心人士。高二暑假我通过热线求助，在一家媒体的介绍下，一位高校的学姐答应无偿帮我补习数学。这一个多月里，我就把落下的数学课程给补上了。怎么说呢？在盲校有不少知识相对来说教得比较简单，对付一般的特殊教育学院入学考是够了，但要应付普通高考还远远不够。

进入高三后，老师给我们这些要参加高考的同学，每周增加一节课的数学补习。那时候的数学作业难度比平时大多了，特别考验空间思维能力。怎么说呢？那些全盲的同学，他们对空间概念对图形的建构完全是靠触觉和想象的，立体几何对他们来说会很难。像我，因为我是弱视，跟他们比我可以学得轻松些。

我这人吧，还有个特点就是脸皮厚，不怕难为情。有什么不懂的，都会主动问老师。

那会儿，老师最担心的是，我们高考做试卷的时间不够。2014年河南的李金生就是因为考试时间来不及没有发挥出正常水平，被刷下来的。所以，在平时的训练中，老师会特别注重这方面的指导。

"怎么想到报考温州大学师范学院法政系？"

"首先肯定是从考分来衡量。当然我也可以选择别的系，比如法律专业，中文传媒系。但我觉得自己还是喜欢当老师，或者说我认为自己更适合当老师。另外，我对法律哲学政治学这些东西也比较感兴趣。"

在高考分数还没有出来之前，郑荣权表示自己有过焦虑。他曾主动打电话询问相关高校，一些学校由于没有相关师资经验和盲文教材婉言拒绝了他。郑荣权说，最开始，他的想法很简单，认为只要自己的分数够格，总有学校会录取他。但现实比他想象的复杂。高考分数出来后，他超出二本分数线将近90分，一拨又一拨记者来他们家采访。母亲提醒他，让他最好先别接受采访，说万一这事不成，会很尴尬。那时候他就觉得母亲有点杞人忧天。他一个堂堂正正参加普通高考的学生，用成绩证明自己的实力，学校难道还有什么理由拒绝？

但后来的事实证明，母亲的担忧是有一定道理的。很多同学都陆续收到通知书了，他的通知书迟迟未到。电话一个又一个打过去，都得不到确切的消息。等他收到通知书，别人差不多都要开学了。

但是，他还是要感谢媒体的关注，感谢那些热心的记者，感谢当地政府部门的支持和关爱，感谢温州大学，向他敞开了怀抱。

二

以为蹚过高考这条大河，前面的路就好走了。后来的事实证明，郑荣权要走的路才只是个开始。

之前的郑荣权是生活在盲人圈子里的，进入温州大学后，他就要融入明眼人的圈子，跟他们一起学习，一起生活。很多在明眼人看来微不足道的小事到了郑荣权这边就成了大事。比如在寝室里掉了一样东西，明眼人很快就能找到，他却要找半天。当然，他完全可以让寝室里的同学帮他找，但他觉得这样一来，之前，跟家里人跟同学老师跟记者说的那些话就成了谎言。

今天请人帮忙捡东西，明天也可以请人帮忙搬东西，后天还可以请人帮忙补习功课。只要这么想，永远可以给自己找借口。不能这样做，郑荣权果断给自己断了这份念想。

"很多事，你必须自己一个人承受，因为你没有退路。"

郑荣权是温州大学第一个盲人大学生，学校对他给予了各方面的照顾。首先是寝室，学校很快为他安排了一楼最靠近路边的宿舍。其次是课本教材。为了他，温州大学跟北京一家公益机构取得联系，给郑荣权专门准备了相关的电子课本，并允许他上课自带电脑。为了照顾他，老师一般都会事先把教学用的PPT发给他，方便他听课时用。郑荣权的电脑上还安装了读屏软件，这样他就可以借助软件听到教材和课程的内容。为了照顾他，考试时，学校还会特意定制相关的电子版考卷。

尽管这样，郑荣权还是遇到了巨大的挑战。之前在盲校学习，更多是用摸读和听读的方式学习，可到了大学，使用的是电子版教材，摸读就用不上了。少了一样摸读，就好比正常人少了一只胳膊，郑荣权在学习效果上大打折扣。尤其是在计算机课上，遇到的阻力就更大了。计算机中很多课程读屏软件是没法操作的，一般同学做一套题，可能只要十多分钟，他却要花一个多小时。

既然之前夸下了海口，觉得自己没问题肯定能行，他就不能自己打自己的退堂鼓。他一遍又一遍地告诉自己，只要是技术活，反复操练，一定能熟能生巧。一遍不够两遍，两遍不够三遍，三遍不够五遍、十遍。很多题目别人只做了三两遍，他得做三四十遍。通过不断地反复地练习，大一期末考试时，他的计算机成绩终于拿到了合格。

"跟明眼人一起生活，沟通方式上也是个问题。打个比方，去银行取钱。之前在盲校的时候，我一般会请视力好的朋友帮忙，让他们跟我一起进ATM机取钱。可那次，在温州大学，同寝室的好友被我吓到了，觉得我脑子有问题，取钱怎么可以让别人一起进去，还让人报存折密码呢？后来我就跟他解释，说我看不清上面的数字，需要有人引导才能完成。"

这样的事经历多了，周围的同学，尤其是同寝室的人对郑荣权也有了更多的了解。寝室里的男生爱玩电脑上的王者游戏，郑荣权不会玩。但为了更好地融入群体，他还是会去网上了解一些游戏的规则，知道这个游戏的基本玩法，这样同学们在闲谈的时候，他也能扯上几句。好强的他，不想让同学们觉得自己什么都不懂。

周末，空闲时他也会提议打麻将或者玩扑克牌，虽然他的牌技很烂。学校组织的活动，比如短途的聚餐聚会旅行，他都尽量参加。他不想让自己看起来特殊，他只想成为他们中的普通的一员。

"大学四年，你最大的收获是什么？"

"自信。每一年，我都觉得自己在进步。比如学习上吧。大一的时候，

郑荣权在大学生创新创业大赛

我的学习成绩排在班级后三分之一。到了大二，我就赶上去了，大二下半学期，我已经追到了前三分之一。最好一次是全年级第六。"

关于大学生活，大三时郑荣权写过一篇叫《盲上加忙》的随笔（有删减）。

用两个"mang"来界定我的大学生活倒真是特别合适。

第一个"盲"，当然是指我的盲人身份；而这第二个"忙"，则是我在大学中忙碌的生活和学习状态。那么，过去三年的大学时光，我都忙了些什么呢？

NO.1 忙着经历。

在大学，我几乎经历了一个普通大学生可能经历的一切。通过一轮轮面试进入学生会，从干事到部长，从整理材料到组织活动，这是学生工作。

来到学校跟孩子们做游戏，走进村庄向村民们了解情况，这是大一暑假的社会实践活动。熬夜背参赛稿，辩论赛场上酣畅淋漓的陈词；紧张期待中，校园广播里传来自己的声音，这是兴趣找到了平台。

在蜿蜒的山路上蹒跚而上，在深夜的篝火旁促膝长谈，在路边的烧烤摊推杯换盏，在生日的聚会上欢声不断。这是青春最珍贵的回忆。

经历了这么多事，我不止一次地感受到视力上的不便给我带来的障碍，但它从未让我止步。这并不是我本身有多么坚强，只是因为周围同伴们的包容和接纳给了我足够的保障和前行的信心。

NO.2 忙着成长。

相比三年前的我，现在的我说脱胎换骨也不为过。我的成长首先源于心态。进入大学前的我，难免对未来的学习和生活充满忧虑。公众对一个盲人进入普通大学这件事所产生的疑惑，我都曾有过。有了那么多疑惑，心态就会暗弱消沉，行动自然也畏首畏尾。

不过幸运的是，自进入大学以来，我的一切都很顺利。无论是对陌生环境的熟悉，还是对全新学习方式的适应，以及与其他同学的人际交往，我都扛下来了。我一次次地体验着大大小小的成功。这样的成功让我越发自信起来，我开始意识到，看不见这件事似乎真的不能阻碍我的脚步。

于是，我做的事越来越多：继续努力，把原本中下的成绩往前提一提；跟同学合作试着做个研究课题；在老师的推荐下去参加汇聚海峡两岸专家的视障教育学术研讨会；一路过关斩将来到省职业生涯规划决赛的舞台，在如林强手之中拿下本研组一等奖；加入教师教育溯初班，和全校最优秀的师范生一起"不自量力"地喊出"为成为未来名师、名校长而努力"的口号；去普通中学实习，给三十多个学生上课，满怀自豪地听他们一声声地叫着"老师好"。

这一切在三年前，我连想都不敢想，但现在，突然间明白，当你敢想了，整个世界都会帮你的忙。

NO.3　忙着贡献。

所谓的贡献，并非是我创造了多少实实在在的有形的价值，而是通过我直接或间接的所作所为，对这个世界有了一点点的改变。我不知道在温大，具体有多少人知道我，不过但凡对我在学校的表现有过一点点了解的人，他们对盲人，甚至整个残障群体的印象和认知都会有所改变。

记得有一次，我就一条与残障相关的新闻和一个同学分享彼此的看法，那位同学言谈间满是对残障群体的理解和包容。我厚着脸皮问她:"如果没有认识我,对于这个问题,你会有今天这样的看法吗?"她说:"大概不会吧。"这样的回答让我顿时感到自己过去的努力,还有其他更深远、更重大的意义。

除了改变周围人对残障群体的观点和看法,我还改变着一些离我更远,但跟我更相似的人。我以一个见习老师的身份回到我的母校——浙江省盲校,我给他们上课,给他们讲我走过的路,讲我的人生感悟。再后来,我与几位有志于参加普通高考的盲人同学产生了交集。我把所有关于高考和大学的经验倾囊相赠。我并非想让所有盲人和我走同样的道路,我只是希望,他们在了解了更多之后,无论选择走哪条路,都不要被"盲"限制住了自己的脚步。

这篇随笔写于2018年六一节前,离高考还有一个多礼拜。彼时的郑荣权也即将结束大三的学习生活,迎来大学的最后一年。

三

学校为了鼓励部分同学考研,郑荣权和他的同学在大三第一学期就开始了实习。

和见习不一样,实习意味着在校的时间更长,要做的事更多,面临的挑战也更大。学校给学生两种选择:一种是自己联系单位,自己实习;另一种是由学校统一安排,集中实习。前一种实习,管理上比较松散,说得实际一点,对于想考研的同学来说可以省下很多时间用来备战。但选择这种方式,实习成绩最多只能拿合格。

学校安排的集中实习会去普通中学,而郑荣权毕业后极大的可能性还是会去特殊学校任教,理智告诉他,他应该选择自主实习,去盲校。但如果这样做，他的实习成绩就只能拿合格。一向要强的郑荣权不想只拿合格，或者说他内心对自己有更高的要求。

权衡再三，他选择了集中实习。当时，他们去的是温州大学一所附属中学。郑荣权和一位女生搭档被分到了初二一个班。第一天，郑荣权跟这个班的班主任见面时，班主任就说，你就是那位近视2000度，能力很强的同学吧？郑荣权愣了一下，随即就明白了，为了能让他顺利进校实习，他的大学老师跟这位班主任撒了谎。他明白老师的良苦用心，但他很快就对随班老师坦白了自己的情况。那位女老师看了他一眼，说："我相信你的能力，我也相信温大出来的学生一定不会差。"

随班的老师对他们两位实习大学生表现出了莫大的信任，把一个班的早读课和自修课纪律都交给他们管理，还让他们负责一个礼拜五节的社会与法制课。

郑荣权走进教室，第一次跟学生见面的时候，学生问他，郑老师，你的眼睛究竟有多近视啊？你的眼睛这么近视，是不是小时候电脑玩多了？面对这样的质疑，郑荣权笑笑说："我的眼睛有多近视，很快你们就会知道了。但我可以负责地告诉你们，我小时候并不爱玩电脑，我的眼睛天生就是这样的。另外，我还要告诉你们，虽然我的眼睛高度近视，但你们上课做小动作，思想开小差，我都能知道，这些我们在大学里是有专门训练的。"

事实上，学生在课堂上做小动作，思想开小差，凭郑荣权微弱的视力是很难知晓的。但他觉得自己必须这么说，孩子毕竟是孩子，面对一位新来的实习老师，他们很可能会因为这位老师某方面的缺陷对他产生轻视和不信任。

郑荣权实习第一个礼拜，随班的班主任就交给他们一个大任务——排演艺术节节目。随班老师还说，大学生多才多艺，排节目肯定比她行。其实，这话只说对了一半，相当一部分大学生因为忙于学业，根本没时间学习别的本领，比如跟郑荣权一起的那位女生就没有什么特殊的才艺。好在郑荣权是在盲校长大的，盲校对艺术教育十分重视，何况郑荣权还是盲校学生会的干事，经常主持各种节目。这一单，算是瞎猫碰上死耗子，选对人了。

郑荣权给班里的孩子排了一个大合唱。在排练期间，他还露了一手二胡独奏。郑荣权的二胡拉得并不算好，只能算是业余手。不过，在一群初中孩子面前，他的这一手足以让孩子们对他刮目相看。

"小郑老师不光能上课，还会唱歌，拉二胡。"那次艺术节排练后，班里的孩子这样评价郑荣权。

对郑荣权来说，在普通学校上课最难的是使用多媒体课件。普通学校没有专门的读屏软件，就他的视力而言根本无法看清楚PPT上的字。怎么办？现代的课堂教学，要做到不用课件，光对着书本讲解是不太可能的，况且学校也要求老师使用多媒体上课。

没办法，只能硬着头皮上。为了不让学生觉察到他看不清楚PPT上的字，课前他做了一番精心准备。先把PPT上的关键字写下来，再打印成巴掌大的盲文纸，上课的时候，他就把盲文纸条夹在讲义中。这样，他的讲解就可以完全做到跟PPT同步播放。

课后，有学生好奇地问："郑老师，您不是说高度近视吗？可您好像不用看PPT就知道上面写着什么？您是不是都背下来了？"

郑荣权只是笑笑，不做解释。

相处久了，孩子们对郑荣权有了疑问。他们会偷偷跑去问和郑荣权搭档的那位女同学，有时候他们也跑去问自己的班主任。聪明的孩子很快就觉察到了这位新来的老师其实不止是高度近视。

"老师，您的眼睛几乎看不见，会不会被人欺负？要是他们打你怎么办？"有学生当面问郑荣权。

"不会啊，大学里不存在用拳头解决问题。"

课堂上回答同学们的提问

"老师，您是盲人，为什么还能进大学读书？"

"哪条法律规定盲人不能进大学读书的？"这回，郑荣权有些生气了。

女搭档见了，忙过来帮他解围，总算把那几个找茬的给按了下去。可孩子总会出现这样那样的问题。有一次，轮到郑荣权上台讲评作业。批改作业时，郑荣权发现不少学生的答案如出一辙，他意识到这是集体抄袭。课堂上郑荣权对孩子们说，抄袭是可耻的，希望这些同学能主动站出来承认错误。这时候，后排一个高个子的男孩马上站起来说：

"你说的是我吧。是，是我抄的，那又怎么样？"

男孩一副挑衅的样子。郑荣权明白自己遇上刺儿头了。如果这时候怯场了，那就等于给自己种下了一根刺，以后再拔就难了。这一刻，郑荣权意识到自己是站在讲台上的老师。他马上提高了音量，严肃地说："你是不是觉得自己抄别人作业很光荣？今天我要告诉你，你要为自己的行为负责，这节课你就一直站着。没有我的允许，不准离开座位半步。"

男孩一下子就被郑荣权的气势喝住了。事后，那位女搭档找了男孩谈话，了解到男孩爸妈都在意大利做生意，难得回国，平时他是跟爷爷奶奶一起生活的。小学时，老师冤枉过他抄作业，从此他就有了阴影，学习上得过且过，还时不时找老师茬子。其实，这次集体抄作业他并不是领头的那个。

郑荣权为自己的鲁莽感到羞愧。

转眼艺术节到了。孩子们一起坐在礼堂里观看演出。演出候场前，个别调皮的孩子会窜到他们班玩。郑荣权负责管理孩子们的纪律。他见排在最后的几个孩子和隔壁班的几个同学堆在一起叽叽喳喳地说着什么，就走上前去。

孩子们一见他过来了，马上把其他班的同学都轰走了。

"干吗，有什么事我不能听吗？"

起初，孩子们支支吾吾地不肯回答。他就挑了一个胆子特别小的学生问了，那个孩子说了实话。原来，刚才隔壁班的同学在背后说他坏话，说他一个瞎子怎么教学生，肯定是托了关系混进来的。

"你们觉得老师怎么样？"郑荣权故意大声问班里的孩子。

"很棒！郑老师最棒了！"孩子们一起响亮回答。

为他说话的这些孩子里，就有那位被他批评过的刺儿头男孩。那一刻，郑荣权意识到，自己该为他做点什么。

他发现男孩口才不错，就专门组织了一次班级辩论赛，话题是：中学生的学习成绩，努力重要还是天赋重要。郑荣权让那位男孩担任了正方主辩手。那次班队课，老师还邀请了部分家长来观摩。男孩表现得很不错，郑荣权在总结课堂时，大力表扬了他。前来听课的孩子爷爷很激动，说这么多年了，第一次看到孙子表现这么好。

那天，郑荣权跟男孩聊了很多，他们谈到了未来，谈到了大学生活。郑荣权鼓励男孩，让他好好学习，将来进大学就有更多机会发挥自己的特长。男孩离开时，愉快地跟他道了晚安。

一个多月普通学校的实习，郑荣权拿到了"优秀"的成绩，他再次尝到了成功的喜悦。他相信没有过不去的坎，一切对未知的恐惧都是纸老虎。

他曾在博客上写过这样一段话：

> 坦率地说，在一次次的努力都无功而返之后，在几乎找到了我能找得到的所有人，他们也无能为力之后，我曾感到万分无助。我曾想：原本我可以不走这条路。去个单考单招的特教学院，学个针灸推拿，按部就班地学专业、实习、毕业、工作……凭我的能力，我完全可以掌控自己的未来。可现在，我走上了一条完全不一样的路。在这条路上，纵使我竭尽全力，但前途依然充满未知；纵使我克服一切，尽量在这个到处都是健全人的学校里和大家做得一样好，可出了学校，一切似乎都没有

意义，在大家眼里，看到的更多还是我的视力障碍。

尽管如此，但我依然告诫自己：这条路是自己选择的，哭着也要走完。只要还有机会，我就得继续争取。

四

时间走到2018年末。郑荣权的大学生活正式进入了倒计时。一些同学忙着考研，一些同学忙着找工作。郑荣权一面实习，一面打听省内盲校招聘老师的情况。他得知，浙江省内的三所盲人学校，不再招收相关专业的老师。他又将范围扩大到了全国。当时，南京市盲校正在招聘老师。按招聘要求，他的学历和专业都符合条件，但报名参加考试时，学校告诉他，后面会有体检环节，他可能会因视力问题，无法通过。

"也就是说，你从一开始报考就知道自己会在体检上被卡住，但你还是参加完了笔试和面试。"

"有两种考虑吧。第一当然是为了自己。我花了那么长的时间，付出了那么大的精力，来到了普通高校，学了四年，不管好差，一定得有个结果。第二，也是为了视障人群，我要给社会一个正向的反馈，让社会相信，视障人不是只能做针灸推拿，他们能做的还很多，而且能做得很好。在我们这个圈子里很多人都认识我，他们也很支持我，会经常关注我的信息。很多时候，我觉得自己并不孤单，我不是一个人在走，在我身后站着千千万万的视障人。既然走到这个份上了，我就有义务有责任，去叩开前面那扇门。"

南京盲校的告知并没有阻挡住郑荣权的脚步。笔试第一，面试第一，综合成绩第一。按程序，下一环节就是体检。那天，郑荣权怀着复杂的心情走完了体检的整个过程。依据《2019年南京市教育局直属学校公开招聘教师公告》，教师入职体检，双眼矫正视力均低于4.8，有明显视功能损害眼病者

"不合格"。意料之中，郑荣权收到了体检不合格的通知。

摆在他面前的只有两条路：要么选择做一名盲校代课老师，根据他的条件和能力，学校肯定会欢迎他；要么，换行业去干别的，但进国家事业单位肯定是不可能的。

那天，郑荣权把自己关在屋子里，回想着过往的种种：鼓起勇气回到浙江老家参加普通高考；进入大学，学习跟明眼人打交道；熬夜写论文，专心做课题研究；参加全国大学生演讲比赛；去董卿主持的朗读者露脸；去普通中学实习，当代课老师……一路走来，摸爬滚打，他都挺过来了。可是，现在，一纸章程却把他挡在了学校的大门之外。

很多事，他没有办法跟家人商量，他也没有办法问为什么。夜里，他把头捂在被子里哭了。从小到大，他很少哭，他甚至不记得自己前一次哭是在什么时候。

朋友发信息过来询问他，最近情况怎么样，他不知道该怎么回。走了那么久，难道这就是最终的结果？深夜，郑荣权躺在床上辗转反侧。退还是进？进又去向何方？

第二天一早，起床洗了一把脸，他给一位尊敬的长者打了电话。电话里，他说自己很迷茫，不知道这样做的意义在哪里。

那位长者告诉他，你的意义就在于把自己的事做好。当你做好了自己的事，等到有一天，民众发声的时候，我们就可以理直气壮。

放下电话的那一刻。郑荣权明白自己该怎么做了。没有退路，从选择参加普通高考那一刻开始，他走的就是一条不能回头的路。他要去争取。为自己，也为了身后的这群人。

郑荣权向国家残联以及相关媒体反映了这件事。很快，相关部门给予了关注。不少媒体就这件事也采访了郑荣权。

中国盲人协会主席李庆忠告诉记者，目前，国内到底有多少盲人教师并没有准确的统计数字。但就他所知，活跃在一线的盲人教师有100多位，绝大多数都是在盲人学校任教。

郑荣权的初中老师，浙江省盲校的盲人音乐老师廉中华对记者说，1994年从长春大学特教学院毕业后，他就进入了浙江盲校。他和学生一样住在学校里。事实证明，他完全能胜任现在的教学，学生也很喜欢他。

北京师范大学教授顾定倩也认为，现行教师资格考试政策忽视了残疾人，导致残疾人在申请教师资格上处于被剥夺机会或处境不利的状态，也间接导致盲人教师后继无人。

短短几天，郑荣权的事就成了社会热点新闻。

2019年4月，央视名嘴白岩松主持的《新闻周刊》节目，对郑荣权求职一事进行了长达8分钟的相关报道。节目结尾，白岩松这样点评道："郑荣权所要面对的，已经不仅是大学毕业为自己找份工作这样简单的事情，他几乎是用自己在为后来者蹚一条路，而这条路与公平有关，与规则的改变有关，与现实中善待残疾朋友有关。后来者只要知道前方有路，而且路还不是那么艰辛难走，他就会义无反顾地走上这条路。所以，祝郑荣权好运，也必须好运。"

看到央视报道后，郑荣权第一时间在微信朋友圈发表了自己的看法："我愿意为自己，为我们这个群体中的后来人去蹚出一条新路。我做好了面对困难的准备，也在不断地使自己变得更加坚强，但我也同样渴望，前方路上能少一点质疑，多一份助力。"

2019年4月18日，郑荣权接到了来自南京的电话，来电者告诉他继续等待消息。这也意味着，他还没有被拒绝。4月过去了，5月来了。全国各地，越来越多的声音支持郑荣权。6月，郑荣权终于接到了南京盲校的录用通知。

那一刻，郑荣权的母亲哭了。

在郑荣权的记忆里，母亲是个特别拧的女人。一个女人生了两个"瞎子",在当时农村人眼里绝对是个"丧门星"。但母亲没有被别人的口水淹没,她一直按自己的方式生活着,她更没有因为面子问题把自己家的孩子藏起来。小时候郑荣权一直就是母亲的跟屁虫,母亲走哪儿,他就跟到哪儿。

"爸爸妈妈从来没有把我和哥哥当残疾人看待,他们从小教我们独立,让我们自己洗衣服,自己干家务。"郑荣权说。

有一次在饭桌上,郑荣权说母亲太拧了,劝她做事要懂得灵活应变。母亲一听这话,放下筷子道:"如果我不拧,就走不到今天了。我就是想看看我的两个儿子能走到哪一步,会变成什么样。"

一路走来,郑荣权说,很感谢他的家人。父母虽然没有多少文化,可他们从来不对他说丧气的话,一直以来,他们都是他坚强的后盾。只要他认定的事,他们就相信他,鼓励他克服困难,走下去。

"当我们认定某些事某些人做不到,我们会想到各种理由证明自己的结论。可当我们想的是他们可能会遇到什么困难,我们可以怎样帮助他们,并和他们一起努力去完成那些事的时候,我们会发现,他们真正做不到的事其实很少。"

"从你身上,我见证了一句话:越奋斗越幸运。"

电话里,郑荣权告诉我,春节是回老家过年的,他到南京已经有一段时间了。这段时间,他在南京盲校给高一的孩子上网课。新冠疫情还没得到很好的控制,线下还不能正式开学。他们都在等待。

"迎春花开了。"他轻轻地说。

郑荣权房间的玻璃花瓶里插着一束从老家带来的迎春花,好多天了,花一直热闹地开着。他说,春天来了,一切都会好起来的。

版画作品《校园里的爬山虎》

梁幸煜

第 六 篇

另一种快乐

他们，是残疾人的知心朋友，是盲人队伍中的坚韧跋涉者。身为视障人群中的一员，他们凭借自己的不懈努力，闯出了一番新天地。如今的他们早已走在小康生活的道路上，但他们想到的不光是自己，还有别人。数十年如一日，他们把爱他人当成了爱自己，并从中，找寻到了人生的另一种快乐。

牛人刘义水

NIUREN
LIU YISHUI

刘义水

性别：男
出生年月：1969年3月
籍贯：浙江省杭州市
工作经历：奶牛养殖、摩托车修理、道路绿化、经营农场
人生格言：爱拼才会赢

一

2020年9月15日，我接到刘义水的电话，约第一次见面。

他说，你一个女的，又不会开车，我去你家。我说，是我要来采访您的，怎么好意思让您到我家来？他说，我喜欢到处走走，就这样吧。挂了电话，第二天下午，他就过来了。

刘义水是六九年生的，但他的打扮更像是九六年生的。骑士帽，黑T恤加蓝色牛仔，很有西部牛仔的风味。我们坐下来聊天，他的眼睛看人时老眯起来，粉白的脸颊上，仔细看一对眼珠子竟是蓝灰色的。显然，他有白化病。

他并不避讳自己的病，那天他告诉我，小时候调皮的同学常欺负他，当着他的面，喊他洋白佬、死瞎子，还用石头扔他。他老是哭着回家。有一次，他又哭着回家。父亲在院子里浇菜，看到他哭哭啼啼的，一把上前拉住他的胳膊大声说："哭哭哭，就知道哭，一个男孩子害臊不？有本事，你去把人家打哭了，医药费我来付。"

父亲的话把他听愣了。他明白了，哭不能换来父亲的同情，更换不来同伴的友好。从那以后，刘义水在外面吃了亏，不会回家哭了。相反，他变得敢于和别人抗争。有一次，他把班里的一个男生打得鼻青脸肿，哭着回家了。第二天，老师听信了一面之词，到刘义水家告状，反被他父亲教训了一番。父亲对老师说，我相信我儿子，他胆小怕事，如果不是别的孩子惹他，他是不会去打人家的。这次，我儿子能把欺负他的人打哭了，我很高兴。谢谢老师告诉我这件事。

谈到父亲，刘义水充满了敬仰之情。他说，父亲从小教导他，一个残疾人，只有自己强大了，才能不被别人欺负。

也是那天，我知道了刘义水的父亲刚刚过世才一个多月。那天，我们才聊了一会儿，他一摸身上的钱包不见了，急着去找。幸好，富阳公交公司及时帮他找到了。为这事,他还给人家送去了旌旗表示感谢。

一个多月后,我们约了第二次见面。这次,依旧是刘义水主动上门,我去小区楼下接他,想搀扶他进门,他说,不用。说着,他自己上了台阶。我问他,不怕再丢钱包了?他笑着说,不能出了一次事,就不坐公交车了啊,这就好比你喝一口水噎着了,难道你从此之后就不喝水了?

"我这人没有别的什么,就是靠一股牛劲,不断往前冲。"刘义水说。

我们那时候还没盲校,我小学和初中都是在普通学校读的。初中毕业后,我爸带着我到处找工作,可每次都碰一鼻子一屁股灰。别人看到我长这个样子,都不愿意收我。有一次,我爸一上去,就要给人下跪,可老板说,你儿子要是来我们这里工作,谁还敢买我们的产品!

一句话,把我爸给噎住了。老板的话也不是没道理,在我们身边总有一些人误以为白化病会传染,都避之不及,再加上我的眼睛又不好,工作和生活上要麻烦别人也是在所难免的。

刚开始的时候,我还会跟着爸爸去找工作,后来我就干脆躲在家里不出门了。我怕,怕那些工厂老板像探照灯样的目光,虽然我看不清楚,但我能感受到那种目光。

一天,爸爸拖着疲惫的身子回来,他对我说,小水,要不,咱们自己干吧。我不吭声,心想这又是唱的哪一出?爸爸又说,电视上天天在放,牛奶营养好,我给你点钱,你去买头奶牛。让你姐帮你挤奶,你拿到镇上去卖,怎么样?

"我挤奶,姐去卖。"我说。

"你小子,让你姐抛头露面,你还是男人吗?"爸爸说。

在我们家,爸爸的话就是圣旨,谁都不能违背。我只好硬着头皮，挨家挨户上门推销牛奶。

八十年代初，新登地区还没人养奶牛，说起来，我们家是最早养奶牛的。一开始，挨家挨户上门送免费品尝的鲜奶。镇上的人都不是傻瓜，鲜奶的营养好，这点谁都知道。很快，我们的鲜奶因为价格实惠，营养丰富，赢得了周边人的喜爱，越来越多的人想买我们的鲜奶。

一头奶牛不够了，我们买了第二头，后来又有了第三头，再后来，我们的顾客发展到了整个富阳地区。养的奶牛也从最初的一头，壮大到了十一头。十一头奶牛，差不多就是半个农场了。当时认识的人都喊我奶牛哥。

因为养奶牛收获到了人生的第一桶金，我成了远近闻名的万元户。

现在看来，我爸虽然是个农民，也没读几年书，可他的确很有眼光。他总是能闻到时代发展的讯息，知道老百姓过日子最需要什么。打个比方，八十年代初，我爸说沙子能卖，村里人不信。后来，他挖沙子赚了不少钱，就有很多人跟着他挖沙了。

以前吧，想不通爸爸为什么让我去推销牛奶，后来就想明白了，他是想锻炼我的胆量和能力。事实上，两三年牛奶卖下来，我就不再是那个说话细声细气的毛头小子了，万元户的身份让我生出了底气。就像爸爸所说，一个人，只有自己有了本事，腰杆才能挺起来，别人才能看得起你。

后来，我姐出嫁了。我一个人经营奶牛场，也忙不过来。就想着，换点别的干干。我对爸爸说，不想开奶牛场了。我爸问我，那你打算做什么？我说，修摩托车。说实话，那时候，我觉得会修摩托车的人很酷。我妈一听，急了，小水，你眼睛不好，怎么修车啊？别把人家的车修坏了才好。我没吭声,站在一边的爸爸说话了。他说,现在人有点钱了,都喜欢买摩托车,你试试这门营生也好。

那时候,富阳镇上还没几家摩托车修理店。爸爸托人找了一位当地最有名的师傅,请求他收下我。

师傅看了我一眼对爸爸说,你儿子这个样子,能成吗?爸爸忙说,我儿子养过奶牛,赚过不少钱,他很肯吃苦,你收下他,他什么脏活苦活都能干,他不会让你失望的。

我爸跟师傅在里面磨了半天,最终,师傅被爸爸打动了,决定收下我。回到家,爸爸拍着我的肩膀说,好好干,别给我们老刘家丢脸。

我们老刘家祖上是从山东搬过来的。族谱上说是刘备的后代。我爸很看重这点,凡事都觉得老刘家的人应该比别人做得好。我们三姊妹,我最小,我上面有一个哥哥和一个姐姐。可爸爸从来没有对我另眼相看,他更没有把我当残疾人看。

"小水,你就眼睛不太好,可你不缺胳膊,不断腿,脑子又好,只要肯干,一定行。"爸爸总是这么对我说。

但说归说,因为眼睛不好毕竟是不方便的,很多东西都需要自己亲自摸索,修摩托车的师傅是明眼人,他的经验不能代表我也适合。比如一个摩托车零件坏了,明眼人一看就知道。我要通过触摸,听发动机的声响,有时候还得让人开一段路,才知道坏到什么程度。再比如修万能表,别人一看就知道线头在哪里,问题出在什么地方。到了我这里,就通过触摸,感应电流的强弱,以此做出判断。但正是这样,也无形中培养了我胆大心细的性格。

当然,眼睛不方便,学东西肯定不能跟明眼人比。别人学一样零件修理只要几天,到了我手里就得几个礼拜。好在师傅待我不错,师兄弟们也肯照顾我。在大家的帮助下，我一天天进步着。

正常情况下，修摩托车一年就出师了，我在师傅那里整整学了三年半。我时刻记着师傅的话，技艺学精了，以后生意就不愁了。我不想半途而废。

1993年，我在新登镇上开了第一家摩托车修理店。最开始，很多人都抱着怀疑的态度，认为一个眼睛不好的人怎么能修好摩托车呢。所以第一个礼拜，来店里看热闹的人多，修摩托车的人少。但第二个礼拜，忽然一下来了很多人，都要求我修他们的车。当然这些来的人中很多都是我认识的亲朋好友。但亲朋好友也是客人啊。我把他们的车修好了，他们就替我做宣传，说我眼睛是不太好，但技术绝对顶呱呱。慢慢地，一些不认识的人也开始到我店里来修车了。

当时，我还挺感慨的，觉得我刘义水做人不错，得到了那么多亲朋好友的眷顾。后来，我才知道，刚开始的那些亲戚朋友都是爸爸拉过来的。

爸爸一向要面子，可为了我，他一次次放下面子，一次次地请求别人。想到他为我所做的一切，我总是暗暗对自己说，刘义水，以前养奶牛你有姐姐帮忙，现在你自己一个人开店了，是男人，你一定要干出个名堂来！

因为努力，慢慢地，口碑打出来了，修理店的生意越来越好了，一个人忙不过来，开店第三年，我带了徒弟。我自己是残疾人，对上门求助的残疾人朋友会格外照顾，从不拒绝。毫不夸张地说，现在新登街上有一半以上的摩托车修理店老板都是我的徒弟。

不是吹，我还能破案，当侦探。

开摩托车修理店第五年，我协助新登镇上的交警破获了一起摩托车逃逸事故案。很多人都不相信，一个视力二级残疾的人凭什么能协助交警破案？其实，说穿了也很简单。一般事发现场都有摩托车碰撞后掉落在地的碎片，尤其是反光镜的碎片。我就是通过触摸地上的玻璃碎片来断定肇事者开的是什么型号的车子，最关键的是，我还能根据碎片的朝向，判断肇事者的逃逸方向。这些在一般人眼里，根本看不出的细枝末节，我却能通过触摸，判断个八九不离十。90年代，马路上还没有安装监控录像设备。我提供的线索对交警来说很有帮助，能让他们以最快的速度破获案件。而我也因此成了交警们的知心朋友，他们经常邀请我去事故现场一起破案。

连续协助交警破获了几起案件，我又被聘请为富阳物价局静态事故鉴定员，主要评估事故摩托车损坏后的赔偿价格。

后来我想，我之所以能发现别人发现不了的细枝末节，这跟我修理摩托车时，养成的胆大心细的性格是分不开的。我爸常跟我说，没有一种苦会白受的。每当我协助交警破获了一起案子，帮助物价局公道地评估一辆损坏的车子，我比谁都开心，那感觉就像自己成了电视上放的大侦探，比赚几百万都开心。

刘义水的正直、侠义和热心肠也让他结交到了越来越多的朋友。

2012年，他认识了一个做建材生意的人，考虑再三后，他将摩托车修理店让给他的徒弟们管理，自己则开始步入建材行业。

刘义水坦言，凭着他的好人缘，那几年，他在道路建筑绿化上的确赚了一些钱。但在外面跑多了，天生不安分的他又开始想在老家落地生根，做点别的营生。

"我这人吧，就这牛脾气，什么事，都想试着干干。盲人怎么了？盲人也是人。只要是人能干的事，我刘义水也能干。"

2017年，刘义水跟人合作在新登农村包了一百多亩地，办了一个现代化

刘义水为社区困难户送上礼物

农场。说起来，这已经是刘义水的第四次创业了。

二

"您觉得这辈子最大的幸福是什么？"我问。

刘义水没有马上回答。我猜他可能会说，有一个好父亲，又遇上了一个好时代。可他想了想说，娶了个好老婆。

刘义水的妻子叫洪莲珠，俩人认识于1993年，那年刘义水刚在新登镇上开摩托车修理店。

我年轻时，不像现在那样能说会道。那时候，摩托车修理铺隔壁有一家理发店，理发师傅是个小姑娘，她经常到我店里来借摩托车，说是朋友需要，每次我都有求必应。我呢也经常到她店里去洗头、理发。一来二往，周围的人都说，我在追求她。

阿莲其实是知道这事的，但她从来不在我面前提起理发店的姑娘。那时候，她是隔壁小吃店的服务员，我到他们店里吃馄饨水饺，她对我总是客客气气的。说实话，那会儿我根本没往这方面想。可有一次，我去小吃店点了碗水饺吃，吃到一半，老板走过来对我说，你数数，碗里有几只水饺？我把吃进肚里的都算上，掰着指头，说，十只。

"平常我们一碗水饺都是卖八只的，你知道阿莲为什么每次多给你两只？"老板凑过头来问。

"看我胃口大？"

"那你付的钱还是八只的啊。"

"老板，那……那我加钱。"

我站起来，想从兜里掏钱给老板。老板一把按住了我的肩膀，让我坐下说话。他小声说，阿莲是我表妹。她的事就是我的事。有件事，不要怪我多嘴，她可能看上你了。

我吃了一惊。我跟阿莲说话不多，只知道，她对我不错，每次见我来声音里都是笑眯眯的。小吃店老板又说，理发店的姑娘人漂亮但心思活，阿莲虽然长得不如理发店的姑娘漂亮，但实诚，肯吃苦。他要我想好，两个里面选一个，别到时候两头热，一个都不成。

其实，我那时候还有些自卑，觉得一个残疾人，根本没资格去选人家姑娘，但小吃店老板的话我还是听进去了。说实话，漂亮姑娘我肯定喜欢，但我更愿意跟实在的姑娘过日子。思量一番后，我开始主动接近阿莲，并和理发店的小姑娘保持距离。慢慢地，理发店的小姑娘邀请我陪她逛街，我也不去了。

不久，我对阿莲表白了，她欣然接受了我。我们的事很快被阿莲家里人知道了。得知我的情况后，阿莲家里人百般阻挠，他们认为我的白化病和眼睛上的毛病都会遗传给下一代。阿莲嫁给我，等于是嫁给了一窝残疾人。阿莲的爸爸妈妈还说，要是阿莲嫁给我，他们就没她这个女儿。

阿莲承受了极大的压力，她很纠结，但痛定思痛后，她握着我的手说：

"阿水，我愿意跟着你在一起，哪怕吃再大的苦。"

"傻丫头，我有什么值得你对我这么好？"

"我……我就是喜欢跟你在一起。"

阿莲的拳头打在我的胸口上，更打在了我的心窝里。我被阿莲的话深深打动了，我们瞒着家里人，带着一些钱私奔了。

我们俩私奔的事在当地掀起了很大的风波。一些人认为阿莲爸妈太封建，活活想拆散一对鸳鸯。也有一些人认为，阿莲爸妈的担心是有道理的，长痛不如短痛，趁早结束是最好的。还有一些人觉得，我肯定对阿莲隐瞒了什么，让她这么一个好姑娘家死心塌地地跟着我一个残疾人。

因为手头上有些积蓄，离开富阳后，我和阿莲先是四处玩了一圈。江苏、山东、上海、广东……在游玩途中，我们也打算找个合适的小镇歇下来，开个小店。无论是开小吃店还是开摩托车修理店，我们相信，只要手上有技术，只要我们同心协力，一定饿不死。

正当我们打算在南京小镇上租店面房，开摩托车修理店时，阿莲的爸爸打电话来了，问我们在哪里，要我们马上回家。阿莲回，如果不同意我们结婚，她就永远不回去。电话那头，阿莲的爸爸终于软了下来，答应阿莲跟我在一起。

回家后，我才知道，我们家里人跟阿莲家里人已经闹到了不可开交的地步。我爸爸跟阿莲爸爸要人，阿莲爸爸却反过来跟我爸爸要人。两位老人为了我们出走的事，都打算上法庭了。

就这样，我和阿莲在一片争议声中结婚了。

我们在新登镇上办了很大的酒席。朋友们让我在结婚典礼上说点什么。我想了想，握着话筒唱了一首《爱拼才会赢》。

一年后，我们的儿子也出生了。儿子很健康，很懂事，长得不像我，像阿莲。阿莲一直很贤惠，对我也好，对儿子也好，都很照顾，待我爸爸妈妈更是像自己的爸妈一样，从来不让他们有半点委屈。我爸在世的时候，经常对我讲，小水，你取了个好老婆啊。

事实也是如此，我爸肺癌晚期治疗这一年多里，阿莲就像女儿那样细心照顾他。在家里，阿莲从不多话。对我的每一个决定，她都很支持。前几年，一些朋友看我赚了钱，就问我借钱。我这人吧，对朋友的要求总是很难拒绝。这样一来二去，竟借出去了几百万。而这些钱，随着朋友做生意一次次的失败，全都打了水漂。

　　这是我跟阿莲几十年拼打积攒下来的血汗钱啊，我自责不已，夜里躺床上，更是辗转难眠。阿莲却从未对我说过一句抱怨的话。她说，钱没了，可以再赚。身体愁坏了，可怎么办呢？

　　谈到自己的妻子和孩子，刘义水一脸的幸福。他说，老天给了他一双坏的眼睛，一身丑的皮肤，可老天却又赐予他如此贤惠的妻子，懂事的儿子。很多盲人朋友一辈子找不到合适的另一半，将就着过完了一生。相比之下，他这个牛人，幸福多了。

三

　　回想起中学毕业那会儿到处求人找工作的日子，刘义水下定决心，有朝一日等他有出息了，一定把那些没人要的残疾人都招过来。

　　他没有辜负自己许下的诺言。开摩托车修理店的时候，他带了不少残疾人徒弟。后来，办了农场，他更是想方设法为残疾朋友谋福利。他知道，很多残疾朋友日子都过得苦。他们不光要承受社会上某些人异样的眼光，还要承受来自经济上的窘迫。

　　刘义水的农场种了一百多亩桃园，每年能生产六七万斤水蜜桃和油桃。他招收的六个员工都是残疾人。他给他们开的工钱，比外面一般的小工都要高不少。

　　"跟着刘哥干，不会吃亏。"

　　"一般老板是他吃肉，我们喝汤。刘哥是他有肉吃，也能把肉分给我们吃。"

"我比相信自己的屁股是白的，还要相信刘哥。"

给刘义水打过工的人时常这样说。他还常常请专家来指导蔬菜和水果种植，并把在专家那里学到的技术，无偿地传授给周边的残疾人朋友。残疾人朋友如果需要水果和蔬菜秧苗，他也无偿提供。不少残疾人朋友出行不便，社交能力弱，他就让他们把种出来的水果和蔬菜卖给他，由他负责去市场上推销。

他在果园里散养了三百多只鸡鸭鹅，还挖了鱼塘养鱼。未来，他想把农场打造成集旅游、观光、民宿和游学为一体的综合性大型农场。所有的农产品都走绿色无公害精品路线，他还要打造残空超市，让残疾人朋友在网上也能买到更多他们的产品。

"你想法挺多的。"

"我嘛，就是想让别人看看，我们盲人不光能推拿按摩，还能修摩托车，搞绿化，办农场，开鱼塘……"

刘义水说话时，手势十分夸张，你会跟着他洪亮的嗓门，不停起落的双手，沉浸在他构想的美好世界中。

当然，搞农场不比修摩托车和做道路绿化，投入大，回报却没有预想中的那样理想。刘义水也有入不敷出的时候。但困难再大，残疾朋友的工资他从来不拖欠。他说，我大不了不赚钱，但家里还没到揭不开锅的时候，他们不一样，有些家里是吃着上顿，计划着下顿的。刘义水始终相信，倡导绿色健康产业是未来的趋势，它一定会成为未来经济的主力军。

"困难是暂时的，只要有想法，肯干，一定会越来越好。"

刘义水是自信的，那种自信来自生活给他带来的历练。他称自己是混江湖的。我说，你是牛魔王。他对牛魔王这个称呼很感兴趣。他说，牛魔王的老婆叫铁扇公主。牛魔王的一半厉害就是他老婆给的。

"我老婆比铁扇公主贤惠。她常常对我说，吃亏就是福，帮别人就是帮自己。"

在夸奖老婆这件事上,刘义水丝毫不吝啬。作为盲协领导人,每年他都会带领盲人朋友外出采风,感受大自然的风光,感受时代的发展变化。同时,他也会尽自己的力量为盲人朋友创造各种培训机会,创设个人发展的平台,想方设法为盲人朋友增加就业和创业机会。

"我们不能光让政府,让别人来帮我们,我们也要发挥自己的能量,去帮助别人。"

2018年,刘义水发起成立了"新登古韵社会组织服务中心"。这支队伍中,有近百名志愿者是残疾人朋友。在刘义水的带领下,他们经常活跃于大街小巷、城市乡村。在新登镇,刘义水的名字就像路边的梧桐树那样,人人喊得出,人人也喊得动他。

2020年春,新冠疫情期间,作为社区书记、老共产党员,刘义水除了带头捐款,工作上更没闲着。天还没亮,他就来到了社区隔离卡点,和值班人员、志愿服务者,一起身披巡防服,手戴红袖标,坚守岗位。

> 那段日子,我爸查出来肺癌晚期,住在医院里,需要日夜有人陪护。小时候,我特别依赖爸爸,现在调过头来了,爸爸老了病了,他变得特别依赖我。我老婆说,只要半天看不到我的人影,他就会问,小水去哪儿了?我老婆说,在值班呢。我爸哦了一声,说,值班要紧。
>
> 忙完了社区的工作,我就赶到医院看爸爸。有时候,夜里很晚了,爸爸也不闭眼,躺在床上就等着我回来。也有时候,我通宵值班,到早上才能过来看他。我一进门,爸爸第一时间就醒了,挣扎着从床上抬起头,说,小水,你来啦。那时候,他可能已经预感到自己的日子不多了,想多看看我这个让他操心了大半辈子的小儿子吧。

作为儿子，我也很想守在他的病床前，多陪陪他。但我知道自己身上的责任，我更知道疫情当前，值班时不能有丝毫的差错。

我爸一辈子要强，把面子看得比什么都重。我在外面做事，他常常对我说，吃别人的嘴软，拿别人的手短。出门在外，能帮别人的尽量帮。他走的时候，握着我的手，眉眼都是舒展的，我知道，他对我还是放心的。

刘义水喝了一口茶，对着客厅外的阳光出了一会神，继续道，他文化程度不高，不会讲大道理，只会说大实话。这些年，他外出一直不愿意打的、坐专车，坚持步行和坐公交车，就是想看看街上的那些无障碍设施改造得怎么样了，盲人坐公交车是不是方便。

"我们很多时候是屁股决定脑袋。真正落到实处的东西，就必须要自己去摸一摸，看一看，不能想当然。比如说，有一次我出门坐公交车，就差点撞到电线杆。盲道中间居然有一根电线杆，你说这不是让人撞的吗？盲人视力不好，不像明眼人，老远就能看到电线杆，能避开。我后来打了市长电话，他们就让人给移走了。还有，有些地方在建设，在拆迁，可也不能把盲道给堵死了。明眼人看到了，可以绕道走，盲人可能要走完全部的路才知道这地方行不通了。"

"以后这样的建设应该多听听你们盲人的意见。"

"就是这句话。什么是新时代？新时代就是，我们盲人也能像普通人那样不靠别人帮忙，安全地在马路上行走，安全地吃自己想吃的东西。还有，我们盲人也可以像普通人那样靠自己的双手，凭自己的本事，在不同岗位上发光发热。"

刘义水似乎很激动，他洪亮的嗓音在客厅里嗡嗡作响，仿佛我们家的电视啦茶几啦沙发啦都跟着他一起共鸣。

这是秋日的下午，窗外的阳光像一块金色的毯子，让人想起农场的麦田和金黄色的稻子。厨房的红薯熟了，我端了几个出来。他剥了一个吃，夸小番薯香糯，口感好。我问他，您的农庄种吗？他说，为什么不种？现在就是流行吃番薯的年代。过去是穷人才吃番薯，现在是有钱了吃番薯。

"什么时候去您农庄转转？"

"随时欢迎。"

然后，他像是想起了什么事，站起来，看了一下手机说，哎呀，晚上还有个会，得赶紧回家了。

送刘义水下楼，看着他在盲道上远去的身影，我仿佛看到了一片绿油油的田野在无限地延伸。开农庄是不是刘义水的最终营生，谁也说不准，但有一点，我相信，他还会继续折腾下去，直到把自己认为能干想干的事全都干完了。

撑起一片天的女人

CHENGQI
YI PIAN TIAN DE
NÜREN

何群

性别：女
出生年月：1969年11月
籍贯：浙江省杭州市
工作经历：建德人民医院小儿科护士、高师傅推拿店员工、何群推拿店法人代表
人生格言：帮助别人是我一辈子的快乐

一

那天下着蒙蒙细雨，秋天的雨总让人有种莫名的忧愁。我在心里念着何群的名字，踏入了杭州市残联招待所。她在参加一个年底的重要会议，还没结束。我经人引荐，在她的招待室里小坐了一会儿，她才匆匆赶来。

扎着马尾辫，穿着短裙的她比想象中更年轻，更有活力。

"你坐在我对面，我只能看到个模糊的轮廓，你要是不讲话，我连男女都分不清。"因为斜视，何群讲话的时候，眼镜片下的那双眼睛总是不自觉地眯起来斜过去，看起来像是向人翻白眼。

"您是在什么时候发现自己眼睛坏到这种地步的？"

"我本来近视就十分厉害，刚工作那会儿单位体检，有八百多度，那时候的眼镜片很厚，看上去一圈一圈的，架在鼻梁上，像个酒杯。后来，近视越来越深，散光更是厉害，再后来就变成了一千多度，散光也有一千多度，看面前的一根棍子，就像有无数根棍子在晃。"

眼睛坏成这样，何群去单位上班连自行车都不敢骑，要么步行，要么坐公交车，好在家离单位比较近，好在最开始这几年，她遇到的都是好人。

1988年我从建德卫校毕业，经人介绍，认识了羊毛衫店的老陈。交往大半年后，老陈因为气管受损，引发肺部大出血，医生说，要是抢救不及时，恐怕命都保不住了。这种情况需要静养，等恢复了，最好不要干重活。我们家里人得知情况后，一致反对我跟老陈来往。当时，我很矛盾。一方面，老陈人聪明，又实在，除了隐瞒了病情，对我还是不错的。我这人吧，在男女关系方面比较守旧，觉得跟了一个人，就不能三心二意，再加上我心肠软。老陈说过，我是他第一个喜欢上的女人。我怕老陈刚从鬼门关挺过来，这时候提出分手，他会想不开。

痛定思痛后,我决定继续跟着老陈。当时,我的家人和朋友都不理解,觉得我这人傻。我小姐妹说,你又没有结婚,干吗非要在一棵树上吊死,就算你要上吊,也要选一棵好树吧。

这些劝告我都没理会。工作第二年春天,我和老陈结婚了。我们的婚房在老家小镇上。那时候,老陈的病没那么厉害,还能在羊毛衫店干活。他说,只要我们齐心协力,日子肯定会一天比一天好。年底,我生下了儿子。因为家里老人年纪大,也没法照顾孩子,最初几年,我就在家带孩子。

结婚第三年,儿子也叫三岁了。老陈一个人的收入明显不够家里人开支,为了儿子,也为了这个家,我就去建德第一人民医院应聘,成了一名新生儿护理。

手头上没有多余的存款,初到建德城里,为了节省房租费,我们住的是人民医院的宿舍楼。十来平米的宿舍,一家三口,吃喝拉撒,全在里面。

儿子要上幼儿园,老陈身子不好,隔三岔五要去医院做检查、配药吃。城里的消费又高,尤其是单位里隔三岔四就要送人情。同科室的小姐妹还常常互相请客吃饭,逢生日或者婚假,人情大得更是我不敢想象。每到请客吃饭,我就推说家里有事,儿子要人抱。科室里送人情封的红包我都是最小的,有时候也打肿脸充胖子,可送出去了,又后悔,儿子的学费怎么办?老陈的医药费怎么办?那时候,同科室的护士家里条件都比我好很多,她们穿着好看的衣服,烫着好看的头发,吃着好吃的零食。我感觉自己就像一群白天鹅里的丑小鸭。

护士是三班倒的,上了夜班,白天就休息。夜班是晚上六点上班,凌晨一点半下班。我一般睡到上午十点就起来做饭。午饭后的时光是比较空的。有一次，我去路边摊上给儿子买旺旺碎碎冰。卖棒冰的是个年轻的小伙子，读高二，说是趁暑假出来赚点钱。我想，为什么不试试干这个？

我在家里是老大，下面还有两个弟弟。大弟弟是干木工的。我让他帮我做一个木箱子，大弟弟问我做木头箱子干吗，我骗他，放东西。

那时候，一根旺旺碎碎冰批发价是三毛五，拿到市场上能卖到一块。我算了一下，如果一天能卖掉一百根，一天就有六七十块钱的收入，比我做护士工资高多了。当然，一个护士卖棒冰总归不是件光荣的事。为了不让周围人知道，我就骑着自行车到郊区的工地上卖。工地上都是农民工，别人一根一块钱，我卖两根一块五，一根八毛。

一般我都在午饭后出发，三轮车骑到工地上，正是一天里最热的时候。农民工兄弟看我是个女人，价格又比别人便宜，都会买一根犒劳自己。第一天，我就卖出了将近一百根。旺旺碎碎冰跟别的棒冰不一样，卖不完，也不会损失什么，化成汁了，第二天拿到批发的冰库再冻一下，又可以接着卖。

收入增加了，同事请客吃饭，我出手也大方了。时不时地，还能给自己添件像样的衣服。我跟同科室的小吴关系不错，有一天，我穿了件不错的外套，她看到了开玩笑问我，最近，是不是在外面傍大款了？我说，我这个样子，谁能看得上我？小吴说，这可不一定，青菜萝卜各有所爱。我一急，就说了自己在休息日卖棒冰的事。

小吴听了说，你这样是不是太拼了？我说，不拼，这个家怎么办？小吴不语，暗地里却时常塞一些好吃的给我，还时常买一些玩具给我儿子。她说我一个女人，太不容易了。

说实话，单位里的同事和领导对我都不错。我们科室主任常常对我说，小群，有什么困难尽管向我提，单位能解决的尽量解决。我说，单位能把宿舍免费让我们一家住，就是对我们最大的帮助了。

1997年，我在好友小吴的介绍下，相中了第一套房子。那房子离单位近，有六七十个平米，因为是一楼，比别的楼层便宜很多，当时的价格是三万块。可我手头上一分积蓄都没有，老陈因为住院吃药，还欠下了两千元的债。我寻思着，儿子一天天长大，已经上小学了，不能再跟我们挤一张床睡，要么租房要么买房。

我考虑再三还是决定买房。我让爸爸担保，从农村信用社贷到了一万元的款，又好说歹说从妈妈那里借了五千块。剩下的我让卖主能不能看到小吴的面子上，按月还款。卖主答应了。

我们终于有了城里的房子。本来这是应该高兴的事。可房子在一楼，湿气很重，厨房里蟑螂臭虫经常出没。那时候，儿子常常说，妈妈，我们家里养了很多小虫子呢。幸好，小家伙胆子大，没有被那些虫子吓着了。可老陈的病，却因为潮气太重加重，咳嗽得更厉害了。实在没办法，一年半后，我们决定换房。

好友小吴得知情况后，又给我介绍了一个房子。那房子在顶楼，和原先的比湿气自然少了。在小吴的热心帮助下，我们把第一套房子卖了。真没想到，一转手居然赚了九万块。我自己也很吃惊。这样，不光把头上欠下的债还清了，还有了些许存款。再加上卖旺旺碎碎冰的积蓄，我咬咬牙，一口气买了两套顶楼的房子。一套自己住，一套出租。

为了节省装修的钱，我动员全家出工。那时候，老陈的身体还没有很坏，他在农村学过泥瓦匠，自告奋勇砌墙，木工活我大弟弟全包了。我和儿子就负责搬运。砖块，沙子，水泥，从一楼到七楼，一步步，全靠自己。儿子还小，说实在的，也帮不上多少忙。

我们用最少的钱，装修了第二套房子。搬进新家的那一天，老陈拉着我的手说，阿群，这些年你辛苦啦。我说，辛苦啥，高兴呢。

有些事，我不想告诉老陈，让他担心。其实，那会儿，我已明显地感觉到自己的视力越来越差，好几次搬砖上楼，都撞到别人身上。

二

2001年，对何群来说，是命运转折关头。

那年，医院要求每个员工必须学会电脑操作，可何群的视力已经坏到连电脑屏幕上的字都看不清了。她怕耽误工作，跟领导说了自己的情况。领导照顾她，让她只负责给新生儿称体重、喂奶、洗澡这样简单的活。

跟自己差不多时间进单位的同事，有的加薪，有的升职，可她却因为视力原因只能在单位干最基础的活，这样的活技术含量低，谁都可以做。说句难听的话，要是单位裁员，她就是第一批被淘汰的员工。一向要强的她，表面上依旧说说笑笑，可内心却比谁都难受。

几年前，她还可以靠卖棒棒冰赚取额外的收入，可这么多年过去了，城里满大街都是冷饮店，家家户户都有了电冰箱，再也不需要人上街吆喝棒棒冰了。儿子还在上小学，老陈的身体一日不如一日，城里的消费又一年年攀升，这个家该怎么办呢？

有一天，何群下班回家，拖着疲惫的双腿走在新安江边，老陈打电话过来，问她这么迟了，怎么还不回家。

"喂，家里米没了，背一袋来。"老陈在电话里吆喝，在她听来就像在赶一头耕地的牛。

婚后这些年，老陈的病一天比一天重，脾气也一天比一天坏。何群回家等待她的不是暖水热饭，而是冷言冷语冷饭桌。不光如此，老陈还常常将怨气撒在何群头上,指挥何群干这干那。接到电话那一刻,她有种冲动,想跳下江去,一了百了。

心情不好的时候,她会去江边散散步。这一天也不例外,她站在江边,江风吹乱了她的头发,也吹乱了她的心。眼前波光粼粼的江水仿佛在向她招手,向她微笑:来吧,到我的怀抱里来。来吧,我的孩子。她的脚不由得往前挪了几步。近了,更近了,她都能嗅到江水的腥味。

这时候,手机再次响起来。

"妈妈,你什么时候回家啊?我肚子饿了。"

儿子!她一个激灵从迷乱中清醒过来。不行,儿子需要她,这个家需要她,她不能就这样一走了之。

仿佛有感应似的,隔了几天,好友小吴问她,现在医院里这么辛苦,这个检查,那个考核的,工资老也不加,有没有想过出去干?何群惊讶地抬头道,出去?我能干什么?扫马路吗?

"说什么呢?现在有个活,钱多又不累,我觉得挺适合你的。"

"你就别开玩笑了,天下哪有这么好的事。"

事实上,小吴还真没跟何群开玩笑,她告诉何群,有个朋友开了一家推拿店,她因为有偏头痛,时常去朋友店里按摩,效果还不错。那家店生意十分好,何群有过护理经验,又是卫校毕业的,学按摩肯定拿手。

"我眼睛坏成这样,还能学推拿?"

"人家什么都看不见的盲人都能学,你怎么就不能学了?"

在小吴的劝说下,何群打算去那家推拿店看看。但老板提出,如果想学就得缴学费,并且每天都要上班。那是一笔不小的学费,何群有点舍不得。加上她还在医院上班,也不可能每天都去推拿店,就没答应。

也是凑巧,隔了两天,她去小区楼下的理发店理发,聊天时说起自己颈椎不好,理发店的老板娘就介绍她去隔壁的推拿店按摩。

都是推拿店，为什么不试试这家呢？

在理发店老板娘的介绍下，何群跟隔壁推拿店的老板高师傅联系上了。那天，何群直截了当地问高师傅，能不能不收学费学习。高师傅说要跟他老婆商量一下。过了两天，高师傅回她，老婆不答应。

何群想，不就是学推拿吗？医院里也有推拿科，为什么要舍近求远，跑到外面去学？她对小儿科的主任提出了自己的想法，主任建议她学小儿推拿，说小儿这块她熟，上手容易，也方便科室里安排工作。可何群觉得小儿推拿的受众群体不多，她更想学成人推拿。于是，又跑到医院的成人推拿室去。成人推拿室的主任一听何群想到他们科室学习，委婉地说，不是一个科室的，他们不收。

单位里不能学，何群想着，还是到楼下的推拿店再碰碰运气。这天，她请理发店的老板娘出面，请高师傅好好吃了一顿饭。

高师傅爱喝酒，饭桌上气氛不错。酒过三巡，何群端起酒杯对高师傅说：

"高师傅，你我都是爽快人，我就直说吧，我家里条件不好，你带我，我在你这里学推拿，不要吃饭，不要工资，你呢也不要收我学费。你要是同意，就跟我干了这杯酒。"

理发店的老板娘在一旁，赶紧说，老高，我看这个法子成。酒在兴头上，高师傅也不好意思回绝。就这样，何群一到休息日就去老高推拿店学推拿。虽然医院的成人推拿科室拒绝了她的学习要求，可主任却借给她不少推拿方面的书。何群一边看书自学，一边跟高师傅学习技法。有客人来，她还主动上去招呼，泡个茶，开个热身背。

一天，客人问高师傅，这是你徒弟？高师傅笑笑说，是的，还是人民医院的护士。听说人民医院的护士也跟高师傅学手艺，客人们都觉得高师傅手艺了得，店里的生意随着何群的到来越发好了。

凭着自己的聪明好学，一年后何群就成了高师傅推拿店的得力干将。高师傅跟何群商量，如果她继续留在店里，每个月做十五个半天，可以给她500块的工资，要是天天出工，就可以给她开2000块的月工资。当时，何群在医院的收入不过1500块，但她考虑再三还是舍不得那份工作，只答应高师傅休息日兼职。

这一干就是五年。但世上没有不漏风的墙，何群的兼职高收入，引来了别人的嫉妒，小儿科的主任找她谈话，提醒她，把兼职的工作辞了，说是这样做，在单位里影响不好。

面对主任的提醒，何群陷入了深思。她在医院里做新生儿护理已经有十五年了，可工资比刚进来的大学生还少，要是舍去推拿店的活，就等于少了一半多的收入。要不主动辞职吧，这样也给医院省去了麻烦。她把自己的想法对好友小吴说了。小吴建议她去办理一个正式的推拿师执照，说万一哪天她在高师傅店里干不下去了，自己也可以独立门户。何群听从了好友的建议，找到了市残联，在市残联的帮助下去了省残联参加为期半年的推拿师脱产培训班。

高师傅听说何群要到省城学推拿，一去就要半年，有些担心她学成后翅膀硬了高飞，就推说店里事情多，缺了她不行。何群知道高师傅心里的想法，跟他再三保证，学成归来，一定还在他那里干，五年之内她保证不走。高师傅这才允诺。

一切准备就绪，何群向单位提交了辞职书，去了省城脱产学习推拿。半年之后，她成了高师傅推拿店的得力干将。有了何群的全力加入，高师傅推拿店的生意越发红火了。

生意红火了，店里人手就不够了，在高师傅的同意下，何群自己也开始带徒弟了，领点师傅工钱。认识她的人都觉得她这么能干，嫁给老陈亏了。

我这人吧，天生就是个劳碌命，小时候是家里的老大，要照顾下面的两个弟弟。嫁人后，老公身体不好，又得挑起一家的担子。有人问我，你要工作，要照顾家，还要做志愿者，不累吗？我说，说不累是假话，累也开心着吧。

在推拿店，时间久了，很多顾客都成了我的老朋友。他们愿意跟我掏心掏肺，说我这样的女人吧，谁娶了，谁福气。还有人问我，老陈这样子的男人，你当初是怎么看上他的？

在朋友眼里，我除了眼睛不好，哪一点都比老陈强。特别是老陈查出来肝硬化后，脾气变得越来越差，动不动就跟我甩脸。我那些小姐妹说，你哪里是嫁老公，你是给自己嫁了个老祖宗。我笑笑说，老陈挺不容易的，他发脾气，那是他心里苦。

朋友们摇着头说，没见过你这样宠老公的女人。

有一次，报社的一位记者到我店里来推拿。他问我，作为市里的劳模，你是怎么看待中国女人在家庭中的地位的？我想了想说，有人说女人是半边天，可我觉得女人就是一片天。只有女人把自己当成一片天，才能不靠男人，活出自己想要的人生。

三

何群坦言，工作和照顾家人之余，她最大的快乐就是帮助身边的人。28年来，她一直不间断地参加各种公益组织活动，为身边的孤寡老人尤其是残疾人朋友送去温暖。也因此，她先后被授予"杭州市第二届最美助残志愿者""杭州市杰出志愿者""杭州市优秀志愿者"和"杭州市功勋志愿者"等荣誉称号。谈起这些年在公益道路上的事，何群满脸都是笑。

助残服务小队

说起来，我之所以走上公益的道路，是受了沈大姐的影响。

沈大姐是我们医院小儿科的主任，出了名的大好人。那时候，我经常看到她去住院部帮助手脚残疾的病人，给他们洗衣服，买饭菜，对特别缺少照顾的困难病人，有时她还会给他们送毛巾，送牛奶什么的。她一个人忙不过来时，就会招呼我和她一同去帮助这些病人。帮着帮着，我就喜欢上了这个行当。沈大姐退休前特意嘱咐我，说她年纪大了，以后要我挑起这个担子。

没有人命令我们这么干，沈大姐是，我也是。我们经常说学习雷锋好榜样，其实真正帮助别人，根本就不需要那些虚拟的口号，我们这样做，完全是发自内心的。

2006年我从医院辞职了，但志愿助残的事却没有因为离开单位而停下脚步。说实话，在单位干和在个体户老板手上干，肯定是不一样的。单位轮班有休息日，但出来干，就没什么休息日了，一切都是老板说了算。每个礼拜，我都有一天要去做志愿者服务，高师傅知道后，有些不爽，对我说，阿群，你好好的钱不赚，去外面瞎折腾什么呢？难道你还嫌不够累？我不声响。他又说，是不是有人逼你一定要参加这个组织？要是这样，师傅替你出头，跟他们说去。

我说，师傅，志愿者服务完全是自愿的，没有任何人逼迫我做。但做好事是会上瘾的，就跟抽烟打麻将喝酒一个道理。高师傅不解，人家抽烟喝酒打麻将是消遣，你做好事也能消遣？我说，那些消遣哪能跟这个比？我帮了别人，可得到最大快乐的不是别人，是我自己，再说了，师傅，我帮助的那些人很多不也成了我们的顾客？

当时，高师傅不能理解我所谓的快乐，但我去外面做义工给店里带来了生意和口碑，这是事实。他见拦不住我，也就不再过问了。

辞职后不久，有个四十来岁的大男人不知从哪里打听到我，找上门来，要我给他脑瘫的儿子做推拿，还说，只要我肯上门服务，价格好商量。过了一歇，他又支支吾吾地说，不过，不能太贵。我从他的谈话中，了解到他的儿子叫阿炜，刚满十三岁，他跟他老婆离婚一年多了，儿子跟着他，因为家庭条件不好，没办法送儿子去大医院治疗。他是听说推拿对治疗脑瘫有作用，又从别人那里打听到我是个热心人，给很多人做过免费的推拿服务，才上门来找我的。当时，我想都没想，就答应了。

三个多月后阿炜手脚明显灵活了，又过了一段时间，他居然能独自站立，走上几步了。

阿炜爸爸非要塞我一个大红包，我不收，他就亲自送来了一面大锦旗。还说，这辈子我就是阿炜的恩人，以后有什么需要他帮忙的，一定全力以赴。我说，我给你儿子按摩，你儿子手脚灵活了，就是对我最好的报答。

过了一段时间，我回了趟老家。我妈说，隔壁八十岁的婶婶脑溢血瘫痪在床两年多了，家里条件差，没办法给她请医生，问我能不能去看看。我说行啊。可这一看，我心里那个难受啊。屋子里一股难闻的味道不说，老婶婶因为常年卧床，生了褥疮，身上都没一块好肉了。想起老婶婶年轻那会儿，多利索的一个人，见人就笑，还常常夸我聪明。如今，却成了瘫在床上无人料理的老废人。

我咬咬牙，将她接到了城里。那会儿，老婶婶住在我家里，吃喝拉撒都归我开销。我们家老陈说，她是你亲妈还是你亲姨，你傻啊，怎么什么事都往自己身上拉？我说，远亲不如近邻。我小时候，没少吃他们家的东西。再说了，他们家也确实困难，我能帮她一把，不是挺好的吗？

那段时间老陈自己身体也不好，每天需要吃药打针，我一个人在推拿店与家之间来回奔走，每天三次为老婶婶推拿按摩，还要给老陈熬药。一个月后老婶婶的症状明显减轻了，她拉着我的手说，阿群啊，我上辈子是不是积了什么德，你让我说什么好呢？我说，啥也别说，你的病好了，就是最好的。

何群的服务对象不只限于瘫痪者，她还经常与志愿助残服务组织一起奔走在乡间、街道、社区，为残疾人、老年人等困难人群，免费提供各种日常生活服务。但有时候，好人并不好做。周围时常会有风言风语传来，说他们这些人是得到了好处，才会去干的。还说，天下哪有免费的午餐？不过是一群披着羊皮的狼，打着公益口号旗子，为自己行好处。

刚开始听着，何群心里也委屈，但工作实在太忙了，她根本没空理会那些闲言碎语，就当是一阵耳边风刮过去了。当然，耳边风再大，也大不过一群人的脚步。

"做公益服务单靠一个人是不行的，一群人才能走得更远，干得更好。"

何群经常鼓动身边的人加入到这支队伍中来。这其中有她的顾客，有她的好友，还有她的师傅和家人。何群的儿子从小就对别人说，我妈妈是大忙人，她老是在外面。后来儿子长大了，渐渐知道了何群做的事。每当遇到下雨下雪天，或者大热天，只要他有空，都会开车送何群去服务站点。有人问她儿子，你妈经常为别人服务，照顾你的时间少了，会不会觉得委屈？她儿子说，我妈在做一般人不能做的事，她是个不一般的人，我为她骄傲。

儿子娶了媳妇，媳妇也在何群的带领下做起了志愿者。媳妇是美术老师，她经常免费教残障儿童画画。媳妇说，做这些事，内心会特别安宁。至于老陈，自从加入到助残服务队，看到那些缺胳膊少腿，耳聋眼盲的人，他就觉得自己比他们幸运多了。对别人的埋怨少了，脸上的笑容也就多了。

2007年，何群被推举为建德志愿者巡回服务总队副队长，之后又被推选为建德市敬老助残协会副会长、建德市盲人协会主席、建德市残联兼职副理事长、杭州市盲协副主席、杭州市盲人协会"暖手"志愿服务队队长。自从担任这些职务后，何群的手机由一只变成两只，由两只变成三只，找她的人多了，有时候吃一顿饭的工夫，就得接几十个电话。

有人给何群做过统计，从2012年起至2018年12月底，她个人累计参与各类志愿活动223次，其中志愿助残累计138次。

可人毕竟不是神，2017年初，何群去医院检查，检查结果子宫内有肌瘤，宫颈切片有癌细胞，必须马上手术。

我的第一反应是，完了，以后我再也不能为大家服务了。当时，强忍着心头的悲伤，我对医生说，请告诉我实话，我还有多少年活头？医生说，切片表明，癌症还属于早期，只要配合治疗，完全可以康复。尽管医生这样说，可家里人还是很为我担心，老陈更是坐立不安。我安慰老陈，像我这么好的一个人，老天爷是不会绝我的，放心，医生都说了，只要配合治疗，完全可以恢复健康。

高师傅听说后，赶到医院对我说，阿群，你放心治病，就算你不到推拿店上班，我还发工资给你。等你身体恢复了，再来上班。我听了感动不已。

三月份我做子宫肌瘤切除手术，四月份我又做了宫颈癌清扫手术。医生让我起码休息半年，才能去上班。可那段时间，家里搞装修，我哪里坐得住？休息了一个月后，我又干开了。朋友们说，群啊，你不要命啦。我说，癌症这东西，最怕胡思乱想，人忙起来了，就没有工夫想那些东西了。

尽管高师傅一再说，我在家休息他也照发我工资，可我不愿白拿人家钱。再加上之前，我跟高师傅为了招收推拿师闹过一些分歧。当时，我从外面招来了三个残疾人，两个是盲人，一个是肢残人。师傅和师娘并不赞同我这么做。当然，我也能理解他们。可我又丢不下那三个人，老觉得自己有这个责任照顾他们。

再三思考后，我跟高师傅说，身体不好怕影响店里生意，不想再干了。高师傅考虑后，答应了我的请求。

2017年下半年，我有了自己的"何群推拿店"。那三个人，自然也跟了我。

有人问我，最近身体如何。我告诉他们，癌细胞全被我吓跑了。真的，我特别感谢老天爷，感谢老天爷赐予的能量。我觉得自己在帮助别人的同时，个人的能量在不断增长。就好像我花出去的心血，全回到了我自己身上。

最好的药是什么？是心。只要心里充满爱，病魔也会对你让步。

2019年12月份，我们志愿者服务之家的四个女人，我、黄晓燕、汪小风、崔秀红成立了建德市"心连心扶残助残志愿者民间服务队"。我们各自拿出七千五百块钱，作为服务队的基金。我是服务队的副队长、指导员，黄晓燕是法人代表、队长。

黄晓燕比我小9岁，她在一家厂里上班，身体上没有任何残疾，但她跟我很投缘。我跟她认识十多年了。十多年里，哪里有我服务的身影，哪里就有她的身影。我称，她是我的眼。她说，我是她的拐。十多年里，我们风雨同舟，扶残助残成了我们彼此生命中的一部分。别人眼里的诗和远方更多是鲜花和烛光晚餐，是人在旅途中的看山看水，而我们眼里的诗和远方就是帮助身边更多的残疾人和困难者。

话虽这么说，但即便到现在，也还有不少人对我们所做的事表示不解。这样的对话，时常会在奔波路上发生。

路人：你们总是在做志愿者，挣钱了没有？

我们：没有。

路人：那你们这些志愿者是不是家里很有钱？

我们：没有。

路人：那你们一定得到了很多名气吧？

我们：也没有。

路人：那你们做这些究竟为了什么？

我们：为了那些离去的负能量。是的，我们抛弃了愤怒、纠结、狭隘、挑剔；抛弃了指责、悲观和沮丧，抛弃了肤浅、短视；抛弃了一切无知、干扰和障碍。

我始终觉得，做志愿者的真谛不是做加法，而是做减法。提升的目的不是为了得到，而是放下。放下执念，放下包袱，让自己变得更好。

这些年，也有人经常问我，是什么力量坚持了这么多年？我想，最大的可能是天性如此吧。从小，我就是家里的老大，我习惯照顾别人，而不是别人照顾我。所以，没有那么多高大上的答案，答案就是，这样做让我舒服，让我快乐，让我觉得自己有价值。所以，如果有人问我，你还能坚持多久？我会说，根本就没有坚持这回事。

跟何群对话的五六个小时里，我们总是被一些电话打断，那些她不得不接的电话和处理的事务。正如她所说，她有三只手机，每一只都有不同的业务和职能。

我说，您看上去一点也不像五十出头，怎么看都像二十出头的小姑娘。她说，是嘛？那我太高兴了。何群对我说，明年她打算开一个推拿分店。我问她，是不是嫌自己还不够忙？她说，钱是赚不完的，但主要还是想在力所能及的范围内，给残疾人朋友提供更多的就业服务。目前她店里已经满员了，要再招人，就必须扩大规模。

从残联出来，已是傍晚，雨停了，街上一片清亮。我们一起坐了公交车。我要回家，她要转宾馆，说是明天一早还有个无障碍会议等着她。看她谈笑风生的样子，仿佛浑身充满了力量。我实在很难想象，她曾是一个癌症患者。也许，她心里装的事装的人太多了。她有自己的一片天、一个世界，病魔在她眼里，不过是个跳梁小丑，她都不屑于跟它斗。

朱半仙

ZHU BANXIAN

朱伟成

出生年月：1961年3月
籍贯：浙江省舟山市
工作经历：工厂工人、批发店老板、伟成推拿店法人代表
人生格言：不为自己求安乐，但愿众生得离苦

一

已经是晚上八点半，劳累了一天的朱伟成给自己泡了一杯茶，习惯性地点上一根烟，坐在书桌前。

电话里，我表示很想知道，他是怎么给自己倒茶的。他笑笑说，靠听水的声音，靠感觉杯子的重量。盲人失去了视觉，听觉和触觉会特别灵敏。比如，他现在只要搭一搭肩膀，摸一摸肩胛骨，就能知道这人大概长多高，有多重，是男是女，一般八九不离十。

我以为他会跟我聊盲人算命或摸骨术之类的，可他却跟我提起了"死神"：

"死神摸过我的头颅，他至少在我身边待了好几天，我们俩差点成了兄弟。"

朱伟成第一次跟"死神"擦肩而过是在1993年，那一年对他来说是人生的大转折，也就是在那年，他的眼睛出了问题。

> 八十年代末国内流行下海潮。1986年我结婚了，也下岗了。下岗后，我很快就做起了批发生意。那时候，只要你找对门路，肯下功夫干，有时候赚钱就跟水里捞鱼似的。从1986年干到1993年，七年时间，我在城里买了商品房，还有了一点积蓄。但人生哪有一帆风顺的路，很快，我就遇到了一个大坎。
>
> 有人故意卖给我一批假饮料，我一下被骗去了30多万块。30多万在今天不是个大数目，但在当时对我们这样的普通老百姓来说，就是个天文数字。举个例子，那时候舟山市里的商品房一般也就卖3万一套。30多万，意味着一下就被人骗去了十多套商品房。
>
> 死神就在那几天，看上了我。

我的一只脚像是踏入了另一个世界。头几天吧，有人站在对面拍着我的肩膀讲话，我感觉人家离我十万八千里远，我抱头坐在沙发上抽烟，像是坐在云端里，脑子沉甸甸的，身子轻飘飘的。白天黑夜，我都在想这事。我想不明白，一个在江湖上混了七年的人，怎么就那么容易让人骗去了这么多钱？我无法给自己一个交代，也无法向家里人交代。爸妈年纪大了，知道这件事估计会愁得连觉都睡不好，我老婆要是知道了，说不定还会跟我吵跟我闹离婚。我左思右想，不敢跟家里人张口。就这样，一个人默默承受着。但越是这样，脑子越是一团糨糊，就好比一个人走夜路，忽然之间闯进了一条看不见底的巷子。

我的眼睛本来就有点弱视，年轻的时候硬撑着装视力好，喜欢甩酷赶时髦，喜欢穿红皮鞋白袜子，马路上踩到狗屎还装着若无其事的样子。要是路过有人看到，问我怎么回事，我会装出很惊讶的样子，极力证明自己是因为不小心，才踩到狗屎的。那时候年轻，面子比里子重要。

出事后的第三天，我照样去批发店值班。我们家和批发店步行也就十来分钟。这条路中间要经过一座桥，桥下面有一条河。那是一个冬天的早上，西北风呼呼地刮着，天上没有半点太阳，我白天胡思乱想，晚上又睡不好觉，大概是因为睡不好吧，那几天眼睛也很难受。怎么说呢？就感觉眼前白茫茫的东西越来越多，越来越浓了。我浑浑噩噩走在马路上，又浑浑噩噩蹚进了河里。河水没过了我的小腿，再是膝盖，我竟然一点知觉都没有，好像依旧走在大马路上似的。幸好，有个男人经过把我拉了上来。我记得，那男人好像对我说了句，以后别喝太多酒，快回家。他还问我，知不知道家在哪里，我使劲点头，其实，我也不知道自己为什么点头。那男人把我拉上桥后，估计是看我好像还清醒的样子，就走开了。我在桥上站了一会儿，冬天的风呼呼呼地吹着，我竟感觉不到冷，脑子晕晕乎乎的，感觉像是喝了很多酒。

那条河吧，好像有一种神秘的力量在召唤着我。那人走后，我再次踏进了河。河水没过了我的小腿，又没过了我的膝盖，接着就爬到了我的肚脐眼上。我这才感觉到冷，那一刻，好像被人打了一棍子，我浑身哆嗦了一下，惊醒过来。

我大喊救命。这时候，桥上有一对青年男女骑着自行车经过。他们赶紧下来合力把我从河里拉上来。到那会儿，我整个人完全清醒过来了。我问小伙子能否带我回家。他说，可以。小伙子用他的那辆自行车带着我回了家。

回家后，我洗了个热水澡，换了身衣服，蒙头睡了一大觉。

一觉醒来后，天塌了。我的眼睛什么都看不见了。一种强烈的恐惧占领了我整个身体。

朱伟成你完蛋了。一个声音说。

朱伟成你不能完蛋。另一个声音说。

我在房间里来来回回走了不知道多少个回合，抽掉了不知道多少根香烟。最终，心底的另一个声音占了上风。

朱伟成，是个男人，就必须振作起来。我好像被人在头上狠狠抽了一鞭子。

事情总归是瞒不住的，没想到家里人知道后，非但没有责怪我，还急着四处托关系帮我治眼睛，当然，最终也没什么效果。在家里，我习惯当老大，更习惯一个人解决事情。我不想拖累他们，靠着几个老朋友的帮忙，加上手头上的那点积蓄，我干起了海鲜批发。火车一趟趟从舟山到上海，从上海到舟山。天不亮起身，墨墨黑还在火车上，没日没夜干，两年后，我总算还清了所有的债务。

也许有些事就是这样，当你行动起来，你手上的活会让你踏实，会让你更有力量，而胡思乱想只会徒增烦恼，消耗人的气力。

朱伟成说，讲起来惭愧，到现在他都不知道1993年那天救他的三个人的名字，尤其是把他救上来又一路护送他回家的那对小青年。如果可以，他希望有生之年能联系上他们，当面感谢他们。

他还对我说，因为有过死里逃生，虽然被人骗过，但只要是朋友，只要是真正需要他帮助的人，他依然会赴汤蹈火在所不惜。他说，他们这代人都有点理想主义，但凡有点血性的，都想干一番事业。

二

"老天爷为什么偏偏让我看不见？他是不是在指引我去干点别的事？"眼睛完全看不见后，朱伟成常常琢磨这问题。

1996年，朱伟成经人介绍去杭州参加了为期三个月的推拿培训。三个月的短期培训，让他见识到了很多，但他并不满足，他有更大的求知欲望。在老师的推荐下，他又考入北京针灸骨伤学院继续深造。一年多后，朱伟成学成归来，在残联的大力支持下，他在舟山市定海区开办了第一家盲人推拿所。那时候，盲人推拿还是个新鲜产业，朱伟成算是走在了浪尖上。

推拿诊所刚办起来时，来推拿的人并不多。他们不是嫌朱伟成技术不够硬，就是嫌朱伟成推拿所位置太偏，交通不够方便。

那时候，为了减少成本，朱伟成将推拿所开在一个巷子里，一般上门来的都是认识的亲戚朋友。朱伟成深信，酒香不怕巷子深。当然，干推拿这一行，光靠理论知识是不够的，更重要的是实践经验。学校培训期间，老师教会了他很多，应付一般性的小毛病自然不成问题，但碰到一些顽固的肩周炎、颈椎病以及腰椎间盘突出病，朱伟成依然束手无策。

"我们到你这里来，就是解决问题来了，你都不懂，我们还来干什么？"

顾客的质疑，让朱伟成惭愧不已。路是靠人走出来的，我就不信干不好。朱伟成捏着拳头对自己说。为了提高推拿技术，朱伟成自掏腰包，去外地取经。北京、上海、杭州、天津、河南……大半个中国，他都跑了个遍。在外面，他吃的是最简单的便当，住的是最廉价的旅馆，能走路就不坐车，能坐车就不坐飞机。在生活上他尽量省吃俭用，可遇到好师傅，要他花钱听课，眼睛都不眨一下，人家要多少，他就给多少。两三年里，他几乎把中国推拿行业最有名的推拿师全请教了个遍。不光如此，平时在家一有空，他也不闲着，书架上那些盲人版的骨科诊断推拿类的书统统被他翻了个遍，好些书都翻破了页。

很多人都会问朱伟成，一年到头跑在外面，回家又整天泡在诊所里，家里人怎么办？

朱伟成说，爱人很支持他的工作，也坚信只要是他认定的事就一定能干好。女儿挺乖的，平时都是他爱人带。作为父亲，他当然也希望多抱抱女儿，多陪她玩玩，可实在没时间。那时候，女儿说他是飞来飞去的黑衣侠。他很喜欢这个称呼。平时在外，只要有空，他都会第一时间打电话给女儿，陪她说说话。

"爸爸，您什么时候回来啊？"小时候的女儿老在电话里这么问。

"快了，就快了。"年轻时的朱伟成都这么回答。

可每次，他都会过很多天才能回家。慢慢地，懂事的女儿不再问他这个问题了。只在电话里说，让他早点回。

靠着后天的勤奋和先天的悟性，渐渐地，朱伟成在治疗腰椎间盘突出、肩周炎、颈椎病等方面形成了一套自己独到的技艺。业务上的精益求精,让朱伟成先后获得了浙江省第二届残疾人职业技能竞赛一等奖、舟山市首届残疾人职业技能竞赛一等奖、舟山市十大创业之星荣誉称号等。

当记者问他获得了这么多荣誉,有什么想法时,他淡淡地说:"荣誉这东西,不过是一张纸。多干点实事,才是真家伙。"

有人觉得他这么说矫情,但现实中他的确是这么做的。

随着名声的外扬,找朱伟成推拿治疗的人越来越多。客人多的时候,他的号子得提前三天预约。有一次,一位长期受腰椎病折磨的中年男子,专程从二十多公里之外的沈家门赶来求诊。朱伟成检查后发现,那人肩颈问题比较大,需要推拿一段疗程才能有明显的改善。那时,定海到沈家门来回需要乘坐专门班次的大巴。为了方便人家就诊,他与来人约定,无论多晚,只要人家赶上门,他都服务,诊疗费还是按常规收。中年男子听后感动不已。

一传十,十传百,精湛的技术加上良好的服务态度,后来不光是舟山市,附近县市也常有人慕名赶来就诊。

推拿时间长了,接触过的人多了,朱伟成一搭客人的肩膀,就能说出客人的身高、体重、年龄和性别来。见识过的人都觉得神,有人甚至称他为朱半仙。他却说,哪是什么神仙?我不过是把脸上的眼睛长到了鼻子上、手上。只要有心,哪里都可以长眼睛。

为方便沈家门的病人就诊,朱伟成聘请了六个盲人推拿师和一名下岗工人,在沈家门东海中路租用40平方米的沿街店面,开设了伟成推拿分店,迈出了按摩事业的又一步。之后,他又和舟山市民政局联办了慈善门诊。

2002年朱伟成当选为舟山市盲协主席,2007年被推荐为舟山市政协委员,2018年他又担任了浙江省盲协主席。一路走来,朱伟成肩上的担子越来越重了,但在发展个人事业的同时,他时刻没有忘记关心和帮助周围的残疾人朋友。

有盲人朋友上门求教推拿技术问题的，他都耐心地手把手教导。同为视障人，他深知盲人生活的不易，就业的艰辛。他鼓励身边的残疾人朋友，要自强自立，敢闯敢拼。

2009年，朱伟成代表浙江去北京参加全国大赛。经过笔试、实践手法考核，在几千名全国推拿高手中脱颖而出，获得了首届中国百强推拿按摩师大赛"十佳精英奖"。中央电视台还专门为这次大赛录制了节目，现场采访了他。

一下子成了全国名人，朱伟成想到的不是利用自己的名气扩大推拿店的经营规模，获取更多的个人利益回报，而是跳出自我的这方小天地，把学到技能和积累的经验免费传授给浙江各个地区的残疾人朋友。不仅如此，他还想方设法为他们提供就业场所，帮助盲人朋友自立开店。看着他们成才，走上自力更生的道路，朱伟成比谁都高兴。

"您不担心教了他们，自己的生意受影响吗？"

"一开始是有些担心，特别是当地的一些盲人朋友来请教我，我还真不

给盲人朋友示范推拿手法

敢放手教他们。可随着阅历的增加，我自己的格局也打开了。说到底，我要那么多钱干什么呢？我爸有退休工资，养活我妈足够。我爱人和女儿都有工作，可以养活自己。我自己呢，最大的花销就是香烟，一天两包，就这么点奢侈。"

除了帮助身边的盲人朋友学习推拿，朱伟成还积极参加各类社会公益活动，逢年过节，带领推拿所的几位盲人推拿师上街为老百姓服务。

"我还做不到忘了自己，但我希望想到自己的同时，还能想到别人。"朱伟成说。

三

佛家云：不为自己求安乐，但愿众生得离苦。朱伟成从小信佛，这句话是他的座右铭，他时常对照自己的言行，省察自己是否做到了这一点。

我们家祖上三代，我爷爷奶奶，我爸爸妈妈都是信佛的。我是六十年代初出生的，我们那一辈人小时候都苦，街头要饭的人特别多。那时候要饭的人经过，别人家都避之不及，紧闭大门，我妈每次都大方地招呼他们进门，给他们饭吃，自己家里没什么钱，还给他们零花钱带路上用。时间长了，那些要饭的好像都长了千里眼，都往我们家赶。我爸嫌我妈多管闲事，自己都吃不饱，没钱花，还给人家吃给人家用。可我妈总说，不是日子过不下去，谁能低头哈腰出来讨饭？我这么做，是在给家里人积德。

说实话，我爸读过几年书，刚开始他是不信佛的。1981年吧，他去上海看病，坐船回来途中遇到一个大和尚，与人家交谈了一番，竟大彻大悟，也信了佛。

我三岁那年，我妈带我去普陀寺受戒当了居士，法名道慧。我师父就是当时普陀寺的住持和尚，说起来现在普陀寺的当家人还得叫我声师哥。

我妈一生吃素，我受她影响，也偏爱素食。平常初一十五也吃戒菜。信佛的人是需要戒酒的，我抽烟厉害，一天两包，但酒几乎是不碰的。

自己腰包里有了钱，想到的还是多做些善事。当然，这中间也遇到过糟心事。2000年吧，我支助过一个读二年级的小男孩。那小男孩爸爸出车祸，受了重伤，无法劳动，家里失去了重劳力，一下陷入了困境。我答应支助小男孩到初中毕业。每年出两千块，五年一共一万元。

那时候，两千块钱足够小孩子应付一年的学杂费。可这家人吧，老觉得我有钱，我给他们钱是理所当然的。有时候，我工作一忙，钱打过去迟了几天，他们就打电话过来催了。那感觉好像我是银行自动提款机似的。

有一次，那小孩就直接跑到我店里来了。

"给钱！"刚开始我以为是电视里的人在说话，也没吭声。

"钱给我！"这次，男孩直接过来拉了我的衣服。

"你是谁？找我干吗？"我没反应过来。

"要钱！"

"你管我要钱干吗？我又不欠你们家钱。"

"给钱，你答应的学费！"

我这才想起来是怎么回事，可手头上还有客人在，活还没忙完。我让孩子等我一会儿，马上就好。孩子不客气地说，我妈还在外面等我，要我马上拿钱。客人听了，让我先忙自己的事去。我心里像戳进了一根鱼刺，但看在孩子年纪还小的分上，不想跟他一般见识，就去前台拿了钱，给了他。他也不说一声谢，拿了钱就跑出去了。客人问我，这孩子是你什么人？我说，不相干的。客人不怀好意地说，不相干的人找你要钱干吗？我就把情况跟客人说了。客人听罢，摇头道，这种人你给他们再多，也不会感激你的。

那家人我支助了五年，他们也没什么表示，之后，我们就再也没联系。

当然，这么说不是想要别人回报我什么。我支助人家也不是为了人家报答我。我想表达的是，有些人会把别人的好意当成理所当然，甚至认为自己没钱是因为别人因为这个世界欠他们的。不过话又说回来，多数人家，多数孩子还是懂得感恩的。我支助过一个贫困家庭的大学生。他们家出事那年，他还在上高三。我答应每年给他五千元的生活费，从高三一直到他读完大学本科。这孩子特别懂事，每年都会给我寄贺卡，逢年过节的还会拎着东西来看望我。遇到什么不顺心的事，也会在电话里跟我交流。大学毕业那年，还问我去哪里好，我给他提了些建议。他找到工作了，还跟我报喜。

我妈没文化，但她常常说，人是有因果报应的，多做善事，菩萨都是看在眼里的。

谈到自己的母亲，朱伟成有些哽咽。我才知道，他母亲刚走不到一个礼拜。母亲刚过世，家里有一堆杂事，诊所里又有一堆客人需要他，回绝一个陌生人的电话是情理之中的事。可他非但没回绝，还特意照顾我的睡眠时间，提早半个小时下班，跟我通电话。

我希望想到自己的同时，还能想到别人。朱伟成的这句话再次浮现在我的脑海里。

"能看看您长什么样吗？我怕哪天路上碰到您认不出来。"

"行啊。"

朱伟成爽快地答应了。视频里，他站在桌子前，桌子上放着茶杯、烟灰缸和一些盲文书。他手里噙着一支香烟，不时还抽上几口，烟雾在镜头里袅袅升起，我似乎能感觉到他的呼吸。

中等个，微胖，大鼻子，大脸，戴着一副透明的黑框大眼镜。头发不多，脸上很有肉感。我说他像一尊佛。他哈哈大笑起来。我又说，弥勒佛。他笑得更大声了，隔着屏幕我都能感觉到他的爽朗之气。

四

伸手要钱的男孩，带给朱伟成很大的触动。他知道有些事必须从根源上去寻找解决的办法。就好像，一盆室内的花，你给它浇水，只能解决它一时的饥渴。你要把它从盆里移出来，放在大自然的怀抱中，解决它的环境问题，才是长久之计。

当上政协委员这些年，他一面做慈善，一面操心两会提案。他说，捐款捐物，只能帮个别人渡过一时的困难，如果能帮助残疾人朋友得到政策上的扶持，就能解决一大群人的困难，帮助一大群人从困境中解脱出来。

"残疾人，尤其是盲人本来就是社会中的少数，要是我们这些人不站出来说话，谁还能为这个群体发声？"

朱伟成告诉我，他的爱人在街道社区工作，在调查研究听取民声方面，爱人帮了他很大的忙，正因为有家人的支持，在这条路上，他才能走得踏实、坚定。

他给我举了个例子。他说，《关于促进盲人医疗按摩进医院进社区工作的建议提案》最初是他自己撰写的，但正式提交时是转交给一位肢残人代表的。

"有时候，我也会有顾虑，怕他们说我是为了自己，更怕因为我耽误了大家的好事。"他说。

2007年，提案递交成功。

2009年，舟山市正式试行盲人医疗按摩医保定点项目。

2011年，舟山市政府下令出台专项政策，逐步开放盲人医保定点诊所。

2012年，盲人医疗按摩医保定点项目在全国各地陆续铺开。

整整五年，朱伟成心里的大好事终于落实了。那天，他买了一串百子炮，让女儿开车送他去了郊外。鞭炮声响起的时候，女儿问他，什么节，这么开心？他说，中国盲人节。

"那您觉得盲人最需要解决的是什么？"

"说实话，盲人急需要解决的问题很多，小到生活起居，比如无障碍设施的改善，大到生活状况的改善，比如社会福利、养老啊。很多盲人不仅仅有视力障碍，还有智力、心理、精神方面的障碍。这些年政府对我们残疾人，对盲人朋友的确很关心，也出台了不少帮扶政策。但是，我还是想说，在落实政策前，领导一定要下基层，深入到一线老百姓的生活，才能制定出精准的方案来。要不然很有可能是政府花了大钱，下了大力气，我们残疾人朋友还怨声载道。"

朱伟成跟我讲起了一件事。

2020年10月15日国际盲人节，浙江省宣传部号召在全省范围内开展10万个盲人进电影院观看电影的活动。当天有很多义务讲解员到现场为盲人讲解影片，新闻报道，各地影院座无虚席，场面十分壮观。

事后，他却听到不少盲人朋友说，费了那么大的劲，跑了那么大老远去电影院，听了一场自己不喜欢的电影，感觉是被人恩惠了，还不如在家看视频、刷抖音好。

"我们残疾人，我们盲人需要的是实实在在的关怀，政府的出发点是好的，但落到个人头上，有些事就变成了花架子，实际意义并不大。我个人希望以后政府在搞活动、在出台相关政策的时候，多从残疾人的实际生活出发，多下基层听听他们的意见，把政策真正落到实处，落到急需要解决的问题上。"

"您说得太对了。"

"也有人不喜欢我这样直来直去讲话，但我还是要说的。"

采访结束后，我让朱伟成把这些年递交的有关残疾人的提案发给我。他说，成，过几天让人打包发你。

几天后，我收到了他从微信上发来的打包文件。打开，从2007年到2021年，十四年间，他总共上交了41份提案。有完善无障碍设施的，有重视残疾人大中专毕业生就业的，有视障人士精神病收养问题的，有扶持残疾人经营福利彩票投注站的建议的，还有要求提高定海区残疾人就业保障金分成比例的，等等。

有些提案一年没通过，下一年他再提，下一年没通过再下一年他依然提，在帮助残疾人解决问题上，朱伟成是一根筋走到底的。

从整理的资料来看，朱伟成的提案涉及残疾人生活的方方面面。我能想象每一份提案的书写都饱含了他无数的心血。他走过的每一条街，握过的每一双手，听到的每一句话，都化成了他笔下的文字。就像他所说的，这些都是从残疾人的实际生活出发，是残疾人朋友实实在在需要解决的问题。

写下这些文字，正是2021年全国上下两会后。那一晚，我做了个奇怪的梦。梦里，朱伟成坐在马路边的一个棚子里，打着扇子，抽着烟，在他身边围着一群让他摸骨测命的人。

"别急，一个个来，我不收你们钱，但你们要说出自己的心里话。"梦里的朱伟成，给每个人发一张白纸。这些人有眼睛看不见的，也有眼睛看得见的。

我无法知晓那些眼睛看不见的人如何在白纸上写下自己的心里话。但我清清楚楚地记得朱伟成在我的梦里就是这样做的。醒来时，我想，这办法倒可以跟他说说。不过，我猜，他一定会大笑道，我都半仙了，还需要人写东西吗？

后记：百感交集的旅程

八年前无意间撒下的一粒种子，如今发芽了。

那是2014年10月，我和几个同事去浙江省盲人学校听著名特级教师虞大明的课。课间休息时，我无意中闯进了一间教室。教室里很安静，十来个学生，没有老师，讲台上坐着一个扎马尾辫的女孩。我问女孩，自修课吗？她说，是的，老师布置自己摸书。和我说话的就是本书第一章化名为小丹的女孩。那时候，她还在上小学六年级。

那一瞬间，我在想或许将来有一天我可以写写他们。

2015年初，我开始儿童文学创作，一口气完成了30多万字的儿童成长小说"湖神三部曲"，并在2017年8月顺利出版。虽然三部曲里没有一丁点儿盲人的影子，但这期间，我和小丹一直有联系，我记得有一年冬至，我还带着班里的几个孩子去看过她和她的同学们。

我很好奇，这些孩子是如何学习，如何生活，如何在父母不在身边的日子里度过一天又一天的。因为牵挂，2017年9月，我再次来到浙江省盲校，我想听听这些孩子的心里话。我的采访对象是小丹和她同寝室的三个好友。那半年，几乎每个周末，我都会去看望小丹她们。教室里，操场上，更多时候是在她们寝室里。我们天南海北地聊。聊功课，聊老师，聊未来，也聊美食和帅哥美女。她们问我，为什么经常来看她们。我说，想了解她们，想写写她们的故事。她们很兴奋，还帮我出谋划策。

空余时，我们也会在QQ上联系。从小就看不见的芳说，盲校的早晨是在鸟鸣声中醒来的。对于他们来说，今天和明天并没有多大区别，每天的日子是在铃声中开始，又在铃声中结束的。五年级患眼疾突然失明的蓓说，出事那天，她忽然觉得左眼看出去一片黑暗。为了证实心里的想法，她装作不经意地把右眼盖起来，却发现事实比她想象中的更可怕，这是怎样一种黑啊？比你能想象到的所有的黑加起来还要深一千倍一万倍，她感觉自己的身体在迅速降温，连心跳都几乎停止了。丹是寝室里四个人中，唯一还能看到点东西的女孩。她说，从小她就知道自己和别人不一样，那都是因为她的眼睛，尽管她并不是什么都看不见。她记得，她的邻居，一个小男孩经常叫她"瞎子"。有一天，她大声对他喊，我不是瞎子，我能看见你，你穿着白衣服，黑裤子。可小男孩说，我的白衣服上有条纹，还有，我的裤子不是黑的，是藏青的，你就是个瞎子！另一个叫潇的高个子女孩告诉我，明眼人是靠外貌来区别一个人是否长得漂亮，而对于盲人来说，则是根据对方的声音是否好听来决定的。她觉得声音好听的人就是漂亮的、帅气的。

无数个夜晚，我们坐在黑暗里像朋友那样聊天。那时候，寝室里并不开灯，窗外，有一盏躲在树下的橘黄色路灯，风吹起来的时候，窗帘会在若隐若现的橘黄色光里飘啊飘。

可我最终没能把她们的故事写成小说。2019年，我跟丹聊起往事，我对她表明了自己的歉意。她说，那时候我常常来，常常给她们带好吃的，她们把我看成大姐姐，觉得有个人聊聊天也挺好的。她们并不奢望能成为小说的女主角。甚至，她都忘了我想写她们。

说实话，跟盲孩子们接触的过程中，我总觉得自己不能充分深入到她们真实的内心，我怕写成小说了，依旧是隔靴搔痒。与此同时，内心有个声音一直在说，你要写的也许不仅仅是四个盲人女孩，你还可以写写别的盲孩子，盲孩子的家长，盲孩子的老师，甚至整个盲人群体。他们需要被更多人看见，被更多人理解，被更多人尊重。

这声音一天天在壮大，它踢我，咬我，鞭打着我。也是在那时候，我读到了S.A.阿列克谢耶维奇的《我不知道该说什么，关于死亡还是爱情》，读到了梁鸿的《中国在梁庄》，还读到了舒辉波的儿童非虚构作品《梦想是生命里的光》。我感受到了优秀纪实文学带给人的震撼。

2018年底，我向浙江省作协递交了深入蹲点项目方案。第二年春，方案批下来了。但深入盲校蹲点采访需要时间，更需要精力，那时候我还在学校教书，学校不允许老师经常请假外出。我常常想，一个人一辈子，遇到真正喜欢并且想做的事不容易，也许我应该为自己活一次。2019年7月，我向学校递交了辞职报告，成了一名自由职业者。

9月，我顺利进入浙江省盲校进行蹲点采访。从孩子到家长到老师，我被他们的故事感动着。我也从孩子们的笑声中，从家长平静的脸上，从老师耐心的教导中，看到了某些我们一直在宣扬，但依旧没有彻底解决的东西。比如平等，比如尊重，比如信任。是的，在高高的围墙里，在一年四季长满爬山虎的教学楼和宿舍楼里，在几乎看不到灰尘的红色塑胶跑道上，他们过着一种几乎与世隔绝的围墙内的安宁生活。是，他们可能很少为眼前的事发愁，但他们却一直在担心，走出围墙后，以后的路该怎么走。

2019年12月28日，浙江省盲校建校30周年，我遇到了不少从盲校毕业的优秀青年。我知道，这部书的触角还应该延展得更深些，更远些。于是，我继续出发，走出盲校，走向更广阔的世界。中国第一位参加普通高考被录取的大学毕业生，中国第一个视障人自媒体公益广播电台，浙江省第一位钢琴调律师……原来，推拿并不是盲人唯一的选择，在和这些优秀青年的对话中，我看到了更多条前人没有开辟的路。我也知道，在这些勇敢者的背后，站着千千万万渴望平等，渴望自由，渴望实现自我价值的年轻身影。

一位编辑朋友建议我，可以去残联了解一下那些做公益事业的人。感谢这位不愿意透露姓名的朋友，她的提议让我遇到了更多可爱的人。这些可爱的人中很多自身就是盲人，限于篇幅，我挑选了三位有代表性的中年人进行访谈。到此，这本书有了六个完整篇章。六个篇章，涉及盲童、陪读家长、盲校教师、创业盲人青年、中年跋涉者五大群体。其中有一个篇章，我无法将它确切归类，给它取名为"不是故事的故事"。

没有悬念，没有冲突，也没有所谓的高潮。写这部书，我放弃了小说中习得的所有技巧，每一个篇章几乎都是平铺直叙。我想用最朴素的语言，记录最真实的故事，表达最真切的感受，呈现一群大写的人。这两年，新冠病毒限制了走访的脚步，书中，所写的故事和人大部分都在浙江这片土地上。然而，我相信，它一定是超越地域的，它更代表的是改革开放四十多年来中国大地上千千万万盲人的真实生活。他们的喜怒哀乐，他们不能言说的隐秘，他们内心的恐惧、希望和尊严。

当然，因为种种原因，不少代表性的人物，不能一一写入书中。在此也深表遗憾。

对我来说，写这部书的过程，也是个人内心的一次洗礼，一趟百感交集的旅程。它让我知道个人的渺小，看得见和看不见的局限性，还有梦想、信仰和坚持的力量。

感谢浙江省作协，感谢浙江省盲校，感谢杭州市文联，感谢一路上给予我帮助的所有人。因为你们，这部书才得以面世。

叶萍
2022年春